Das Blau, Frau Gegenfurtner und Die Morgenröte

Gretel Mayer

Das Blau, Frau Gegenfurtner und Die Morgenröte

Erzählungen und Gedichte

Bibliografische Information der Deutschen Nationalbibliothek
Die Deutsche Nationalbibliothek verzeichnet diese Publikation in der
Deutschen Nationalbibliografie; detaillierte bibliografische Daten sind im
Internet über http://dnb.dnb.de abrufbar.

© 2015 Gretel Mayer
Satz, Umschlaggestaltung, Herstellung und Verlag: BoD – Books on Demand

Coverabbildung: Gabriele Münter
Blumenstrauß vor blau-gelbem Hintergrund
Öl auf Leinwand, 64,8 x 50,2 cm
Gabriele Münter- und Johannes Eichner-Stiftung, München
© VG Bild-Kunst, Bonn 2015

ISBN 978-3-7386-7470-5

Inhalt

Kindheitskastanien	7
Sommermadl	9
Das Blau	21
Alpenblick	35
Die japanische Begegnung	41
Ende und Anfang, Anfang und Ende	53
So sagt uns Paul	69
Maikäfersiedlung	71
Frau Gegenfurtner	77
Chiemseekind	81
Nichts für ungut	83
Im Netz	99
Besser tot in Rom als halbtot in München	109
Meritatons Fuß	119
1968	139
Damals	145
Molto tempo fa – Vor langer Zeit	147
Wir Vernünftigen	171
The times they are a changin'	173

Dein weicher weißer Arm	181
Sakura (Kirschblüte)	199
Was sollen Worte?	207
Die Morgenröte	209
Klage	231
Die Erbgläser	233

Kindheitskastanien

In nicht zu ferner Zeit
werde ich sie
im Körbchen meiner
rollenden Gehhilfe
mühsam schleppenden
Schrittes vor mir
herschieben ….

die Kastanien meiner Kindheit,
den angstvollen Blick meiner Mutter,
das glitzernde Blau des Chiemsees,
die nichtgelebten Träume,
das Bild des fernen Vaters,
die Zärtlichkeit der Liebesnächte,
die Zufriedenheit und das Aufbegehren,
das Glück der Zweisamkeit,
die Tränen des Abschieds,
die Sehnsucht nach der Stadt im Süden,
den Stolz auf die Texte der späten Jahre,
die Angst vor dem Ende,
das Lärmen und Lachen
der Enkel.

All diese Stücke meines Lebens
und noch viele mehr
werde ich schwer atmend
dahinrollen, bis mein
letzter Atemzug sie leicht macht
und sie mit sich nimmt
in gnädige Bedeutungslosigkeit.

Ich danke

- meinem Mann Franz für sein stetiges geduldiges Zuhören, seine verständnisvolle, aber auch äußerst kritische Begleitung meiner Texte, seinen Rat bei historischen Details und für seinen großen und zeitaufwändigen Einsatz bei den Korrekturen.
- meinen Freundinnen Johanna und Sigrit für ihre Unterstützung und Ermutigung und meiner Hannoveraner Schreibfreundin Adelheid für ihre Geduld und ihre wiederholten Energieschübe.
- meinem langjährigen Lehrer für Kreatives Schreiben, Reinhold Ziegler, für seine fundierte Kritik und seine zahlreichen Impulse und Ratschläge.
- allen Kreativschreiben-Freunden im Raum Aschaffenburg, in München und an den verschiedensten Orten des Landes. Schön, dass es euch alle gibt!
- Annika Ollmann von Books on Demand, die mich mit hanseatischer Fröhlichkeit äußerst kompetent durch mein Projekt begleitet hat.

Meine Erzählungen sind der Phantasie entsprungen und stellen nie in ihrer Gesamtheit wahre Begebenheiten dar. Lediglich verschiedene Personennamen, Schauplätze und vereinzelte Geschehnisse aus meinen Lebenserinnerungen sind in die Texte eingewoben.

Gretel Mayer, im April 2015

Sommermadl

»Du musst für ein paar Wochen nüber zur Kreszenz, die schafft des nimmer allein«, sagte die Mutter am Sonntagabend zu Maria, »pack dei Sach zamm, der Vater fahrt di morgen in der Früh.« Kreszenz war Marias ältere Schwester, die mit ihren fünfundzwanzig Jahren schon vier Kinder hatte. Vor drei Wochen war das vierte, der Xaverl, geboren worden und die Wöchnerin erholte sich diesmal nicht so schnell wie bei den letzten Geburten. Kreszenzs Mann Anton war ein wortkarger, tüchtiger Landwirt, der jedoch mit der Versorgung von drei Kleinkindern heillos überfordert war und es zudem nicht als seine Aufgabe sah, neben Feld und Stall sich auch noch um die Bälger zu kümmern.

Maria wusste, dass die nächsten Wochen viel Arbeit bringen würden, doch sie freute sich auf die ältere Schwester, auf die lebhaften Kinder, vor allem natürlich auf den Neugeborenen und sie war froh, den gestrengen, bitteren Augen der Mutter für einige Zeit entfliehen zu können. Ihre Sachen waren schnell gepackt; ein wenig zögerte sie, ob sie das Sonntagsdirndl mitnehmen sollte oder nicht, entschied sich dann doch dafür. Zuletzt legte sie das kleine zerschlissene Bändchen Gedichte von einem R.M. Rilke dazu, das ein Sommergast im letzten Jahr vergessen hatte und in dem sie immer wieder abends vor dem Einschlafen las. Sie verstand nur wenig von diesen Reimen und doch ging ein so starker Reiz von ihnen aus, dass sie diese ein ums andere mal wieder las und nicht satt davon wurde. Bis jetzt hatte sie das Büchlein vor der Mutter in der untersten Kommodenschublade verstecken können, denn sie wusste genau, was die Mutter dazu sagen würde: »Du sollst schlafen am Abend und ned so verrückts Zeugs lesen; in der Früh mußt zeitig raus!«

So war es auch am nächsten Tag; schon im Morgengrauen hatte der Vater angespannt und so fuhren sie nun durch den noch kühlen Frühsommermorgen hinüber nach Münsing. In den Waldlichtungen lag noch der Morgennebel, in der Ferne glitzerte ab und an der See durch die Bäume. Während der Fahrt wurden keine Worte gewechselt, so war es halt mit dem Vater, und als sie am Hof von Anton und Kreszenz ankamen, stellte er ihr Gepäck ab, sagte: »Pfiadi, i hol di dann in drei Wocha« und schwang sich wieder auf sein Fuhrwerk. Es kam ihm nicht in den Sinn, nach seiner älteren Tochter und den Kindern zu schauen, das war Frauensache und daheim wartete die Arbeit.

Maria ging auf das Haus ihrer Schwester zu, im Bauerngarten davor blühten die ersten Sommerblumen und die Johannisbeeren begannen bereits zu reifen. Im Haus hörte sie Kinderstimmen und das Weinen des Neugeborenen. Sie beschleunigte ihre Schritte und hatte fast schon die Haustür erreicht, als sie auf der Bank vor dem Austragshäusl – darin hatten Antons Eltern bis zu ihrem Tod gewohnt – einen Mann sitzen sah. Er trug ein zerschlissenes Unterhemd, eine abgewetzte Lederhose und war barfuss. Auf dem wackligen Tisch vor ihm lag ein Block, in den er mit raschen Bewegungen etwas skizzierte. Auch er hatte sie nun erblickt, stand auf und kam mit etwas linkischen Bewegungen auf sie zu. »Ich bin der Georg, ich wohn für ein paar Wochen hier im Häusl, die Kreszenz hats mir vermietet.« Seine blauen Augen musterten sie aufmerksam und prüfend durch die Nickelbrille. In diesem Augenblick öffnete sich die Türe und Kreszenzs Älteste, die fünfjährige Lisi sprang heraus. »Marie, Marie, wenn du die Wäsch gwaschen hast, derfst mit uns spielen, hat die Mutta gsagt.« Sie deutete auf Georg: »Der malt ganz bunte Bildln, der Schorschi, und sei Freund, der am Freitag kommt, is a Roter, hat der Vatta gsagt.«

Maria folgte der Kleinen ins Haus, begrüßte ihre Schwester, die blass und gekrümmt vor dem Herd stand, und sah gleich, wie nötig ihre Hilfe war. Den ganzen Tag verbrachte sie damit, die Wäsche zu waschen und im Garten hinter dem Haus aufzuhängen. Aus den Augenwinkeln sah sie immer wieder den Maler, der mittlerweile eine Staffelei aufgestellt hatte und auf seiner Palette Farben mischte. Die zwei größeren Kinder ihrer Schwester sprangen ab und zu zu ihm hin, betrachteten das Bild auf der Staffelei und durften ihre Finger in die Farbe stecken. Zu gerne hätte sie auch geschaut, doch sie wagte es nicht. Gegen Abend kam Anton von der Feldarbeit nachhause, begrüßte sie freundlich, aber einsilbig und warf einen abschätzigen Blick hinüber zum Maler vor dem Austragshäusl. So verwunderte es sie umso mehr, dass Georg auch am Abendessen teilnahm. Er war sehr zurückhaltend, nahm sich nur bescheiden von den angebotenen Kartoffeln und zwinkerte den Kindern zwischendurch zu. »Ich hab ihms Häusl mit Kost für den Sommer vermietet, aber er braucht fast nix«, erzählte ihre Schwester später, »sei Frau is vor einem Jahr im Kindbett gestorben; er woant jede Nacht, man kanns oft hören. Am Wochenend kommt imma sei Freind aus München, der Oskar, da geht's dann hoch her. Der is a Künstler und a Roter. Der Anton mogn ned.«

Die nächsten Tage vergingen mit Putzen, Waschen, Kochen und Gartenarbeit, die Schwester war dankbar für jede Stunde, in der sie sich etwas hinlegen konnte und die Kinder freuten sich, dass Marie zwischendurch noch die Zeit fand mit ihnen zu spielen. Der Sommer kam mit aller Macht und Marie stahl sich zweimal am Abend davon, um im See zu baden. Sie war stolz darauf schwimmen zu können, kein Bauernmadl in ihrer Umgebung konnte das; ihr Bruder Fritzl, der in den letzten Kriegstagen gefallen war, hatte es ihr beigebracht. Jedes Mal, wenn sie in das sanfte Nass des Starnberger Sees eintauchte, musste sie an ihn denken, an seine Fröhlichkeit, seine Unbekümmertheit, seine Späße. Seit er tot war, hatte die Mutter nicht mehr gelacht und der Vater ging noch öfter als früher ins Wirtshaus. Als Marie einmal bei schon einsetzender Dämmerung wieder zurück zum Hof ging, traf sie auf Georg, der auf der Bank unter dem Wegkreuz saß. Zuerst bemerkte er sie kaum, er hielt etwas in der Hand und blickte starr darauf. Beim Nähertreten erkannte sie, dass eine Fotografie war. »Meine Maria, sie ist tot.« sagte er und streckte ihr das Bild entgegen. Es zeigte eine schöne dunkelhaarige Frau, die versonnen in die Kamera blickte. Maria wusste nicht, was sie sagen sollte, doch sie setzte sich neben ihn. Die Nacht brach herein, ohne dass sie viele Worte gewechselt hatten und schließlich gingen sie gemeinsam zurück zum Hof.

Am Freitagmorgen waren die beiden älteren Kinder schon ganz aufgeregt. »Heute kommt der Oskar, der macht immer vui Späß und er hat a Motorradl, da derf ma mitfahren.« Kreszenz hatte Maria erzählt, dass der Oskar hier aus der Gegend stammte, eigentlich ein Bäcker war, aber jetzt in München Bücher schrieb und ein Theater leitete. Außerdem war er ein Roter, der aufrührerische Sachen schrieb, der im Krieg nur kurz gedient hatte und stattdessen im Irrenhaus gewesen war. Mit dem Georg war er schon lang befreundet, sie waren zusammen durch die Welt gezogen und hatten einige Zeit in einer Gruppe sonderbarer Menschen gelebt, die nackt herumliefen und nur rohes Gemüse aßen.

Maria war schon sehr gespannt auf diesen Oskar, doch fürchtete sie sich auch ein wenig. So ein Gebildeter, der Bücher schrieb und nicht den Heldentod wie der Fritzl hatte sterben wollen, sondern gegen den Krieg gewesen war, so einer würde sie, ein achtzehnjähriges Bauernmadl, das noch nie in München gewesen war, wahrscheinlich gar nicht wahrnehmen. Als dann nachmittags das laute Knattern des Motorrads ertönte und die Kinder nach draußen stürzten, blieb sie in der Kuchl und blickte hinter dem Vorhang verborgen durchs Fenster. Der Georg und die Kinder begrüßten einen stämmigen, ziemlich grobschlächtigen Kerl in abgewetzten Lederhosen, der, nachdem er den Georg derb, aber liebevoll umarmt hatte, die Kinder sofort auf sein Motorrad sitzen ließ und sie durch den Vorgarten schob. Seine Stimme und sein Lachen waren laut und dröhnend und eh sie sich versah, stand er schon in der Küche vor ihr. »Die Schwester von der Kreszenz, ich habs schon ghört«, sagte er, machte einen angedeuteten Diener und beugte sich über ihre Hand. Maria spürte, wie ihre Wangen heiß wurden. Sie hatte einen Krug Bier, einen Kanten Brot und ein wenig Speck auf den Tisch gestellt und wollte sich zurückziehen. Doch Oskar ergriff einfach ihre Hand, rückte ihr einen Stuhl zurecht und sagte mit warmer Stimme: »Bleib doch da, Marie!« Von der nachfolgenden Unterhaltung verstand sie nicht alles, doch sie erfuhr, dass auch der Georg einmal Bäcker, ja Zuckerbäcker, gelernt hatte, dass der Oskar als Bub schon in der Bäckerei zuerst seines Vaters und dann seines cholerischen Bruders hatte arbeiten müssen und wegen dieses Bruders und der verhassten Arbeit nach München geflohen war. Sie erfuhr auch, dass sich der Georg sehr schwer tat, auch nur eins seiner Bilder zu verkaufen und dass der Oskar im vergangenen Jahr nach der Revolution in München kurz im Gefängnis gewesen war. Der Rilke hatte sich dafür eingesetzt, dass er wieder frei kam. Da horchte Maria auf, das war doch ihr Rilke, der, den sie jeden Abend las. Doch sie wagte nicht, davon zu erzählen. Nach einer guten Stunde brachen die Männer auf. »A kurzer Fußmarsch und a lange Einkehr«, sagte der Oskar lachend und verbeugte sich noch einmal vor ihr. Spät nachts hörte sie die beiden zurückkommen; sie spähte aus dem Fenster und sah sie durch die Vorgartenbeete und an den Johannisbeersträuchern vorbei torkeln, so wie der Vater eben, wenn er am Sonntag aus dem Wirtshaus kam.

So wunderte es sie nicht, dass die beiden am nächsten Tag erst gegen Mittag vor dem Häusl saßen. Der Georg war recht bleich und hob nur schwach die Hand zum Gruß, als sie den beiden Malzkaffee und Semmeln brachte. Der Oskar jedoch war schon wieder voller Tatendrang. »Heut Nachmittag mach ma a Ruderpartie, Marie, kommst mit?« Marie zögerte, die viele Arbeit, die Wäsche musste noch abgenommen werden und Marmelade wollte sie auch noch einkochen, doch Kreszenz, die hinzugekommen war, sagte nur: »Geh mit, Marie, des schaff i a allein.« So stand Marie vor dem fleckigen Spiegel ihrer Kammer, flocht ihr dunkles Haar, das sie sonst immer zum Kranz hochgesteckt trug, zu zwei dicken Zöpfen, die ihr voll über die Schultern fielen, und zog ihre weiße Leinenbluse und den blaugestöckelten Rock an. Kurz entschlossen legte sie noch das kleine Ketterl mit den Granatsteinen um ihren sommergebräunten Hals.

Die beiden Männer warteten bereits auf sie; Georg hatte einen ausgefransten breitkrempigen Sonnenhut auf und seinen Skizzenblock unterm Arm; Oskar trug tatsächlich seinen Trachtenhut mit Gamsbart. So wanderten sie in der Nachmittagshitze hinunter zum See; Kreszenz hatte ihnen einen Korb mit Getränken, Brot und Wurst mitgegeben. Georg nahm etwas gedankenverloren und abwesend am Bug des Kahns Platz und zückte sofort seinen Skizzenblock. Offensichtlich wollte er keine großen Gespräche und mit sich alleine sein, Oskar hingegen half Marie galant auf die Heckbank und setzte sich ganz selbstverständlich an die Ruder. Zügig und kraftvoll ruderte er und nachdem sie sich schnell ein Stück vom Ufer entfernt hatten, drehte er in südliche Richtung und sie fuhren ein gutes Stück die Seeleitn entlang. In der Ferne konnte man im Sommerdunst die Berge erahnen und auf dem See waren etliche Kähne und Segelboote, zumeist mit Sommerfrischlern, unterwegs. Weit draußen in Seemitte tuckerte der Raddampfer »Luitpold« dahin und vom Ufer hörte man das Geschrei badender Kinder.

Kurz vor Leoni steuerte Oskar das Ufer an. »Da is a schöns Platzl für die Brotzeit.« Er zog seine Schuhe aus und sprang ins seichte Wasser, um dann kraftvoll den Kahn an Land zu ziehen. Beim

Aussteigen reichte er Marie die Hand, für einen kurzen Moment kam sie ihm ganz nahe und sie konnte seinen Atem an ihrem Hals spüren. Im Schatten alter Seeweiden nahmen sie Platz, Oskar scherzte und lachte und versuchte, auch Georg aus seiner Traurigkeit zu reißen, doch es gelang ihm nicht. Georg aß nur wenige Bissen und setzte sich dann, wieder vertieft in seinen Skizzenblock, in einiger Entfernung auf einen Stein. »Lass ma ihn gehn«, sagte Oskar und sie plauderten über das Sommerwetter, über die Kinder der Schwester und über die Johannisbeermarmelade, die Marie in den nächsten Tagen machen wollte. Marie fasste Mut: »Erzähl mir von dem Rilke, ich hab a Büchl von ihm, aber i versteh fast nix.« Oskar legte seine Hand ganz sacht auf ihre. »Da musst du nichts verstehen, des musst einfach fühlen«, sagte er. »Der Rilke selber ist ein schwieriger Mensch; er hat mir sehr geholfen, aber warm werden kann ich mit ihm nicht. Aber das Gedicht vom Panther hinter den Gitterstäben, das musst du lesen. Oft hab ich mich gefühlt wie der, so unfrei, so eingesperrt.«

Oskars Hand lag noch immer auf ihrer und Marie sagte: »Ja, das Gedicht kenn ich und sich so eingesperrt fühlen, das kenn ich auch. Aber was will man machen?« »Man soll des machen, was man will und was man kann.« antwortete Oskar und Marie erzählte ihm von den Träumen, die sie früher hatte; die Schule zu Ende zu machen und Krankenschwester oder Hebamme zu werden. Aber dann kam der Krieg, der Fritzl ist gefallen, die Kreszenz hat weggeheiratet und jede Arbeitskraft wurde gebraucht. Und außerdem sollte sie im nächsten Jahr den Ludwig vom Nachbarhof heiraten. »Damit as Sach zammkommt«, wie der Vater sagte. Oskar hob seine Hand und strich ganz sanft über ihre Wange. »Mach dein Weg, Marie. Du bist a starke und schöne Frau«.

Die Hitze war einer angenehmen Sommerabendwärme gewichen, als sie zurückruderten. Georg skizzierte noch immer, Oskar und Marie schwiegen und hingen ihren Gedanken nach. Als sie den

Weg hinauf nach Münsing gingen, sagte Georg plötzlich: »Ich dank euch für den schönen Nachmittag, es war gut, nicht allein zu sein« und bog ab in Richtung Wegkreuz. So gingen Marie und Oskar alleine weiter, Oskar legte den Arm um Marie und kurz bevor sie in Sichtweite des Hauses kamen, zog er sie an sich und küsste sie zärtlich. Seine Lippen waren warm, sie schmeckten ein wenig nach Bier und Marie erwiderte seinen Kuss, ohne auch nur einen Gedanken an Unschicklichkeit oder gebotene Zurückhaltung zu verschwenden. Sie trennten sich und Oskar fragte abschließend: »Nächsten Samstag ist Tanz in Machtlfing. Gehst mit mir hin?« Marie sagte zu.

Die folgende Woche verging wieder mit viel Arbeit in Haus und Garten. Marie kochte wie versprochen das Johannisbeergelee, backte trotz der Sommerhitze Brot, putzte alle Fenster des Hauses, wusch Wäsche, besserte die Kleider der Kinder aus und stopfte Socken. Trotzdem fand sie noch die Zeit, zu ihrem Sonntagsdirndl eine neue Schürze zu nähen. Kreszenz hatte ihr den Stoff dazu überlassen, frisches, sommerblaues Leinen, das sehr schön zum dunklen Blau des Dirndls passte. Als sie am Freitagabend ihr Bad im See nahm, waren die üblichen Gedanken an Fritzl etwas verblasst und ihr Herz klopfte, wenn sie an Oskar und seine warmen Lippen dachte. Auf dem Rückweg vom See traf sie wieder auf Georg, der auf der Bank unter dem Wegkreuz saß. Er winkte ihr zu und ein leichtes Lächeln spielte um seine Lippen. Marie freute sich darüber und setzte sich zu ihm. »Gehst morgen mit nach Machtlfing zum Tanz?« fragte sie, doch Georg schüttelte den Kopf. »Das ist noch nichts für mich, da ists mir noch zu laut und zu lustig.«

Gegen Samstagmittag hörte Marie das Motorrad heranknattern und war etwas enttäuscht, dass Oskar nicht gleich bei ihr in der Kuchl auftauchte. Stattdessen verschwand er bei Georg im Häusl, und als sie im Garten Dillkraut holte, konnte sie die beiden durchs Fenster sehen. Sie saßen am Tisch, Oskar hatte einen Stoß Blätter vor sich liegen, las vor und Georg hörte ihm zu. Marie wurde plötzlich ein wenig weh ums Herz, womöglich hatte er ganz vergessen, dass er mit ihr zum Tanz gehen wollte. Doch am späten Nachmittag stand er plötzlich vor ihr, »Mach di fertig, du Schöne; in a Stund hol i di.« So trat sie eine Stunde später aus dem Haus, die neue Schürze über ihrem Sonntagsdirndl links gebunden, wie es sich für ein noch unverheiratetes Mädchen gehörte und Oskar überreichte ihr einen kleinen Strauß weißer Sommernelken, die er wohl am Gartenzaun gepflückt hatte. Marie machte noch einmal kehrt und steckte sich vor dem Spiegel in der Diele ein paar der Nelken in den Ausschnitt.

Sie saß hinter ihm auf dem Motorrad auf, er nahm ihre Arme und legte sie um seine Brust. »Halt di gut fest an mir«, sagte er und sie glaubte, sein Herzklopfen zu spüren, als sie ihn umschlang. Während der ganzen Fahrt durch den lauen Sommerabend wünschte sie, dass diese nie ein Ende nehmen sollte.

Als sie in Machtlfing ankamen, war es bereits dämmrig, die Musik hatte schon begonnen zu spielen und es roch nach Spanferkel, Bier und Würsten. Sie setzten sich an einen Tisch am Rande des Festplatzes, Oskar nahm neben ihr Platz, strich mit der Hand sanft über ihren Arm und zog sie an sich. Marie empfand plötzlich die Musik als viel zu laut, das Reden und Singen der Menschen um sie her dröhnte in ihren Ohren und sie wünschte sich mit Oskar auf die Bank am Wegkreuz, wo er sie in der Stille des Sommerabends mit seinen warmen Lippen ein ums andere Mal küssen würde.

Einige Tische weiter saß eine Gruppe junger Männer, alle in Lederhosen und weißen Hemden, die wohl schon einige Maß zu sich genommen hatten und durch besondere Lautstärke, grölenden Gesang und markige Sprüche auffielen. Wortfetzen wie »Judenbagage« und »Kommunistenschweine« drangen bis zu ihrem Tisch. »Das sind diese Schwachhirne von der neugegründeten Partei in

München, der NSDAP«, sagte Oskar und sie sah eine Ader an seiner Schläfe pochen. »Komm, geh ma tanzen.« Er reichte ihr seinen Arm und sie gingen zum Tanzboden, auf dem sich schon viele Paare zum Klang der Musik drehten. Als sie am Tisch der jungen Männer vorbeikamen, erhob sich einer von ihnen und baute sich drohend vor Oskar auf. »Du traust dich hierher, du windiger Verserlschreiber, du Kommunistenbürscherl du!« sagte er und machte noch einen Schritt auf Oskar zu. Marie wollte ihn weiterziehen, doch Oskar ließ ihren Arm los und packte den Mann derb am Hemdkragen: »Laß mi in Rua, du Depp, du und dei ganzer schwachsinniger Verein da!« rief er und als der Mann die Faust zum Schlag erhob, versetzte ihm Oskar, der wesentlich schneller war als der andere, einen Schlag auf die Nase. Blut spritzte auf Oskars Hemd und Maries neue Schürze. Die anderen Männer am Tisch erhoben sich drohend, und hätte in diesem Moment nicht der Bürgermeister von Machtlfing, der am Nebentisch saß, eingegriffen, wäre es zu einer kräftigen Schlägerei gekommen. Marie nahm Oskar fest an der Hand. »I mog hoam«, sagte sie und wenig später saßen sie wieder auf dem Motorrad und fuhren durch die Nacht.

Ein Stück vor dem Hof stellte Oskar sein Gefährt ab und sie wanderten, als hätten sie es besprochen, den Weg zum See hinunter bis zur Bank unterm Wegkreuz. »Des tut mir leid, Marie«, sagte Oskar, »so gern hätt ich mit dir getanzt!« »Ach, ich finds net schlimm; es war eh so laut und hier ists viel schöner«, antwortete Marie und schlang ihre Arme um seinen Hals. Seine Lippen suchten die ihren und sie küssten sich, zärtlich zuerst, doch dann voller Leidenschaft. Oskar nahm behutsam die Nelken aus ihrem Mieder und begann es aufzuknöpfen. Marie verspürte ein Gefühl ähnlich wie beim Schwimmen im See, leicht, warm und lustvoll, doch um vieles stärker. Ein sanfter Nachtwind rauschte durch die Weiden unten am See.

Als Marie am nächsten Morgen vom Läuten der Sonntagsglocken erwachte, lag vor ihrer Kammertür ein kleiner blauer Umschlag. Sie öffnete ihn und faltete den Bogen Papier darin auseinander. Eine kleine weiße, gepresste Nelke fiel ihr entgegen.

Mein Sommermadl du
so nah bin ich noch bei dir
bei deinen sanften Lippen
bei deiner weißen Brust
bei deinem warmen Schoß,
so gern wär ich noch
lange Zeit bei dir daheim
behütet und geborgen,
doch die Unruh treibt mich
hinaus ins Weltgetümmel.

Ich dank dir tausendmal
Oskar

Ein Jahr später heiratete Marie den Ludwig Stiegler vom Nachbarhof. Zwei Monate später war sie Witwe; ihr Mann wurde beim Baumfällen von einem herunterfallenden starken Ast erschlagen. Trotz großer Einwände ihrer Eltern entschloss sich Marie nach angemessener Trauerzeit die Hebammenschule in München zu besuchen. Nach einigen Jahren kehrte sie zurück und war als kundige und beliebte Geburtshelferin jahrzehntelang in der Gegend um den Starnberger See tätig. Sie hat nicht mehr geheiratet und man erzählte sich, dass sie in ihrer wenigen freien Zeit Romane und Gedichte las.

Oskar Maria Graf, 1894 Berg/Starnberger See – 1967 New York. Graf wurde als siebtes von acht Kindern einer Bäckerfamilie geboren und erlernte das Bäckerhandwerk. Mit siebzehn lief er von zuhause fort, verdingte sich in München als Gelegenheitsarbeiter und fand Anschluß an Schwabinger Bohèmekreise. 1918/19 erlebte er die Revolution und die Räterepublik in München. Mit seinem Bekenntnisbuch »Wir sind Gefangene« gelang ihm in den Zwanziger Jahren der literarische Durchbruch. 1933 emigrierte er nach Wien, lebte dann im tschechischen Brünn und ab 1938 in New York. Dort verstarb er 1967. Die im Exil entstandenen Werke »Das Leben meiner Mutter«, »Der Abgrund« und »Unruhe um einen Friedfertigen« gehören zu seinen berühmtesten.

Georg Schrimpf, 1889 München – 1938 Berlin, war ein deutscher Maler und Grafiker und zählt zu den bedeutendsten Vertretern der Neuen Sachlichkeit. Mit dem Schriftsteller Oskar Maria Graf verband ihn eine lebenslange Freundschaft.

Das Blau

1961, Erster Weihnachtsfeiertag, Stettnerhof bei Murnau

Im sanften Licht des Morgens hatte das Bild immer schon am schönsten gewirkt. Gnadenlos helles Tageslicht, doch auch die Trübe grauer Regennachmittage oder gar das einsetzende Dämmerlicht des Abends hatten es immer etwas fahl und nichtssagend aussehen lassen. Jetzt fielen die ersten Strahlen der winterlichen Morgensonne durch das Fenster der Stube und ließen das kleine Gemälde mit den roten Dahlien und den weißen Löwenmäulchen, die etwas achtlos in einer schlanken Glasvase angeordnet waren, hell und strahlend aufleuchten. Selbst die graugrün karierte Tischdecke, auf der die Vase platziert war und der bläulichgraue Hintergrund wirkten fröhlich und farbenfroh. Erst Ende des letzten Jahrhunderts fand das Bild, das sich seit seiner Entstehung immer in Privatbesitz befunden hatte, seinen Platz in einem Münchner Museum und war zuweilen in Ausstellungen und Retrospektiven zu sehen. Doch blieb es immer eines unter vielen, wurde von den Besuchern zwar wohlwollend, doch nie sehr lange und gründlich betrachtet und entschwand sehr bald wieder aus deren Gedächtnis. In etlichen Katalogen wurde es mit dem Titel »Sommerblumen in Glasvase« abgebildet, doch gerade die Katalogdarstellungen unterstrichen noch mehr diese rätselhafte Oberflächlichkeit, ja Reizlosigkeit des handwerklich sicherlich perfekten Werkes.

Wenige Sonnenstrahlen des anbrechenden Wintermorgens fielen über den alten, rissigen Holzboden, auf dem sich achtlos einige

Kleidungsstücke, ein paar Bücher und ein geöffnetes Tablettenröhrchen verteilten, auf das zerwühlte Bett mit der für das bayerische Voralpenland typischen blauweißkarierten Bettwäsche. Unter der dicken Bettdecke konnte man nur schwach die Umrisse eines weiblichen Körpers ausmachen. Wirres, verklebtes, dunkelblondes Haar lugte unter der Decke hervor und ein schmaler weißer Arm hing reglos auf der anderen Seite des Bettes herab. Daneben lag ein umgefallenes Wasserglas, aus dem sich die Reste einer weißlichtrüben Flüssigkeit auf den Holzboden ergossen hatten.

In der Stube nebenan stand auf einem kleinen Tischchen, über das provisorisch ein weißes Laken geworfen war, ein kleiner Christbaum. Er war karg und nur teilweise geschmückt, einige bunte Kugeln, ein paar Strohsterne und ein kleiner Engel aus Holz hingen an ihm, vor dem Baum stand eine große, graue Schachtel, die den restlichen Schmuck und rote Wachskerzen enthielt. Auf dem Tisch standen einige leere Flaschen Wein und eine Flasche Danziger Goldwasser, die zur Hälfte geleert war. Neben einem gefüllten Plätzchenteller, der unberührt wirkte, lag ein Brief mit verwischter Schrift, auf dem sich einige Flecken Wein und wohl auch vom Danziger Goldwasser befanden.

Fräulein Stettner,

lassen Sie sofort meinen Mann in Ruhe, ich muss sonst zur Polizei. Das Kind kann nicht vom Theo sein, das hat er mir geschworen und man weiß ja, dass so Bedienmädchen wie Sie gern ein loses Leben führen. Kommen sie ja nicht mehr nach Tölz, Sie falsche Schlange Sie.

Inge Aumüller

Am Vormittag, es hatte leicht zu schneien begonnen, klopfte es an der Tür. Als niemand öffnete, wurde das Klopfen energischer und eine brüchige Frauenstimme rief: »Fräulein Stettner, Luise, machen's doch auf! Ich bin's, die Nachbarin von oben! Wollen Sie nicht heut Mittag zum Essen kommen?« Noch ein-, zweimal klopfte es, dann entfernten sich die Schritte. Doch es vergingen nur ein paar Minuten, da hörte man wieder Schritte und mehrere Stimmen vor dem Haus, unter anderem die Stimme der alten Malerin, die oben im Russenhaus, wie die Murnauer es nannten, wohnte und die meinte, dass sie ein ungutes Gefühl habe. Kurz darauf erfolgte ein kräftiger Tritt gegen die Tür, die splitternd aufbrach und zwei Männer und die alte Frau betraten die Wohnung. Nach nicht einmal weiteren zehn Minuten flackerte das Blau des Krankenwagens durch die mittlerweile dicht fallenden Schneeflocken. »Sie lebt noch, vielleicht schafft sie es.« sagte einer der Sanitäter.

1931, im Russenhaus, Murnau

Erst einige Wochen nachdem sie das Haus wieder bezogen hatte, betrat sie das Atelier zum ersten Mal. Eine dichte Staubschicht hatte sich über den großen Tisch mit den Malutensilien und über die Staffelei gelegt, das große Dachfenster war trüb und verschmutzt und ließ das Tageslicht nur gedämpft hereinfallen, die Farben in den Tuben waren vertrocknet und ein säuerlich dumpfer Geruch hing in der Luft. Sie kippte die Fenster, fand aber nicht die Kraft, gründlich sauber zu machen. Sie nahm den Skizzenblock, der auf dem Tisch lag, stellte ihn auf die Staffelei und griff zum Stift. Die Hand bereits zum ersten Strich erhoben, hielt sie inne. Etwas sperrte sich in ihr und sie musste sich eingestehen, dass sie noch nicht bereit war für die Welt des Schaffens, dass die Freude, das Herzklopfen und das Glück, das sie früher jedes Mal beim Beginn eines neuen Werks empfunden hatte, sich nicht einstellen würden. Jeder Skizzenstrich, jede Nuancierung, jeder Farbauftrag würden die schmerzhafte, qualvolle Erinnerung an ihn zu ihr zurückbringen. Seit ihren Jungmädchentagen malte sie, doch erst seit er damals als ihr Lehrer und später als ihr Geliebter in ihr Leben getreten war, waren diese unbändige Lust am Malen, dieser vehemente Schaffensdrang, der sie nahezu ununterbrochen Bild für Bild hatte hervorbringen lassen, entstanden. Der Leben mit ihm, das wahrlich nicht immer einfach gewesen war, das auch Einengung und Unterwerfung für sie bedeutet hatte, hatte sie künstlerisch immer freier und gestaltungsreicher werden lassen.

Als sie vor einigen Tagen auf der Bank saß, die einen so friedvollen Ausblick auf das Moor und die dahinter sich sanft erhebenden Berge bot und wieder wie in früheren Zeiten die nur für diese Landschaft so typische milde Bläue wahrnahm, da hatte sie einen Moment gedacht, dass die Erinnerung und ihr Schmerz sich nun in diesem weichen, tröstenden Licht auflösen würden. Doch sie hatte sich getäuscht, immer und immer wieder stiegen Trauer, Bitterkeit und Wut in ihr auf. Wie oft war sie mit ihm allein oder zusammen mit Freunden und Malkollegen hier an diesem Aussichtspunkt gewesen, um sich von der friedlichen Voralpenlandschaft inspirieren zu lassen, die sich in den unterschiedlichsten Farbnuancen zeigte, jedoch immer, einmal mehr und ein andermal weniger, den charakteristischen Blauton aufwiesen. Das Blau war in jedes seiner und ihrer Bilder eingeflossen und schließlich zum Programm geworden für diese neue Form des Malens, die sie beide so leidenschaftlich weiterentwickelt hatten.

Sie legte den Stift zur Seite, verließ das Atelier und beschloss, in den Garten zu gehen. Natürlich würde er auch dort an ihrer Seite sein, in kurzen Lederhosen und mit derbem Schuhwerk angetan, würde er die Beete umstechen, in denen sie vorhatte, Gemüse, Stauden und Blumen zu pflanzen. Zwischendurch würde er sich auf die Bank neben der Haustür setzen, seine kurzsichtigen Augen hinter der Brille zusammenkneifen, schnell etwas auf den immer bereit liegenden Block skizzieren und die Katze streicheln, die sich schnurrend neben ihm niedergelassen hatte. Doch dort draußen in den Farben des aufkeimenden Sommers, mit dem Blau des Himmels über ihr, das so gänzlich anders war als das Blau des Landes rings umher, war es leichter zu ertragen. Sie war erstaunt, dass inmitten des von Unkraut überwucherten Blumenbeetes die hohe Staude mit den kleinen, leuchtend roten Knopfdahlien sich so prächtig entwickelt hatte. Auch die weißen und gelben Löwenmäulchen am Zaun, die sie in einem anderen, fernen Leben gepflanzt hatte, waren wiedergekommen und setzten weitere frische Farbpunkte in den verwilderten Garten.

Sie holte die Gartenschere, sah sie einen Moment ganz deutlich in seinen kräftigen, gebräunten Händen und begann einen Strauß aus dem Rot der Dahlien und dem Weiß der Löwenmäulchen zu schneiden. Für einen kurzen Moment flackerte so etwas wie Freude in ihr auf, doch dann erschrak sie über dieses Gefühl, das ihr nicht zustand und das sie nicht zulassen durfte und sie hielt inne, eine noch bescheidene Ausbeute der Blumenpracht in ihren Händen. Sie schloß die Augen und sah ihn am Fenster des Schlafzimmers im ersten Stock stehen, er hob die Hand und bedeutete ihr, zu ihm heraufzukommen. Zögernd stieg sie die Treppe hoch, sah nicht die bunten, fröhlichen, mittlerweile etwas verblassten Farben, mit denen das Geländer bemalt war, betrat das Zimmer und setzte sich auf das Bett. Den Strauß mit ihren erdbeschmutzten Händen in ihrem Schoß festhaltend, spürte sie ganz deutlich seine Nähe und wieder einmal, wie schon unzählige Male zuvor, keimte widersinnige Hoffnung in ihr auf. Eines Tages würde er wieder dort am Fenster stehen, sich nach ihr umwenden, ihr den Strauß aus den Händen nehmen und sie sanft an sich ziehen.

Später saß sie in der Küche, den Strauß in einer alten Vase aus mittlerweile schon leicht getrübtem Glas vor sich und trank den bitteren russischen Tee, den sie in der Anrichte gefunden hatte. Sie hatte nicht die Kraft, aufzustehen und sich etwas Zucker zu holen.

1936, Pirknerhof bei Murnau

Die Mutter hatte ihr am Sonntagmittag nach dem Kirchgang und dem Mittagsmahl einen Spaziergang mit Korbinian erlaubt. Nach anfänglichem Zögern hatte sie ja gesagt, denn eigentlich schickte es sich nicht, als junges, noch nicht einmal verlobtes Mädchen allein mit einem Mann spazieren zu gehen. Doch die Mutter war gut gestimmt, die schlimmen Zeiten nach dem schweren Unfall des Vaters, der beim Abladen von schweren Holzstämmen getroffen worden war und fast zwei Monate im Spital gelegen hatte, waren vorüber. Er war wieder zu Hause und konnte schon wieder leichtere Arbeiten verrichten. In ein, zwei Monaten würde er wieder der Alte sein, hatte der Doktor gemeint.

Korbinian Stettner und Agathe Pirkner kannten sich von klein auf, schließlich lagen ihre Höfe gerade einmal ein paar hundert Meter auseinander. Seit langem war es vereinbart, dass sie einmal heiraten würden und der Vater hatte nach seiner Rückkunft aus dem Krankenhaus gesagt, dass es doch an Weihnachten an der Zeit sei, Verlobung zu feiern. Der Stettnerhof, den Korbinian in einigen Jahren von seinem Vater übernehmen würde, war viel größer und stattlicher als der ihrer Familie, ein ansehnlicher Grund und ein umfangreicher Waldbesitz hinter Froschhausen gehörten dazu. Korbinian war, großgewachsen, kräftig und mit seinem dichten, schwarzen Haar eine gute Erscheinung, doch etwas Dunkles, Dumpfes, Wortkarges umgab ihn zuweilen, das ihr Angst machte. Agathe hatte sich vorgenommen, bei diesem Spaziergang, für den sie ihr schönstes Sonntagsdirndl anziehen wollte, etwas Fröhlichkeit und Lachen in sein oft so undurchdringlich starres Gesicht zu zaubern und, vor allem, wollte sie endlich von ihm geküsst werden.

Pünktlich nach dem Mittagessen stand Korbinian an der Gartentür und erwartete sie. Sie schlug ihm vor, hinunter zum Ramsachkircherl zu gehen, dann zur Kottmüllerallee hinaufzusteigen und auf der Aussichtsbank zu rasten. Dort, stellte sie sich vor, würde er sie dann in seine Arme nehmen und zärtlich küssen. Auf dem Weg zum Ramsachkircherl versuchte sie, ein Gespräch in Gang zu bringen. Sie fragte nach seiner Ausbildung in Weihenstephan, erkundigte sich nach dem Gesundheitszustand der alten Stettnerbäuerin, erzählte von den Hefenudeln, die sie letzte Woche gebacken hatte und die dem Vater so gut geschmeckt hatten, doch die Unterhaltung blieb einseitig. Korbinian nickte zwar freundlich, antwortete jedoch einsilbig mit kargen, kurzen Sätzen und verfiel dann wieder in Schweigen. Beim Hinaufsteigen zur Kottmüllerallee wollte sie bei den letzten Metern nach seiner Hand greifen, er jedoch zögerte und streckte ihr dann fast unwillig seine kühle Rechte, die sich in ihrer merkwürdig leblos anfühlte, entgegen. Oben auf der Allee begegneten sie einigen Spaziergängern, Korbinian lüpfte jedes Mal kurz seinen Hut und nickte, ohne dass auch nur ein Laut über seine Lippen gekommen wäre; sie grüßte freundlich und wechselte mit manchen das eine oder andere Wort.

Dann kam ihnen der junge Lehrer Liedmeier entgegen, der seit zwei Jahren an der Schule im Ort unterrichtete. Er war ein hübscher, blondgelockter junger Mann mit feinen Gesichtszügen, dem die eine oder andere Frau im Ort sehnsüchtig nachblickte. Korbinian blieb beim Anblick des Lehrers wie angewurzelt stehen und sie bemerkte, dass sein sonst so starres Gesicht von einer leichten Röte durchflutet wurde und seine Augen aufleuchteten. Auch der junge Liedmeier blieb stehen, er lächelte unbeholfen, streckte Korbinian seine Hand entgegen und einen Moment dachte sie, dass beide sich umarmen wollten. Doch sie schüttelten sich nur die Hände, und der junge Liedmeier sagte lediglich mit rauer Stimme: »Du, Korbinian?«, dann erst wandte er sich zu ihr, nickte kühl, zog seinen Hut und ging rasch weiter. Sie war höchst verwundert, kannte sie den jungen Lehrer sonst doch als überaus höfliche Person, doch sie verschwendete keine weiteren Gedanken daran.

Sie nahmen auf der Aussichtsbank Platz, Agathe wies auf die Landschaft, die im Sommerdunst vor ihnen lag und erzählte Korbinian von der Malerin, die in den kleinen Haus am Ende der Allee wohnte. Mehrfach war sie schon bei ihr gewesen und hatte ihr selbstgebackenes Brot oder Kartoffeln gebracht, und die Frau Malerin hatte ihr einige Bilder gezeigt und auf das Blau hingewiesen, das hier über der Landschaft lag, ihr diesen ganz besonderen Zauber verlieh und das in jedem ihrer Bilder wiederzufinden war. Korbinian jedoch saß neben ihr, wortlos und merkwürdig starr, und sie wagte es nicht, sich an ihn zu schmiegen und, wie sie es ursprünglich vorgehabt hatte, ihm ihre Lippen zum Kuss anzubieten.

1961, Spätsommer, beim Seewirt

Es war ein heißer, langer Sommer gewesen und die Zahl der Ausflügler, die zum Baden und Einkehren an den Staffelsee und nach Seehausen kamen, wollte in diesem Jahr kein Ende nehmen. Unzählige Schweinebraten, Eisbecher und Apfelstrudel hatte Luise im Laufe der letzten drei Monate serviert, und sie wünschte sich nur noch den Regen und die Kühle des Herbstes herbei, um dem Ganzen ein Ende zu setzen. Doch für die beiden letzten Septemberwochen war weiterhin strahlendes Wetter angekündigt und der alte Wirt war unruhig, weil er den Betrieb für die nächsten Tage in die Hände seines Neffen aus Tölz geben musste. Die alte Mutter der Wirtin war gestorben und man musste wohl oder übel zur Beerdigung und Nachlassregelung.

Als sie am nächsten Morgen die Tische im Garten für die ersten Gäste vorbereitete, stand er plötzlich vor ihr. »Theo«, sagte er, eine dunkle Haarsträhne fiel ihm widerspenstig in die Stirn, sein weißes, locker geknöpftes Hemd betonte die Bräune seines Gesichts und seiner Brust, streckte ihr seine Hand entgegen und lachte.

Als er in Richtung Haus ging, um Onkel und Tante zu begrüßen, bemerkte sie, dass ihr Gesicht heiß geworden war und ihre Hand leicht zitterte. Vor dem Mittagsansturm ging sie noch rasch in ihr Zimmer und zog ihren dunkelroten Trachtenrock und eine weiße Bluse an. Ihr langes, dunkelblondes Haar steckte sie sich mit dem roten Schildpattkamm, den ihr die Mutter ein Jahr vor ihrem Tod geschenkt hatte, locker hoch.

In nicht einmal einem Tag schaffte es der junge Wirt, einen vollkommen neuen leichten, beschwingten Ton ins Haus zu bringen. Die derbe, schwerfällige, manchmal etwas anbiedernde Art des alten Wirtes war mit ihm verschwunden, nun stand Theo an der Theke, an den Gasttischen oder im Garten und plauderte mit den Gästen in einer unaufdringlich lockeren, freundlichen Art, die jedem das Gefühl vermittelte, bestens umsorgt und bedient zu werden. Am zweiten Abend, einem Samstag, legte er die neuesten Schlager auf und eine Menge junger Leute, die bis jetzt die biedere Gaststätte eher gemieden hatten, saßen in der Gaststube, aßen, tranken, lachten und tanzten bis Mitternacht.

Als die meisten Gäste gegangen waren und Elsi, die Aushilfskellnerin, die Gläser wegräumte, zog Theo sie auf die kleine Tanzfläche und sie tanzten eine Weile, zuerst nach den gesellschaftlich vorgeschriebenen Regeln, dann jedoch bald eng umschlungen und seine Lippen streiften mehrmals ihr Haar. In der Nacht kam er in ihr Zimmer unter dem Dach und als Luise im Morgengrauen neben ihm erwachte, konnte sie sich nicht vorstellen, dass es irgendwann in ihrem Leben einmal etwas Schöneres geben würde. Die kommenden Nächte waren voller Glück und Leidenschaft, und wenn sie beide träge und liebessatt in Luises schmalem Bett lagen, spannen sie Pläne von gemeinsamen Reisen, einem kleinen Hotel irgendwo im Voralpenland oder von Theos größtem Traum, einem großen Tanzlokal in München.

Als Theo nach fünf Tagen die Ausflugswirtschaft wieder verließ und mit den alten Wirtsleuten wieder behäbige Beschaulichkeit ihren Einzug hielt, bat ihn die Tante schöne Grüße an Inge und den Kleinen auszurichten. Als Luise diese Abschiedsworte hörte, stand sie wieder wie vor fünf Tagen, die ihr wie eine selige Endlosigkeit vorkamen, im Garten und richtete die Tische, wieder zitterten ihre Hände und wieder spürte sie ihr Gesicht heiß werden, doch diesmal fühlte sie Wut, Scham und gleichzeitig eine abgrundtiefe Traurigkeit.

Als sie kurz darauf wieder nach Hause auf den Stettnerhof zurückkehrte, empfand sie ihn als noch verwahrloster und trostloser als zuvor. Die Luft in der Stube war abgestanden, der kleine Blumenstrauß unter dem Kruzifix im Herrgottswinkel war welk und vertrocknet. Daneben hing das Bild, das einen etwas dürftigen, rotweißen Blumenstrauß in einer Glasvase zeigte. Eine schwache Erinnerung an das freundliche, damals noch jüngere Gesicht der Malerin oben im blauen Haus, an den dicken, schäbigen Wintermantel, den sie im Haus getragen hatte und an bittern, fremdartig schmeckenden Tee stieg in Luise auf. Sie mochte die Malerin sehr, doch das Bild mochte sie nicht, etwas Trauriges, Einsames und Freudloses ging von ihm aus, doch die Mutter war sehr stolz darauf gewesen und hatte jedem Besucher ausführlich seine Geschichte erzählt.

Seit dem Tod der Mutter vor vier Jahren war nichts mehr in Haus und Hof gemacht worden, das wenige Vieh, das die Mutter noch gehabt hatte, war schon längst wie auch die paar umliegenden Äcker verkauft worden. Lange schon war ihr klar, dass sie das Anwesen nicht halten konnte, doch immer wieder hatte sie den Schritt hinausgeschoben. Während ihrer Zeit auf der Hotelfachschule hatte sie noch einige Zeit mit dem Plan geliebäugelt, eine kleine Pension zu eröffnen, doch wie bei nahezu allen ihrer Vorhaben hatte ihr auch da der Mut gefehlt. Die Hotelfachschule hatte sie bald abgebrochen und von da an häufig ihre Stellen als Serviererin oder Zimmermädchen gewechselt. Die Pläne einmal eine Stelle in der Schweiz oder zumindest in Norddeutschland anzunehmen waren ebenso gescheitert wie ihre wenigen glücklosen Liebesbeziehungen. Die Mutlosigkeit, das Zaudern und Zögern bei jedem ihrer Vorhaben zogen sich wie ein roter Faden durch ihr Leben. Die Mutter hatte schon recht gehabt, wenn sie ihr Antriebslosigkeit, Schwäche und in ganz schlechten Stunden gar Faulheit vorwarf. »Wie dein Vater«, sagte sie dann immer und Schmerz und Enttäuschung schwangen in ihrer Stimme.

Luise hatte ihren Vater nie kennen gelernt. Drei Monate vor ihrer Geburt war er schon im ersten Kriegsmonat gefallen. »Der ist in den Krieg gegangen, um gleich zu sterben«, hatte ihre Mutter mehrfach bitter gesagt und es existierte von ihm nur noch sein Sterbebildchen. »Korbinian Stettner, geb. 28.Sept. 1910 – gefallen vor Warschau, 29. Oktober 1939«. Sie konnte bei sich keine Ähnlichkeit mit diesem dunkelhaarigen Mann mit den ein wenig schwammigen Zügen und den melancholischen Augen entdecken und immer wieder hatte sie die Worte der Mutter im Ohr, die einmal, nicht ahnend, dass das Kind vor dem geöffneten Fenster auf der Bank spielte, in der Kuchl zu ihrer Schwester sagte: »Es ist ein Wunder, dass ich schwanger geworden bin, mehr als dreimal war er nicht bei mir nach der Hochzeit. Er hat sich so schwer getan, er mochte keine Frauen.«

1944, Winter, im blauen Haus, Murnau

Sie war so dankbar für die Eier, den Speck und das Feuerholz, das die Stettnerbäuerin ihr vorbeigebracht hatte. Sie wusste, dass die Stettnerin es nicht einfach hatte als junge Witwe mit Kind, dass sie aber den Hof mit Hilfe ihres Bruders und verschiedener Knechte und Mägde nach dem Tod ihres Mannes tüchtig weiterbestellte.

An einem bitter kalten Wintertag hatte diese einfach bei ihr geklopft und ihr die Sachen in die Hand gedrückt, und als sie bemerkte, dass es vollkommen unbeheizt im Haus war, kam sie ein paar Stunden später in Begleitung ihrer kleinen Tochter wieder. Die beiden zogen einen Schlitten, beladen mit Holz, durch den knirschenden Schnee. Die Malerin bat sie herein und bot ihnen Tee an, viel mehr hatte sie nicht im Hause. Es beschämte sie, dass sie den beiden nichts für die Lebensmittel und das Holz geben konnte. Dann jedoch erinnerte sie sich daran, dass die Stettnerin als junges Mädchen zuweilen vorbeigekommen war und mit großer Neugier und Freude ihre Bilder betrachtet hatte.

Sie ging hinauf ins Atelier und öffnete die Tür des kleinen Nebenraumes. Hier verwahrte sie nicht nur eigene Werke, sondern auch die zurückgelassenen des früheren Geliebten, der immer noch durch ihr Herz und zuweilen als schemenhafte Gestalt durchs Haus geisterte. Sie zog wahllos ein kleines Bild heraus und war erstaunt, das Bild mit den roten Dahlien und den weißen Löwenmäulchen in der alten Glasvase in der Hand zu haben. Sie erinnerte sich genau, dass sie nach einer von zahllosen durchweinten Nächten dieses Bild im Morgengrauen mit müden, tränenverschleierten Augen gemalt hatte. Es war eines der ersten, das sie nach seinem Weggang, der ihr Leben in ein Davor und ein Danach teilte, angefertigt hatte und nie war es ihr als besonders gelungen erschienen. Sie überreichte der Stettnerin das Bild und meinte, dass es sich in ihrer guten Stube neben dem Herrgottswinkel vielleicht ganz schön ausnehmen würde. Die junge Bäuerin, die einen müden, bitteren Zug um den Mund hatte und deren Augen nur leuchteten, wenn die kleine, blonde Luise etwas tat oder sagte, nahm es verlegen an. Die Kleine klatschte in ihre Hände und rief »Bluama, Bluama«, sodass beide Frauen lachen mussten und plötzlich eine warme herzliche Stimmung in der kalten Küche herrschte.

1962, Mai, Dorffriedhof Murnau

Es war ein warmer, strahlender, fast schon sommerlich blauer Maitag, den Trauergästen wurde es heiß im Schwarz ihrer Trauergarderobe und sie wischten sich den Schweiß von der Stirn. Viele Leute aus dem Dorf waren gekommen, doch auch Professoren, Museumsdirektoren, Künstler und Freunde der Verstorbenen aus München und der ganzen Welt. Luise, die sich im Hintergrund hielt und sich mit ihrem schweren Leib an einer der wenigen Bänke des Friedhofs abstützte, spürte die kräftigen Bewegungen des Kindes und strich sanft über ihren Bauch. In wenigen Wochen würde es soweit sein und je näher der Tag der Geburt rückte, desto besser und sicherer fühlte sie sich mit den Entscheidungen, die sie in den letzten Wochen so klar und fest getroffen hatte. Sie hatte Theos Angebot, heimlich für das Kind zu sorgen, ausgeschlagen, ihm die Tür gewiesen und gesagt, dass sie ihn nicht mehr sehen wolle; sie hatte den Hof zu einem annehmbaren Preis verkauft und war nun in der Lage, mit dem Geld ein neues Leben zu beginnen. Sie hatte eine Wohnung im Erdgeschoss mit einem kleinem Gärtchen am Rande Münchens gemietet und war dabei, die letzten Dinge vom Hof zu holen. Jetzt, als sie am Grab der alten Malerin stand, die ihr vor einigen Monaten das Leben gerettet hatte, fiel ihr das Bild wieder ein.

Als sie ihren Strauß aus roten Moosröschen und weißen Margariten in die Grube geworfen und der Malerin ihren letzten Gruß entboten hatte, ging sie zum Ausgang des Friedhofs und wartete dort auf den Museumsdirektor aus München. Als er endlich in Begleitung einiger anderer sehr wichtig und vornehm wirkender Herren erschien, trat sie auf ihn zu und trug ihm ihr Anliegen vor.

Es dauerte einige Zeit, bis das Bild mit den roten Dahlien und den weißen Löwenmäulchen seinen Platz im Museum in München gefunden hatte, doch seit es da hing, wurde es immer wieder von einer jungen Frau mit ihrer kleinen Tochter besucht, und die Museumsaufseher lächelten, wenn die Kleine voller Begeisterung »Bluama, Bluama«, rief und in die Hände klatschte.

Gabriele Münter, 1877 – 1962, ist eine der bedeutendsten Malerinnen des deutschen Expressionismus und eng verbunden mit Wassily Kandinsky und dem Blauen Reiter. Ab 1902 waren Münter und Kandinsky ein Paar; 1903 verlobten sie sich, obwohl Kandinsky noch verheiratet war. Ab 1908 hielt sich das Paar häufig in Murnau auf, wo Münter 1909 an der Kottmüllerallee ein Haus erwarb, das im Volksmund noch heute das Russenhaus genannt wird. Bis 1914 lebten und arbeiteten Münter und Kandinsky dort und in diese fruchtbare Zeit fällt auch die Gründung des Blauen Reiter zusammen mit Marc, Macke, Werefkin, Jawlensky u.a.. Nach Ausbruch des ersten Weltkriegs musste Kandinsky als feindlicher Ausländer nach Russland zurückkehren, Münter lebte von 1915 bis 1920 in Skandinavien. 1916 fand noch ein letztes Treffen des Paars in Stockholm statt, seit 1917 verweigerte Kandinsky jedoch jeglichen Kontakt mit Münter. Jahre später erfuhr sie, dass er bereits in diesem Jahr neu geheiratet hatte. Lange Zeit hielten Depressionen Münter vom Malen ab, bis sie 1931 wieder nach Murnau zurückkehrte und dort bis zu ihrem Tod 1962 lebte.

Alpenblick

Als das Haus vor mehr als hundert Jahren an einem sanften Hang oberhalb des Sees erbaut wurde, gab der damalige Besitzer, ein wohlhabender Münchner Kunsthändler, ihm schon diesen Namen. Trat man im ersten Stock auf den weitläufigen Balkon, war die Aussicht wirklich grandios. Man konnte den Blick über den See und die Fraueninsel hinüberschweifen lassen zu den Chiemgauer Bergen und bei klarem Wetter bis zu den kalkweißen, felsigen Ungetümen der Loferer Steinberge. Der renommierte Münchner Kunsthändler war dafür bekannt, dass er, wann immer er im »Alpenblick« wohnte, im Morgengrauen ein Bad im See nahm und das sommers wie winters. Bis zum Beginn des Zweiten Weltkrieges war das Haus im Besitz der Münchner Familie geblieben; es war ein offenes, überaus gastfreundliches Haus, und viele rauschende Feste wurden dort gefeiert. Mehr und mehr mischten sich jedoch auch braune Uniformen in die Schar der Gäste und es wurde gemunkelt, dass schon einige Male deren Anführer im »Alpenblick« Sekt getrunken, aber niemals getanzt habe.

Im Krieg wurde das Haus nach ein paar Jahren Leerstand als Lazarett genutzt, und in den Räumen, in denen noch vor wenigen Jahren beschwingte Musik erklungen war, schöne Frauen in Ballroben in den Armen ihrer Tanzpartner sich im Takt dazu gewiegt hatten, lagen nun auf harten Pritschen Schwerverletzte und schrieen vor Schmerzen, wenn kein Morphium zur Verfügung stand. Nach Kriegsende wurden die amerikanischen Besatzer Herren des Hauses und als sie schließlich abzogen, kam ein Wirtschaftswunderemporkömmling aus dem Niederbayerischen, dem es gelang, dem Haus seinen letzten Flair und auch den letzten Rest an Eleganz zu nehmen.

Natürlich ging der Parvenu pleite, und so entstand dann nach etlichen Renovierungsarbeiten die Seniorenresidenz »Alpenblick«. Hedda war nun seit fünf Jahren »Insassin« der Residenz, wie sie sich ironisch bezeichnete. Nach dem Tod ihres Mannes und ein paar sehr einsamen und anstrengenden Jahren hatte ihr Sohn die Initiative ergriffen und sie war ins »Alpenblick« umgezogen. Die Umstellung war äußerst schwierig gewesen und mehr als einmal hatte Hedda erwogen, wie der einstige Münchner Kunsthändler in den See zu gehen, jedoch nicht um zu schwimmen, sondern um schlicht und einfach sich darin zu ertränken. Dazu war es nicht gekommen; sie hatte die Vorzüge des »Alpenblick« entdeckt, die Regelmäßigkeit der Mahlzeiten, die eine oder andere angenehme Gesellschaft, auch ein paar wenige passable Herren waren darunter, und vor allem das Klavierzimmer, in dem sie jeden Morgen mit Zustimmung der Heimleitung mehr als eine Stunde spielte. Sie entdeckte Mozart und Bach wieder und war selbst erstaunt, dass ihre gichtgeplagten Finger auch noch den einen oder anderen Nachkriegsschlager zustandebrachten. Sie liebte dieses Musikzimmer, das geräumig und hell und außer dem Flügel mit nur wenigem Mobiliar ausgestattet war. Manchmal hatte sie Gefühl, als würde sie das Zimmer schon sehr lange kennen. An der Wand hing ein Gemälde, eine der wenigen Hinterlassenschaften der früheren Münchner Besitzer, das ein fröhlich, fast schon frech lachendes, kleines Mädchen mit wirren Locken zeigte, das einen Apfel in der Hand hielt.

Im Frühsommer wurde eine neue Bewohnerin angekündigt und der »Alpenblick« vibrierte vor Spannung und Klatsch, denn es handelte sich um Elsbeth von Ritzfeldt. »Alter Adel, weit über Neunzig und nicht mehr ganz bei Trost«, meinte Harry Lauer am Frühstückstisch. Er war bekannt für seine humorigen, kantigen Sprüche, schließlich war er in früheren Jahren ein Radiomoderator der ersten Stunde gewesen. Elsbeth von Ritzfeldt war steinreich, stammte aus der Gegend und war nie in ihrem Leben verheiratet gewesen. Sie hatte keinen ihrer zahllosen Verehrer, die ihrer Schönheit und wohl auch ihrem Reichtum zu Füßen gelegen hatten, erhört. Was sie allerdings nicht daran gehindert hatte, viele von ihnen in ihr Bett zu holen. Ihre Liebschaften waren legendär und ihr Ruf drang seinerzeit über die Grenzen des Landkreises bis in die bayerische Hauptstadt. Natürlich war es in den letzten Jahrzehnten ruhiger um sie geworden. Bis zu ihrer Aufnahme in den »Alpenblick« hatte Elsbeth in ihrem mittlerweile etwas heruntergekommenen Anwesen am Simssee gelebt, versorgt von diversen Pflegekräften, die jedoch alle nach einigen Monaten, ja manchmal schon nach ein paar Wochen, wieder entnervt aufgaben. Elsbeths immer schon exzentrische, eigenwillige Art war natürlich mit dem Alter nicht besser geworden, und ein ausgeprägter Altersstarrsinn und eine zunehmende geistige Verwirrtheit waren hinzugekommen.

An einem Montagmorgen war es soweit, Elsbeth von Ritzfeldt erschien zum Frühstück im Speisesaal. Früher schlank und hochgewachsen hatte das Alter sie hager und gebeugt werden lassen. Sie trug ein zur Tageszeit nicht ganz passendes, roséfarbenes Cocktailkleid, darüber eine fadenscheinige Strickjacke, die schon bessere Zeiten gesehen hatte und dazu elegante schwarze Lederpumps mit hohen Absätzen. Sie wurde rechts und links von Pflegerinnen gestützt und zum sogenannten »Adelstisch« geleitet, dort saßen Alexander von Heitzbach, emeritierter Professor für Geschichte, was ihm jedoch längst entfallen war, und die beiden Schwestern von Liebenstein, verarmter pfälzischer Adel und »so dumm wie Stroh«, wie Harry Lauer sagte. Von Heitzbach sprang auf, so weit ihm das noch möglich war, rückte den Stuhl für Elsbeth zurecht und versank in eine tiefe Verbeugung. Doch Elsbeth ignorierte ihn, die Damen Liebenstein und den für sie vorgesehen Platz und steuerte auf Heddas und Harrys Tisch zu. Sie trat nahe an Hedda heran und musterte sie kritisch. »Du bist wieder nicht gekämmt«, sagte sie tadelnd, »glaub ja nicht, dass ich mit dir spielen werde. Du bist nicht standesgemäß und außerdem klein und dumm.« Dann streckte sie Harry Lauer ihre verkrümmte Greisinnenhand auffordernd zum Handkuss hin. Harry blieb nichts anderes übrig, er deutete einen Kuss an, zwinkerte Hedda zu und murmelte: »Wie schon gesagt, nicht mehr ganz bei Trost!«

So wurde Elsbeth zu Heddas neuer Tischgenossin, was sich von Anfang an als höchst schwierig darstellte, denn in Elsbeths Augen war Hedda ja zumeist ein Kind. Ein Kind, das zwar zwischendurch manchmal gelobt, aber wesentlich öfter gemaßregelt und getadelt wurde, das kleine Aufträge ausführen musste und sich nicht an der Unterhaltung der Erwachsenen am Tisch zu beteiligen hatte. Auch Elsbeths ziemlich gewagte Flirtversuche mit Harry hatte Hedda nicht zu bemerken und wenn doch, dann einfach zu ertragen. Nach einer Woche wünschte Hedda der »adligen Nervensäge«, wie Harry sich ausdrückte, die spanische Grippe an den Hals, doch Elsbeth schien geradezu aufzublühen. Trotz ihrer verwirrten Art bewegte sie sich erstaunlich sicher in Haus und Park, als würde sie schon lange hier leben.

So war Hedda äußerst froh um ihre Musikstunden, bei denen sie ungestört sie selbst sein und sich in der Musik ausleben konnte. Doch als sie eines Morgens mit einigen neuen Notenheften unter dem Arm das Musikzimmer betrat, saß dort im einzigen Sessel bereits Elsbeth von Ritzfeldt. Hedda erstarrte und beschloss dann, sie einfach zu ignorieren. Wenn ihr schon die wirklich wohlschmeckende Kost im »Alpenblick« durch Elsbeth mehr und mehr vergällt wurde, ihre Musik würde sie sich nicht nehmen lassen. Sie öffnete den Klavierdeckel und legte ihre Noten auf, als Elsbeth unvermittelt neben ihr stand. »Hast du den Ernst gefragt, ob du hier spielen darfst? Das ist sein geliebter Flügel, hier spielt er für deine Frau Mama und manchmal auch für den Adolf.« Hedda stand auf, nahm Elsbeth energisch am Arm und führte sie zum Sessel, nahm sich den unbequemen Klavierhocker und setzte sich ihr gegenüber. »Erzähl mir«, sagte sie sanft »vom Ernst, von meiner Mama und von all den anderen. Aber dann möchte ich in Ruhe spielen!« Elsbeth sah sie mit ihren großen grauen, immer noch schönen Augen an und neigte den Kopf leicht zur Seite.

»Ich hab der Mama und dem Papa ganz oft gesagt, dass ich keine Lust habe, mit dir zu spielen. Ich war neun Jahre älter als du und bekam schon Brüste. Aber immer wenn wir hier beim Onkel Ernst waren, wollten sie mich loshaben. Sie wollten mit ihm im Park spazieren, im See baden und Feste feiern. Er muss sich hier entspannen von dem anstrengenden Kunsthandel in München, sagten sie, und will dann kein Kindergeschrei haben. Außerdem wollten sie nicht gestört werden, wenn die ganzen wichtigen Herren da waren und vor allem der berühmte Maler, der auch Professor für Kunst in München war. Haben die den später nicht immer Schamhaarmaler genannt? Der wollte deine Frau Mama ja unbedingt malen, nackt und bloß natürlich. Aber sie wollte nicht; dafür hat er dann dich gemalt.« Sie wies auf das Bild des kleinen Mädchens mit dem Apfel, »Obwohl ich die viel schöneren Kleider hatte und auch immer gut gekämmt war. Papa meinte, dass deine Mama sich nicht mehr lang so zieren könne, denn der Professor konnte richtig böse werden, wenn er nicht bekam, was er haben wollte und außerdem war er ja befreundet mit dem Onkel Ernst, dem Adolf mit dem Bärtchen und all den anderen. Da kann dann ganz schnell Schluss sein mit Sommereinladung und Festefeiern; auch schöne junge Witwen könnten sich nicht alles erlauben! – Jetzt kannst du meinetwegen weiterklimpern, und fall mir bitte bei Tisch nicht immer ins Wort.« Elsbeth erhob die Hand und ließ ein kleines Glöckchen ertönen. Auf der Stelle erschien wie aus dem Nichts eine Pflegerin und begleitete sie hinaus.

Hedda blieb regungslos auf ihrem Klavierhocker sitzen und betrachtete das Mädchenbild. Erinnerungsfetzen stiegen in ihr auf;

ein großer, dunkelhaariger Mann mit einem fleckigen Malkittel; ihre Mutter mit Sonnenhut und weißem Sommerkleid in einem Kahn auf dem See; der säuerlich frische Geschmack der Äpfel aus einer Kiste in einem Vorratskeller; eine Sommernacht mit Musik und Lampions; ein kleiner, dunkelhaariger Mann mit einem Bärtchen auf der Oberlippe und einer schnarrenden Stimme. Und die Worte ihrer Mutter, die sie als Kind nie ganz verstanden hatte »Gerade noch bin ich ihnen entronnen!« Ihre Mutter hatte Anfang der Dreißiger Jahre, als Hedda gerade vier Jahre alt war, zum zweitenmal geheiratet, Hedda war mit ihr und ihrem Stiefvater Aron Weizmann nach London gezogen und erst nach Kriegsende wieder nach Deutschland zurückgekehrt.

Gegen Ende der Woche blieb Elsbeth von Ritzfeldt den Mahlzeiten fern; beim Versuch nachts im See zu baden hatte sie sich eine schwere Erkältung zugezogen. Als Hedda von einem Wochenende bei ihrem Sohn in München zurückkam, brannte auf dem Tischchen im Foyer wieder einmal die Trauerkerze, darunter stand auf der üblichen schwarzrandigen Karte: »Wir trauern um Elsbeth von Ritzfeld, die im gesegneten Alter von 95 Jahren von uns gegangen ist.«

Ernst Hanfstaengl, 1887 – 1975, Spross der berühmten Münchner Kunsthändlerfamilie, war in den Zwanziger und Dreißiger Jahren Freund und zahlungskräftiger Unterstützer Hitlers. Später fiel er in Ungnade und sollte 1937 auf Befehl Görings liquidiert werden, konnte jedoch fliehen.

Adolf Ziegler, 1892 – 1959, wurde wegen seiner idealtypischen Frauenakte, von denen sich Adolf Hitler sehr beeindruckt zeigte, von Spöttern »Reichsschamhaarmaler« genannt. Er wurde Präsident der Reichskammer der Bildenden Künste und war maßgeblich an der Beschlagnahmung sog. entarteter Kunstwerke aus deutschen Museen beteiligt.

Die japanische Begegnung

Als Georg Schottner das Amt verließ, war es noch nicht einmal fünf Uhr nachmittags, doch es war schon so gut wie dunkel und dichter nasskalter Nieselregen fiel, der ihn auf der Stelle frösteln ließ. Georg wusste nicht genau, ob das trübe feuchte Münchner Novemberwetter oder die Unruhe und Schlaflosigkeit, die ihn seit Wochen quälten, für dieses fröstelnde Gefühl der Erschöpfung und Abgeschlagenheit verantwortlich waren. Heute Nachmittag hatte Dr. Hübner ihn wieder auf die in drei Wochen stattfindende Ehrung anlässlich Georgs fünfzigjähriger Amtszugehörigkeit und seiner bevorstehenden Pensionierung angesprochen. Georg graute vor diesem 30. November 1990, es würden Reden gehalten werden, Vorgesetzte und zahllose Kollegen würden seine Hände schütteln, ihm den üblichen Fresskorb überreichen und von ihm wurden neben einigen getragenen wohlgewählten Worten auch die angemessene Bewirtung, zumindest kühles Bier und Leberkäsesemmeln, wenn nicht etwas Exquisiteres, erwartet. Seit fünfzig Jahren war Georg im Statistischen Landesamt tätig, er konnte sich gut erinnern, wie sein Fünfundzwanzigjähriges verlaufen war. Damals war Marianne noch am Leben gewesen und sie hatte mit Münchner Charme und Resolutheit alle Kollegen zuhause im Schottnerschen Wohnzimmer bewirtet. Georgs Schwindelgefühl und die dumpfen Kopfschmerzen verstärkten sich bei der Vorstellung, Kollegen und Chefs würden ihn in seinem abgewohnten, unordentlichen, nicht sehr sauberen Wohnzimmer aufsuchen, in dem seit Mariannes Tod vor fünfzehn Jahren so gut wie nichts instandgesetzt oder erneuert worden war.

Wie jeden Tag auf dem Nachhauseweg wechselte Georg nach einigen hundert Metern die Straßenseite, um nicht am Schreibwarengeschäft Lederer vorbeizumüssen. Die kurze, vollkommen verunglückte Liaison mit Heddi Lederer lag zwar schon mehr als drei Jahre zurück, doch noch immer hatte er Angst, ihr zu begegnen, Angst, sie würde ihn wieder vereinnahmend an ihren großen Busen drücken und ihm zuflüstern, dass sie morgen extra für ihn kochen würde. Er schämte sich noch heute, dass er, nur um schlicht seine erotischen Bedürfnisse zu befriedigen, in Heddi diese vollkommen falschen Hoffnungen geweckt hatte. Seit der Geschichte mit Heddi war er mit keiner Frau mehr zusammen gewesen, manchmal träumte er von Mariannes breiten Hüften und ihrem Leberfleck über dem Bauchnabel und erwachte mit Tränen in den Augen.

Der Nieselregen war mittlerweile in nasskalten Schneeregen übergegangen. Georg hob den linken Arm, unter dem rechten trug er die Aktentasche, um seinen Hut auf dem Kopf festzudrücken, als ein scharfer, stechender Schmerz den Arm durchzuckte und ihm schwindlig und schlecht wurde. Er taumelte und konnte sich gerade noch am Schaufensterbrett eines winzigen Ladens, den er noch nie zuvor wahrgenommen hatte, festhalten, bevor ihm schwarz vor Augen wurde. Als er wieder zu sich kam, fühlte er eine kühle, zarte Hand seine Brust massieren und schmeckte die herbe aromatische Süsse eines Getränks, das ihm heiß durch die Kehle rann und augenblicklich seine eiskalten Hände und Füße wieder wärmer werden ließ. Er öffnete die Augen, sah zuerst nur Regale und eine Verkaufstheke, wo sich zierliche Teetassen, Kannen und Dosen in Weiß oder mit einem zarten Muster präsentierten, dann nahm er ganz nahe bei sich menschliche Wärme wahr. Er blickte auf einen Scheitel, der schwarzes, von silbernen Strähnen durchzogenes Haar teilte und bemerkte eine Frau in einem seltsamen Gewand, die zierlich und nahezu gewichtslos auf seinen Knien kauerte und immer noch seine Brust massierte. Der kurze Wunsch, sich gegen diese etwas verfängliche Situation zu wehren, aufzustehen, das Hemd zu schließen und sich rasch zu entfernen, wurde sehr schnell zurückgedrängt, als die Frau ihm ein Gläschen klarer Flüssigkeit verabreichte, das äußerst scharf war, stark nach Alkohol schmeckte und ihn ein wenig an den Enzian erinnerte, den sein Großvater immer nach dem Schlachten getrunken hatte. Die Frau glitt von seinen Knien, glättete ihr seidenes Gewand, von dem ihm nun plötzlich wieder einfiel, dass es Kimono hieß. Vor Jahren hatte Marianne sich einmal im Fasching so ein Gewand geschneidert, sich etwas lächerliche Schirmchen ins Haar gesteckt und war als Geisha gegangen. Die Frau, die jetzt vor ihm stand, schien, wären nicht die silbernen Fäden in ihrem Haar gewesen, alterslos, sie war äußerst klein und zierlich und hatte ein schmales blasses Gesicht, das wie von weißem Puder überstäubt schien. Sie verbeugte sich leicht vor ihm, legte eine Hand auf ihre Brust, sagte: »Mizuki« und neigte leicht den Kopf. »Georg«, antwortete er mit etwas heiserer Stimme und wunderte sich sofort, wieso er sich dieser Frau nur mit seinem Vornamen vorstellte. Georg war er nur für seine Eltern und für Marianne gewesen und war es immer noch für seinen einzigen Freund Sebastian; für alle anderen, die langjährigen Kollegen, mit denen er sich ungern duzte, die Schafkopfrunde im Weißen Bräuhaus und die Kollegen vom Münchner Fahrradsportverein war er der »Schotti«.

»Das Herz ist schwach, das Blut fließt schlecht«, meinte Mizuki etwas unklar und schenkte ihm noch einmal vom heißen Tee und dem starken Gebräu ein. Eine Stunde später saß Georg immer noch auf der einzigen bequemen Sitzgelegenheit des Ladens, einem alten Sessel; Mizuki hatte sich eine kleine Trittleiter herangezogen und wenn er später an diese behagliche Stunde dachte, in der die Lebensgeister mehr und mehr zu ihm zurückgekehrt waren, schien ihm, als hätte sein Leben da eine Wende genommen.

Mizuki kam aus Hiroshima, doch nur ein kurzer Blick von ihr bei der Nennung dieses mit grausamen Geschehnissen verbundenen

Namens genügte und Georg stellte dazu keine Fragen. Schon seit fünfzehn Jahren lebte sie in München, sie hatte Albert geheiratet, den sie kennen gelernt hatte, als er für die Nymphenburger Porzellanmanufaktur in Japan war und sich Kenntnisse über die japanische Methode der Porzellanmalerei aneignen wollte. Sie war mit ihm nach München gezogen und hatte ebenfalls bei den Nymphenburgern gearbeitet, die ihre exzellenten exotischen Porzellanmalkünste sehr schätzten. »Doch es ging nicht mit der Liebe«, sagte Mizuki wiederum etwas rätselhaft. Jedenfalls verschwand Albert von einem Tag auf den anderen und später erfuhr Mizuki, dass er sehr rasch eine elegante Verkäuferin des renommierten Modehauses Mädler geheiratet hatte. Einige Jahre später eröffnete Mizuki, was auf deutsch »schöner Mond« heißt, den winzigen Laden für feines Porzellan und exquisite Teesorten in der Nähe des Isartors. Mit einer kleinen Unterstützung von Albert und den eher spärlichen Einnahmen aus dem Laden konnte sie sich gerade so über Wasser halten. Noch eine Stunde später saßen Mizuki und Georg am kleinen Küchentisch in Mizukis Wohnung über dem Laden und aßen Reis mit feinem wohlschmeckenden Gemüse und die Schärfe der nur wenigen rötlichen Flocken, die sie darüber stäubte, trieb Georg die Tränen in die Augen. Mizuki lachte darüber und sah dabei derart jung aus, dass Georg über den Tisch hinweg spontan nach ihrer kleinen Hand griff und »Danke, danke für alles« stammelte.

Er schlief fest und traumlos in dieser Nacht und wäre nicht das kleine Fläschchen auf dem Tisch gestanden, das Mizuki ihm mit dem Hinweis »Nur ein Löffel, morgens, mittags, abends« mitgegeben hatte, hätte er die japanischen Stunden des vergangenen Abends für einen Traum gehalten. Wesentlich aufrechter und zuversichtlicher ging er ins Amt, bat bei Dr. Hübner um noch etwas Aufschub seine Ehrung betreffend, verbat sich jedoch gleich alle Reden, wohl wissend, dass doch welche gehalten würden und hüllte sich, was die Bewirtung anging, in Schweigen. Der Tag verlief ereignislos, die Zahlen, die er aus dem mit seiner gestochenen Handschrift gefüllten Journal in einen dieser neuartigen Computer übertrug, mit denen er sich wohl oder übel kurz vor dem Ruhestand noch hatte anfreunden müssen, verschwammen zuweilen vor seinen Augen und nahmen die Form japanischer Schriftzeichen an.

Überpünktlich verließ er das Amt und kaufte bei Frau Huber am Viktualienmarkt zwanzig gelbe Rosen. »Ui, Schotti, wandelst du etwa wieder auf Freiersfüßen?«, fragte diese neugierig, er gab jedoch keine Antwort und ging beschwingt in Richtung »Mizuki – Tee und feines Porzellan«. Diese verabschiedete gerade eine Kundin, die in einem sorgsam verschnürten Päckchen aus Seidenpapier vorsichtig ihren Kauf aus dem Laden trug. Mizuki trug einen schwarzen Kimono, auf den nur einige wenige gelbe Blüten appliziert waren und wirkte weniger blass als am Vortag. Sie nahm die Rosen mit einem Lächeln und leichten Kopfnicken in Empfang, griff aus einem der Schränke zielsicher eine formschöne schlichte weiße Vase, natürlich aus Nymphenburger Porzellan, und ordnete darin die Rosen. Dann verschwand sie kurz in das Höfchen hinter dem Laden und holte einige Efeuranken, die sie fast wie zufällig zwischen den Rosen versenkte und Georg, der bis dahin keine besondere Beziehung zu Blumen gehabt hatte, stand überwältigt vor der Schönheit dieses Straußes. »Danke Georg, wie klopft heute dein Herz?«, fragte Mizuki und ihre dunklen Augen musterten ihn prüfend.

Wie selbstverständlich verbrachten sie auch die nächsten Abende in Mizukis kleiner Küche, Georg lernte die verschiedensten japanischen Gerichte kennen und er, der sein ganzes Leben Schweinebraten, Knödel, Weißwürste und vielleicht einmal eine üppige Mehlspeise verzehrt hatte, fand alles überaus wohlschmeckend. Mittlerweile wussten sie schon viel voneinander, Georg erzählte von seiner Jugend in Niederbayern, vom Bauernhof seiner Eltern, von der Ausbildung zum Finanzbeamten in München und von Marianne. Mizuki berichtete von ihrer Münchner Zeit, schilderte die verschiedenen Motive auf den Nymphenburger Tellern und Tassen, erzählte von ihrer besten Freundin Li und noch einigen Freunden und Bekannten aus dem kleinen Kreis von Japanern, die wie sie in München lebten. Fragen nach ihrer Kindheit und Jugend wich sie aus und als Georg am vierten Abend ihrer Bekanntschaft direkt fragte, ob es mit Hiroshima zu tun habe, nickte sie, legte ihre kleine Hand auf seine kräftige und sagte »bald«.

An diesem Abend fasste Georg sich ein Herz und lud Mizuki für den nächsten Abend zu sich nachhause ein. Er hatte keine Ahnung, wie er es bewerkstelligen sollte, sein Wohnzimmer und seine Küche derart schnell einigermaßen ansehnlich zu gestalten und was er Mizuki zum Essen anbieten sollte, trotzdem war er voller Vorfreude. Am nächsten Tag wuchs er über sich selbst hinaus, er drückte der Gerda Meierhöfer, die in seinem Haus immer die Treppe putzte, einen großzügig bemessenen Betrag in die Hand und bat sie, noch am diesem Tag die Wohnung sauber zu machen. Er verabschiedete sich früher aus dem Amt, Erklärungen gab er keine ab und auch niemand fragte nach, und erwarb auf dem Viktualienmarkt verschiedene feine Käsesorten, dunkles würziges Brot und Radieschen. Bei Frau Huber, die ihm diesmal verschwörerisch zuzwinkerte, kaufte er einen Dahlienstrauß, in dem einige kleine Sonnenblumen für kräftige gelbe Farbtupfer sorgten. Gerda Meierhöfer hatte ganze Arbeit geleistet, die Küche blitzte und blinkte und das Wohnzimmer, so abgewohnt es auch war, wirkte ordentlich und wurde durch den bunten Herbststrauß entscheidend aufgewertet.

Mizuki erschien pünktlich, auf ihren Wangen schimmerte feiner rosa Puder und ihr glattes Haar war mit einem roten Schildpattkamm hochgesteckt, der farblich genau zu ihrem ebenfalls roten Kimono passte, um den sie einen schmalen schwarzen

Seidengürtel mit zierlichen Drachenstickereien gelegt hatte. In der Hand hielt sie ein kleines duftendes Päckchen, überreichte es Georg lächelnd und sagte: »Mizukis Frühlingsrollen im Herbst, gleich essen«. Georg nahm ihr das Päckchen ab, legte es auf den Küchentisch und küsste sie, selbst überrascht von seiner Geste, zart auf beide Wangen. Dabei durchströmte ihn ein so starkes Verlangen, dass er sie noch näher an sich ziehen und sie auf den Mund küssen wollte. Mizuki jedoch legte rasch zwei Finger ihrer kühlen Hand auf seinen Mund und sagte wieder »bald«. Die feinen Frühlingsrollen bildeten mit dem würzigen Allgäuer Käse, dem dunklen Brot und den knackigen Radieschen ein wunderbaren Abendimbiss und Mizuki ließ sich zu einigen Schlucken Bier überreden. Georg saß ihr gegenüber, betrachtete voller Freude ihre zierlichen Gesten und stellte fest, dass sich ihre Wangen unter der rosa Puderschicht röteten. Seit Mariannes Tod war es das erste Mal, dass wieder eine Frau in seinem Wohnzimmer saß; die unglückselige Heddi war niemals bei ihm zuhause gewesen.

Während des Essens plauderten sie angeregt, dann setzten sie sich im Wohnzimmer auf das alte Sofa, das Georg und Marianne sich vor langer Zeit beim Einzug in die Wohnung gekauft hatten und das damals ihr ganzer Stolz gewesen war. Dort hatten sie bis zu Mariannes Tod viele Abende gesessen, Georg mit der Tageszeitung, Marianne mit einem Buch oder einer Handarbeit. Dort hatten sie zahllose Hörspiele im Radio gehört, später hatte natürlich ein Fernsehgerät Einzug gehalten, hier hatte Georg Marianne erzählt, wie sein Tag im Amt verlaufen war, hier hatten sie beide geweint, als feststand, dass sie keine Kinder bekommen würden und ebenfalls hier saßen sie wie gelähmt, als Marianne ihre niederschmetternde Diagnose erfahren hatte. Nun saß Mizuki auf Mariannes Platz und Georg hatte das Gefühl, dass Marianne nichts dagegen haben, nein, dass sie das gutheißen würde. Mizuki jedoch war verstummt, ihre Hände lagen still in ihrem Schoß und ihre Augen schienen in weite Ferne zu blicken. Dann straffte sie sich, stand auf, trat vor Georg hin und öffnete ihren Kimono. Raschelnd glitt er von ihrem Körper und fiel lautlos auf den Boden. So stand sie vor ihm, schutzlos und fast nackt und Georg erblickte die wulstartigen Narben auf ihrem rechten Arm, einem Teil ihrer rechten Schulter und der rechten Brust. Wie sich ineinander verknäuelnde kämpfende Schlangen wirkten diese Narben und Georg konnte seinen Blick nicht davon wenden. »Ich bin eine Hibakusha«, sagte Mizuki.

Mizuki wurde vier Jahre vor dem denkwürdigen 6. August 1945, an dem die Amerikaner ihren todbringenden »Little Boy« auf Hiroshima warfen, geboren. Ihr Vater war Lehrer an einer Schule im Zentrum der Stadt, die Mutter war zuhause im kleinen Haus der Familie, das etwa fünf Kilometer vom Stadtzentrum entfernt war und versorgte die Kinder, Mizuki und ihren gerade geborenen Bruder Kaito. Kaito war ein schwächlicher Säugling, der nicht trinken wollte und ständig krank war. In der Nacht auf den 6. August hatte er hohes Fieber und krampfartigen Husten bekommen und die Eltern beschlossen am frühen Morgen, mit ihm in die Klinik in der Stadtmitte zu fahren. Mizuki wurde in der Obhut der Nachbarin Mei gelassen. Während Mei am Herd stand und in einer Pfanne Reis für den ganzen Tag briet, spielte die kleine Mizuki mit der Puppe, die ihr die Mutter aus weißem, mit weicher Watte ausgestopften Stoff mit einem kleinen roten Kimono und Haaren aus schwarzer Wolle gefertigt hatte. Es war nach acht Uhr, ein heißer Sommertag begann über Hiroshima, der Stadt, die sich glücklich schätzte, doch auch unsicher erstaunt darüber war, dass sie bis jetzt von den Amerikanern noch kaum angegriffen worden war. Mizuki hatte gerade ein kleines Schälchen Reis mit etwas getrocknetem Obst von Mei bekommen und es mit großem Appetit gegessen, als plötzlich gleißendes, grellsilbernes Licht durch das kleine Fenster, durch das man sonst den alten Kirschbaum mit seinem dichten, dunkelgrünen Laub sehen konnte, den Raum blitzend erhellte. Schläge und Donnern folgten und innerhalb von

Sekunden stürzten brennende Balken von der Decke. Mei, die die Arme schützend um Mizuki gelegt hatte, wehrte das heiße, zischend brennende Holz ab, doch sie wurden beide getroffen und innerhalb von Sekunden bedeckten riesige rote Blasen Mizukis Schulter und Arm und Meis Brust und Gesicht. Ihre Gewänder hatten sich aufgelöst und nur noch kleine Fetzen zeugten davon, dass sie einmal bekleidet gewesen waren. Schreiend, in panischer Angst, flüchteten sie aus dem Haus, wo ein sirrendes, singendes Sausen in der Luft war, Menschen umhertorkelten oder zuckend auf der Straße lagen und plötzlich wurde es dunkel und schwarzer, rußartiger Regen fiel. Sie schleppten sich die kleine Anhöhe hinter Meis Haus hinauf und dort sahen sie den riesigen, weißgrauen Pilz, der über Hiroshima stand, sahen Menschen, die wie tot auf der Erde lagen, andere, die ihnen hilfesuchend ihre Hände entgegenstreckten und in ihren Mündern war ein seltsamer bleierner Geschmack.

Mizukis Eltern und ihr kleiner Bruder kehrten nicht aus der Stadt zurück, sie wurden im Epizentrum des Abwurfs sozusagen ausgelöscht, Mei lebte noch drei Tage, bis sie an inneren Blutungen verstarb. Mizuki zog zu ihrer Großmutter weiter außerhalb der Stadt, die den Sohn und den heißersehnten Enkelsohn verloren hatte und in ihrer ungerechten Trauer es Mizuki immer spüren ließ, dass nicht sie hätte überleben dürfen. Mizukis kaum begonnene Kindheit endete in diesen Tagen. Später, als sie fast schon ein junges Mädchen war, wurde eine nicht heilbare, doch sehr langsam sich entwickelnde Form des Schilddrüsenkrebses bei ihr festgestellt, »doch ich lebe noch heute«, sagte Mizuki, als sie sich wieder in ihren Kimono hüllte. Still und nahezu wortlos verbrachten Georg und Mizuki den Rest des Abends, sie legte den Kopf an seine Schulter und seine starken kräftigen Hände streichelten ihre Schlangenschulter und ihren Schlangenarm. Später nahm er sie in seine Arme, trug sie zum Schlafzimmer und als sie dort in dem Bett lagen, in dem er seit über fünfzehn Jahren immer allein gelegen hatte, küsste er lange und zärtlich ihre Schlangennarben. Mizuki zog ihn an sich und murmelte fast unhörbar: »Mein Takeshi« was in etwa »starker Baum« bedeutet.

Der 30. November 1990 war ein strahlender kalter Tag und in der Luft lag schon etwas Schnee. Am Marienplatz war schon der große Christbaum aufgestellt worden und in den Buden des Christkindlmarktes wurden die letzten Vorbereitungen vor dessen Eröffnung getroffen. Vom Statistischen Landesamt setzte sich eine größere Gruppe von Menschen in Richtung Isartor in Bewegung, Dr. Hübner im eleganten grauen Wintermantel schritt voraus, dahinter die älteren Mitarbeiter, einige mit kleinen Päckchen und Blumensträußen in den Händen und während die Lehrlingsmädchen Inge und Alma hinterher trödelten und die Schaufenster betrachteten, schleppten die beiden Lehrlinge Hansi und Franz einen riesigen Fresskorb. Als die Abordnung vor Georgs Haus ankam, war in vielen Gesichtern Unsicherheit, Angst vor Peinlichkeit, doch auch Neugier zu erkennen und Dr. Hübner drückte schließlich entschieden den Klingelknopf unter dem Namensschild »Schottner«. Gerda Meierhöfer, nicht in Kittelschürze, sondern im Sonntagsstaat öffnete, nahm den Eintretenden die Mäntel ab und führte sie ins Wohnzimmer, wo ein äußerst fröhlich wirkender Georg Schottner in einem neuen grauen Anzug sie empfing. Die Augen aller Gäste wanderten jedoch sofort zu zwei kleinen, überaus zierlichen Frauen mit schimmernden Kimonos, die im Hintergrund bei einem großen Tisch mit einer Vielzahl kleiner Schälchen standen, die duftendes Gemüse, Reis, Geflügel, Rindfleisch und winzige, würzige Teigröllchen enthielten. Die beiden Frauen schenkten grünen Tee in zierliche Tassen, boten aber auch Bier und Wein an. Georg Schottner legte den Arm um eine der Frauen, stellte sie als »meine Mizuki« und die andere als deren Freundin Li vor. Die Gäste, zuerst etwas zurückhaltend, wurden durch die freundliche, charmante Bewirtung und den so glücklich wirkenden Georg Schottner zusehends lockerer. Als die Rede von

Dr. Hübner überstanden, der Fresskorb überreicht, die Kollegen dem Gastgeber die Schulter geklopft und die beiden Lehrmädchen endlich die Bewunderung der Kimonos beendet hatten, schritt man zu Tisch und fast jeder der Anwesenden lobte begeistert das so andersartige, so unbekannte, doch so wohlschmeckende Essen. Zur Nachspeise wurden kleine süße Honigbananen gereicht und die Herren erhielten das überaus scharfe, starke Getränk, das manche von ihnen an Enzianschnaps erinnerte.

Dann erhob sich Georg Schottner, dankte allen Gästen für ihr Kommen, für ihre Worte und Geschenke und auch für die lange Zeit, die er mit den meisten von ihnen hatte verbringen dürfen. Dann holte er Mizuki zu sich, dankte ihr für sein neues Leben an ihrer Seite und kündigte an, dass er im nächsten Jahr seine erste große Auslandsreise, seinen ersten Flug antreten wolle. Mit Mizuki werde er in deren Heimatstadt Hiroshima reisen, um am jährlichen Friedensgebet dort zum Gedenken an alle Hiroshimaopfer, Hibakusha genannt, teilzunehmen. Es schien, als hätten sich während seiner Worte die ersten weißschimmernden Blüten des Kirschblütenstraußes am Wohnzimmerfenster sanft geöffnet.

Ende und Anfang, Anfang und Ende

Susanne war erstaunt, wie lebendig und rosig Tante Gertraud aussah. Schließlich war sie sicher seit mehreren Stunden tot. Der Pflegedienst hatte in den frühen Morgenstunden bei Susanne angerufen und ihr mitgeteilt, dass Tante Gertraud in ihrem Fernsehsessel wohl friedlich eingeschlafen war. Jetzt lag sie in ihrem geblümten Morgenmantel, der wie immer Spuren der Mahlzeiten der letzten Tage aufwies, auf ihrem Bett und sah aus, als schliefe sie. Susanne dachte an Tante Gertrauds Lieblingsserie »Rosen der Liebe« und hoffte, dass ihre Tante diese am gestrigen Abend noch hatte sehen können. Das Beerdigungsinstitut hatte sich für die nächste Stunde angekündigt, um die Verstorbene abzuholen und es gab noch eine Menge zu erledigen. Susanne erinnerte sich an den Tod ihrer Mutter und die turbulente Zeit direkt danach. Zeit, um ihre Mutter zu trauern, hatte sie erst viel später gefunden und so würde es auch bei Tante Gertraud sein.

Als sie einige Tage später, die Beerdigung hatte bereits stattgefunden, wieder in Tante Gertrauds Wohnung war, kamen ihr beim Entsorgen einer schon geöffneten Tüte Gummibärchen, Tante Gertrauds bevorzugter Fernsehnascherei, und beim Wegwerfen eines schon vollkommen vertrockneten Weihnachtsgestecks die Tränen. Sie setzte sich auf Tante Gertrauds unbequemes Biedermeiersofa und wusste nicht, wo sie anfangen sollte. Über fünfzig Jahre hatte Tante Gertraud in dieser Wohnung gelebt und Susanne glaubte nicht, dass sie außer Küchenabfällen jemals etwas weggeworfen hatte. Sie hoffte, dass mit der tatkräftigen und pragmatischen Unterstützung ihres Mannes und der Hilfe eines

Nachbarn, der seine Dienste angeboten hatte, die Wohnung in der von der Hausverwaltung geforderten Frist von vier Wochen geräumt sein würde.

Entschlossen öffnete sie Tante Gertrauds Bauernschrank, wo ihr als erstes einige Teller mit bereits versteinerten Brötchenresten und verschimmeltem Obst entgegenfielen. Auf diese Weise hatte Tante Gertraud über Jahre ihrem Pflegedienst vorgegaukelt, dass sie brav und folgsam immer alle zubereiteten Mahlzeiten zu sich genommen hatte. Zwei Kartons mit Kerzenstummeln, altem angeschlagenen Christbaumschmuck und Ostereiern folgten. Berge von Modekatalogen aus den letzten Jahrzehnten – die Tante hatte es geliebt, ihre Blusen und Hosen in gewagten Farbkombinationen dort zu bestellen – stapelten sich dahinter. Susanne begann kurz entschlossen einen Wäschekorb mit Altpapier zu füllen, als ihr aus einem Katalog, der über zwölf Jahre alt war, ein vergilbter dicker Umschlag entgegenfiel. Sie vermutete Rechnungen darin, denn Tante Gertraud war immer sehr sorglos mit diesen Dingen umgegangen und hatte mehrfach Mahnbescheide erhalten, weil sie die Rechnungen und Mahnungen schlichtweg verlegt hatte. Doch es waren keine Rechnungen, es war ein Bündel Briefe. Sie waren profan mit einem Gummibändchen zusammengehalten und Susanne konnte nicht anders, als dieses Bändchen abzunehmen und den obersten Brief zu öffnen.

12.4.47

Verehrte liebe Kommilitonin,

dass wir heute beim Verlassen des Seminars so heftig aufeinander prallten und ich Ihren Schiller aufheben durfte, dass Sie mir dann gestatteten, Sie bis zu Ihrer Straßenbahnhaltestelle zu begleiten, das sehe ich als überaus glückliche Fügung. Schon seit längerem hat mich Ihr dunkler Lockenkopf, den sie meistens erfolglos mit einem Reif zu bändigen versuchen, von Professor Borcherdts Ausführungen abgelenkt. Dass ich heute neben Ihnen die Ludwigstraße entlanggehen und schon so dies und das von Ihnen erfahren durfte, hätte ich nie zu hoffen gewagt.

Als etwas unbeholfener Bub vom Lande habe ich in meiner Aufregung wohl ganz versäumt, mich Ihnen mit vollem Namen vorzustellen: Lukas Bergmeier, geboren vor 26 Jahren in den bayerischen Voralpen, seit 3 Jahren Student der Germanistik und der Theaterwissenschaften an der Ludwig-Maximilians-Universität. Eine schwere, mittlerweile aber vollkommen verheilte Verletzung im vorletzten Kriegsjahr hat mir den Luxus eines Studiums der Geisteswissenschaften zuteil werden lassen zu Zeiten, als meine Kameraden in den Schützengräben qualvoll verendeten. Ich betrachte mein Leben jeden Tag erneut als wunderbares Geschenk und dass die manchmal unerträglich trockenen Vorlesungen von Professor Borcherdt mir nun Ihre Bekanntschaft ermöglichten, ist ein weiteres großes Geschenk für mich.

Darf ich Sie das nächste Mal wieder zur Straßenbahn geleiten? Ich sende Ihnen dieses Briefchen durch meinen Herzensfreund Leo, der, wie ich erfahren konnte, mit Ihnen das Hölderlin-Seminar besucht.

*In großer Verehrung
Ihr Lukas Bergmeier*

Susanne legte den Brief, der in klarer, energischer Handschrift verfasst war, nachdenklich zur Seite. 1947 war die Tante zwanzig Jahre alt und Studentin der Germanistik wohl im ersten Semester gewesen. Ein Foto aus dieser Zeit kam ihr in den Sinn, das die Tante stolz lachend in einem geblümten Sommerkleid mit einer großen Aktentasche unter dem Arm zeigte. Im Hintergrund konnte man den Brunnen vor der Münchner Universität ausmachen. Tante Gertraud war die einzige von drei Schwestern, die studiert hatte. Bei der ältesten Schwester Grete war ganz einfach der Krieg dazwischen gekommen und die mittlere, Lisa, war mehr nach dem Vater geraten und eine eher praktische Natur.

2.5.47

Liebste Gerd,

unsere gestrige Wanderung im Loisachtal durch den mit aller Macht ausgebrochenen Frühling, deine Stimme, dein Lachen, deine vorwitzigen Locken, die unter dem Kopftüchl hervorlugten, dein gesunder Appetit und deine Trinkfestigkeit, die mich wahrlich erstaunte ....all das macht mich unbändig glücklich. Doch unser zarter Kuss beim Abschied, der brachte mich heute Nacht um den Schlaf. Wann darf ich dich wiedersehen? Ich sehne mich unendlich. Darf ich meinen lieben Leo schon einen »postillon d'amour« nennen?

Ganz der deine, Lukas

30..5.47

Meine Liebste, meine Gerd du,

geküsst und getändelt habe ich schon des öfteren, auch das Herzklopfen verspürt, das sich beim Zusammensein mit einer schönen Frau einstellt; ja, vor meiner Kriegszeit kannte ich ein sehr liebes Madl in Steingaden ... .doch was jetzt mein Herz pochen und meine Seele singen lässt, das ist neu für mich und wie ein Rausch. Es lässt mich nicht schlafen und gestern morgen hab ich um ein Haar die Besprechung mit meinem Professor wegen des Hauptseminars versäumt. Du weißt, es geht um meinen geschätzten Brecht, von dem ich dir ein paar exzerpierte Texte beilege. Lies sie und du wirst ganz nah bei mir sein, mein Herzensmadl du.

Dein Lukas

Leider lagen die Texte von Brecht dem Brief nicht mehr bei. Susanne trat vor das Bücherregal der Tante und entdeckte beinahe sofort die Brechtgesamtausgabe aus den Fünfzigerjahren, die mittlerweile etwas verstaubt und zerlesen war. Sie konnte sich genau daran erinnern, dass die Tante früher bei Unterhaltungen des öfteren einen Band hervorgezogen und passend zum Thema ein Gedicht oder einen Text daraus vorgetragen hatte. »Sie kennt ihren Brecht«, hatte Susannes Vater immer bewundernd gesagt.

3.6.47

Meine Liebste,

Meine Sehnsucht nach dir ist so unendlich groß und nichts wünsche ich mir mehr als jeden Tag, jede Stunde in deiner Nähe zu sein. Doch ab morgen bin ich zwei Tage in Augsburg, der Leo und ich sind nun in die Redaktion von »Ende und Anfang« fest eingestiegen und versuchen, das antimilitaristische und antikapitalistische Element dort zu verfestigen. Nichts gegen die engagierten Katholiken, aber a bisserl zu zahm sind die schon.

Wenn ich zurück bin, schick ich dir gleich ein »Billettl« und bitte, hab dann gleich Zeit für

deinen Lukas

Susanne glaubte sich zu erinnern, dass sie ein Exemplar der Zeitschrift »Ende und Anfang«, einmal bei der Tante gesehen hatte. Diese hatte berichtet, dass junge, engagierte Katholiken das Blatt nach dem Krieg gegründet hätten, dieses sich bald in ein äußerst kritisches linkes Organ gewandelt habe und schließlich nach einigen Jahren wegen eindeutig kommunistischer Tendenz von den Besatzungsbehörden verboten worden war.

20.6.47

1.00 Uhr nachts nach dem Brunnenhofkonzert

Meine Liebste,

Musik an deiner Seite zu lauschen und das in einer lauen Sommernacht, das war ein doppelter Genuss. Bei Mozarts fröhlicher Schwerelosigkeit konnte ich meinen Blick nicht lassen von deinem bloßen, leicht sommergebräunten, schmalen Arm auf meinem, von den kleinen Sommersprossen in deinem Ausschnitt und von deinem Mund, den ich zum erstenmal in tiefem verführerischen Rot sah.

Jetzt bin ich wieder mal für die nächsten Tage in Augsburg, es ist alles sehr kompliziert mit den Besatzungsbehörden – sie beäugen uns argwöhnisch – doch der Leo in seiner Weltläufigkeit und mit seinem Münchner Charme kann sie recht gut einwickeln. Schwieriger wird es noch mit dem Papier, da herrscht ein echter Notstand. Gleichzeitig muss ich auch noch die Seminararbeit bis Ende Juni abliefern, will's besonders gut machen und kämpfe mit der mir fehlenden Zeit. Der Brecht hat mich voll in seinen Bann geschlagen und es ist es mein größter Wunsch, vorrangig über ihn wissenschaftlich zu arbeiten und ihn vielleicht einmal persönlich kennen zu lernen.

Ich freue mich auf nächsten Sonntag, bin allerdings auch schon etwas aufgeregt, soll ich deiner Mutter Blumen mitbringen?

Ich küsse Ihren roten Mund, Madame
in Liebe Lukas

Susanne wusste nicht sehr viel über die Liebschaften ihrer Tante. Sie konnte sich an eine jahrelange, sehr anstrengende Dreiecksbeziehung, über die ihre Mutter immer entrüstet den Kopf geschüttelte hatte, erinnern und an einen leitenden Herrn bei der Handwerkskammer, der der Tante lange Zeit den Hof und ihr auch mehrere Anträge gemacht hatte. Diese hatte diverse Urlaubsreisen mit ihm unternommen, hatte sich ins Theater ausführen lassen und sicher fand sich irgendwo auch noch der schöne Silberschmuck, den er ihr verehrt hatte. Doch seine Anträge hatte sie immer sehr bestimmt zurückgewiesen.

27.6.47
Dich, meine Liebste, im Kreis deiner Familie zu sehen, war ein ganz besonderes Erlebnis für mich. Ich kenne das nicht so, ich war ja immer nur allein mit meiner Mutter und so gutbürgerliche Sonntagskaffeeeinladungen gab es nicht bei uns. Deine Mutter ist eine sehr liebe Frau, die so augsburgerisch schwäbelt wie es wohl mein Brecht auch mal getan hat. Der Schalk, der in ihren Augen blitzt, kann sich nur nicht so ganz entwickeln, er ist gebremst durch die ernsthafte, gestrenge Art deines Vaters. Ich glaube, er war nicht so angetan von mir. Deine Schwestern sind reizend, die Älteste passt ja sehr auf dich auf und tut manchmal ein wenig zu gescheit; in der Lisa steckt eine große Portion Lebenslust, hoffentlich versauert sie nicht in ihrer Bank.

Man merkt, du bist das geliebte, kleine Küken und alle sind mächtig stolz auf dich.

Es war ein schöner Nachmittag, doch freue ich mich auf unseren nächsten Spaziergang im Englischen Garten, wo die Worte zwischen uns beiden wieder ungehemmt fließen können. Und wo ich dich küssen kann am Fuße des Monopterus, auch ganz ungehemmt.

dein Lukas

Die Ältere, das war Susannes Mutter und wie der Briefschreiber an einem Nachmittag so deutlich die Beziehung der Schwestern zueinander erkannt hatte, erstaunte sie. So war Susannes Mutter Grete immer die vernünftige große Schwester gewesen, die der »Kleinen« in sehr bevormundender Art vorschreiben wollte, was sie zu tun und zu lassen hatte. Die mittlere, Lisa, hatte da einen leichteren Stand, sie war in ihrer Jugend tatsächlich eine auf allen Faschingsfesten tanzende Lebenslustige gewesen, bis die dramatisch gescheiterte Beziehung zu einem Kollegen ihr das Herz brach und sie zu einer spröden, verknöcherten Bankangestellten werden ließ.

4.7.47
im Morgengrauen und ersten Vogelgezwitscher

Geliebte du, jetzt ist es zu uns gekommen, das größte Glück …..und unsere Seelen und unsere Körper haben sich gefunden. Ich spüre noch deine Lippen auf meinen, deine zarte Brust an der meinen, deine Hände, zärtlich und liebevoll und schnell sehr sicher und kundig, unser Stöhnen, unsere Seufzer und den Taumel, in dem wir uns verloren. Nie mehr, meine geliebte Gerd, will ich dich loslassen.

Ich taumle nun zum Professor Heberl, der heute wohl an meinem Verstand zweifeln wird.

Ich dank dir tausendmal (und deiner Freundin Marianne, die uns ihr Zimmerl in der Schellingstraße mit der karierten Bettwäsche überließ)

der glückselige Lukas

Susanne legte die Briefe beiseite. Eine ganz vage Erinnerung an einen relativ kleinen, aber drahtigen, jungen Mann mit einer dunklen Haartolle und großen, etwas skeptisch blickenden Augen in Kniebundhosen stieg in ihr auf; ein Gruppenfoto von einer Gebirgswanderung, das ihre Tante und einige Kommilitonen auf der Kampenwand zeigte. Hatte nicht der Finger der Tante beim gemeinsamen Betrachten des Fotos etwas länger bei ihm verweilt?

Die folgenden Briefe stammten vom Herbst 1947. Waren im Sommer keine Briefe getauscht worden? War es ein Sommer der Liebe und Zweisamkeit gewesen, der keine Briefe brauchte?

27.10.47
Meine allerliebste Gerd,

ich muss es auf Papier bringen, was mir gestern nicht recht gelang dir zu sagen und was zu unserer ersten Unstimmigkeit führte.

Es ist mein sehnlichster Wunsch, über Brecht zu promovieren, doch ich sehe hier im konservativen Bayern keine Möglichkeit dazu. Ich hab dir ja erzählt, dass ich Professor Kutscher in Unterwössen besucht habe, um mit ihm die

Lage zu besprechen. Er hat den Kopf geschüttelt und gesagt: »Junger Mann, ich bin ja noch nicht mal entnazifiziert, ich kann nichts für Sie tun.« Er hat mir geraten, zu Mayer nach Leipzig zu gehen.

Natürlich werde ich das nicht morgen oder dieses Jahr noch machen. Du weißt, was mich hier hält. Du bist's zuallererst, meine geliebte Gerd, doch ist es auch meine Heimat Bayern, das mir mittlerweile ans Herz gewachsene München, mein Freund Leo und unser Projekt »Ende und Anfang«. Doch letztendlich ist Brecht mein Ziel.

Du bist Münchnerin mit Leib und Seele, du bist hier geboren und aufgewachsen und hast deine geliebte Familie hier. Du kannst dir nicht vorstellen, im dir fremden Leipzig zu leben und niemanden zu kennen außer deinem L. Ich verstehe das und ich will dich nicht ins Unglück drängen.

Lass uns unsere Liebe genießen und sehen, was die Zeit bringt.

Ich liebe dich sehr, dein Lukas

29.11.47

Meine Liebste Du,

ich würde dich zu gerne dazu gewinnen, einen Beitrag für »Ende und Anfang« zu schreiben. Ich weiß, du hast das Zeug dazu. Wie wäre es, wenn du bei F.X. Meiller (arbeitet da nicht der Vater von deiner Marianne?) die Arbeiterinnen nach ihren Lebensbedingungen befragst und darüber einen Artikel für uns machst? Du weißt, wie sehr die Mitbestimmung der Arbeiterschaft und vor allem die Position der weiblichen Kräfte uns am Herzen liegt. Alles weitere mündlich!

Ich freue mich sehr auf unseren nächsten Spaziergang im Englischen Garten. Es soll Schnee geben, doch ich werde dich warm halten. Wann fährt denn die Marianne wieder mal für ein paar Tage weg??

In Liebe, dein Lukas

Susanne kannte die Freundin Marianne. Sie war eine strenge, pensionierte Gymnasiallehrerin für Deutsch und Latein und bis vor zwei Jahren sicher einmal im Monat zur Tante zum Tee gekommen. Nun lebte sie im Seniorenheim und hatte wegen fortschreitender Altersschwäche nicht mehr zur Beerdigung kommen können. Susanne konnte sich kaum vorstellen, dass diese Marianne damals so liebenswert und fortschrittlich gewesen war und den beiden Verliebten ihr »Zimmerl« und ihr Bett für einige Stunden oder auch Nächte überlassen hatte.

2.1.48

Meine liebste Gerd,

das neue Jahr hat begonnen und ich war traurig, dass ich dich nicht küssen konnte zum Jahreswechsel. So habe ich mit Leo und all den anderen sehr viel Bier und Sekt getrunken; wir standen auf den winzigen Balkon bei Rosa in der Ainmillerstraße, ließen Wunderkerzen abbrennen und skandierten: »Nie wieder Krieg«, bis der Nachbar Müller mit der Polizei drohte.

Ich hoffe, dein Sylvesterball war schön und ich kann mir vorstellen, wie du in deinem hellblauen Ballkleid übers Parkett geschwebt bist. Dein Vater war sicher stolz auf dich; ich hoffe jedoch sehr, dass nicht einer der jungen Kollegen aus der Maschinenfabrik dir schöne Augen gemacht hat.

Sage deiner Mutter und deinen Schwestern liebe Grüße, die Weihnachtsplätzchen sind schon alle verputzt.

Wann werden wir uns wieder küssen und uns in den Armen liegen?

Dein Lukas

16.1.48

Meine geliebte Gerd,

verzeih, dass es heute nicht der Leo ist, sondern der dicke Hansi Müller, der den Postillion spielt. Der Hansi ist einfach am schnellsten zur Hand, er sitzt eigentlich immer im Schellingsalon und für ein oder zwei Bier macht er fast alles.

Ich muss ganz dringend heute Mittag nach Augsburg zu einer außerordentlichen Redaktionssitzung und so wird es leider nichts mit unserem Treffen. Der Leo ist schon vorausgefahren. Es steht Spitz auf Knopf mit »Ende und Anfang«. Die katholische Leserschaft bricht uns weg und damit auch die Einnahmen; der Leo und ich wollen weiter unsere Linie verfolgen und keine Konzessionen machen. Die Chefredaktion versucht einen sanfteren Weg einzuschlagen, doch da ziehen wir nicht mit. Und dann noch diese borniertren Hansln von der Besatzungsbehörde! Drück uns bitte die Daumen. Wo bleibt eigentlich dein Artikel?

Sei bitte nicht böse, ein Kuss in Liebe vom Lukas.

Die Tante hatte ihr ganzes Leben als Journalistin gearbeitet, und so weit Susanne es wusste, war sie in den Fünfzigerjahren auch Mitarbeiterin einer äußerst links stehenden Zeitung gewesen. Doch mit rein politischen Artikeln war sie nie in Erscheinung getreten; ihr Gebiet war in erster Linie die Literatur. So kannte Susanne ein Interview, das die Tante seinerzeit mit Wolfgang Koeppen geführt hatte, und sie war stolz darauf, dass ihre Tante in jungen Jahren einen so bekannten Schriftsteller aufgesucht und mit ihm gesprochen hatte.

15.2.48

Geliebte!

Diese Woche mit dir in meiner Heimat

Ohne Heimlichkeiten, sozusagen mit dem Segen deiner Eltern (Schwestern nicht zu vergessen) und meiner Mutter

Der Schnee, der unter unseren Schritten knirschte

Die Wieskirche, die mich Atheisten immer zu Tränen rührt

Dein Zauber in meiner Bubenkammer und die Eisblumen am Fenster

Der Apfelstrudel, den du mit meiner Mutter gebacken hast

Unser Versprechen in der letzten Nacht, dass wir zusammenbleiben, komme was wolle

»Immer, immer bin ich die deine«, hast du unter tausend Decken mit eiskalter Nasenspitze zu mir gesagt

Meine Mutter hat mir zum Schluss das kleine Granatringerl, das sie als junges Mädchen getragen hat, zugesteckt. »Gib's dem Madl, wenn's dir ernst ist.« Da ist es, im kleinen, roten Schachterl, ich bin kein Meister im Einpacken.

Für immer dein Lukas

Susanne bemerkte erst jetzt, dass ihr wieder die Tränen über die Wangen liefen. War es die Trauer, dass ein Lebenskreis, mit dem sie jahrzehntelang eng verwoben war, sich geschlossen hatte; war es Ergriffenheit darüber, dass sich ihr erst jetzt nach dem Tod der Tante diese starke leidenschaftliche Liebe, wenn auch nur in Bruchstücken, offenbarte? Sie ging ins Schlafzimmer der Tante, öffnete das kleine Schränkchen, das schon immer etwas verborgen hinter der Tür stand und zog die unterste Schublade auf. Wie vermutet, befand sich darin, neben Stapeln von weißen Batisttaschentüchern und einer Glasdose mit Pfennigmünzen, die Schmuckschatulle der Tante. Eine Unmenge bunter Modeschmuckketten, klimpernder Armbänder und Haarreifen fielen ihr entgegen. Doch sie fand auch den feingearbeiteten, zarten Silberschmuck des Handwerkskammerverehrers und nicht zuletzt tatsächlich ein rotes Samtschächtelchen, das nur den kleinen, zierlichen Granatring enthielt. Susanne konnte sich nicht erinnern, diesen jemals an der Tante gesehen zu haben.

2.4.49

Liebe Gerd,

die Stadt Leipzig ist grau und abweisend und über ihr wölbt sich selten ein so strahlend blauweißer Himmel wie über unserem München. Doch was Lehre und Forschung betrifft, ist es für mich ein Paradies. Professor Mayer hat mich unter seine Fittiche genommen und täglich komme ich meinem Brecht näher.

Immer noch trage ich eine brennende Wunde in meinem Herzen und kann nicht glauben, dass wir beide nicht mehr zusammengehören. Ich weiß, dass ich daran die größte Schuld trage. Ich wollte dich nicht nur als Frau gewinnen, sondern auch als Genossin und dabei bin ich zu weit gegangen. Ich bedaure sehr, dass ich dir und deiner Familie derartige Unannehmlichkeiten bereitet habe. Ich kann mir vorstellen, wie schrecklich es für einen so honorigen und folgsamen Bürger wie deinen Vater war, die Military Police im Haus zu haben. Dadurch, dass ich dich immer wieder zu Artikeln für »Ende und Anfang« gedrängt und deine Zurückhaltung nicht respektiert habe, bist auch du in den Verdacht angeblich kommunistischer Umtriebe geraten.

Dein blasses, tränenüberströmtes Gesicht hinter dem Fenster und die Worte, die mir dein Vater voller Zorn entgegengeschleudert hat: »Mei Mädle heiratet keinen Kommunist!«, haben diese brennende Wunde in mir aufgerissen und ich weiß nicht, ob sie jemals wieder so heilt wie damals meine Kriegsverletzung.

Ich hoffe, der Leo, der ja unbeirrt in München allem Unbill trotzt und sofort nach dem Verbot von »Ende und Anfang« wieder ein neues Projekt geboren hat, spürt dich auf und gibt dir diesen Brief.

Du bist in meinem Herzen,
dein Lukas

Einige Wochen später war Susanne zum letzten Mal in Tante Gertrauds Wohnung. In der Mitte des Wohnzimmers stand nur noch der Bauernschrank, den sie behalten wollte und den ihr Mann und der Nachbar gleich abholen sollten. Sie trat zum Fenster, betrachtete den strahlend blauen Münchner Frühjahrshimmel und schloß es. An ihrer linken Hand trug sie den zierlichen Granatring, der ihr auf Anhieb gepasst hatte.

In Erinnerung an meine Tante Gertrud Schwärzler, 1927 – 2014, an Ernst Schumacher (Theaterwissenschaftler und Brechtexperte), 1921 – 2013, und an meinen Vater Theo Pirker, 1922 – 1994.

So sagt uns Paul

Die Seide Salomons,
vergiss sie,
hör auf, voll Eitelkeit
zu hüllen dich
in edles Tuch
und Seidenglanz,
erfreu dich
an Narzissenblau
und buntem Tulipan,
die ziehen sich,
so sagt uns Paul,
die ziehen sich
viel schöner an..

Schau auf
die Sommergartenpracht
voll Dahlien, Löwenmaul
und Rosen,
blick auf
ins dichte Laub
der Bäume,
ins matte Seidenblau
des Himmels
und erfreue dich,
so sagt uns Paul,
an dieser Sommergärtenzier.
Die Seide Salomons,
vergiss sie.

Für Guga 23.10.27 – 23.11.14

Maikäfersiedlung

Elsbeth und Hans waren Maikäfersiedlungskinder, wobei nie ganz geklärt war, woher der Name Maikäfersiedlung rührte. War es Erinnerung an eine Maikäferplage, die tatsächlich Anfang der Fünfziger Jahre in München und Umgebung stattgefunden hatte, oder sollte damit zum Ausdruck gebracht werden, dass es dort so eng und wimmelnd zuging wie bei den Maikäfern, die sich in einem Kastanienbaum niedergelassen hatten. Denn eng war es in der Maikäfersiedlung tatsächlich. Elsbeth und ihre Mutter bewohnten eine winzige Dachgeschosswohnung, die aus Küche, Schlafzimmer und Toilette bestand. Beheizbar war nur die Küche; im Schlafzimmer bildeten sich im Winter sofort riesige Eisblumen an den Fenstern. Das wöchentliche Wannenbad, für das man sich rechtzeitig in eine Holzbrettliste mit einem an einem Strickchen baumelnden Bleistift eintragen musste, nahm man in der Waschküche im Keller. Hansi und seine Mutter wohnten in einer Erdgeschosswohnung mit noch einer zusätzlichen Kammer etwas privilegierter.

Wer von ihnen beiden zuerst da gewesen war, konnten sie nicht mehr sagen. Doch in Elsbeths Erinnerung gab es nichts anderes, als dass sie morgens die Treppen hinuntergesprungen, aus der Haustür 122 gehüpft und rasch zu 126 gelaufen war. Oft musste sie gar nicht klingeln oder rufen, Hansi war schon vor der Tür und wartete. Hansi war zwei Jahre älter als sie, er war nicht viel größer als die kleine und zierliche Elsbeth, doch um vieles kräftiger und drahtiger. Er war flink und schnell wie ein Wiesel und Elsbeth erinnerte sich, dass, so stark ihre kindliche Zuneigung zu Hansi auch war, sie ihn beim Ballspielen hasste. Sie hatte Angst vor Bällen, sie wollte sie nicht fangen, sondern ihnen ausweichen und vor ihnen weglaufen. Hansi hingegen war ein wahrer Ballkünstler, der beim Spiel, wie oft man den Ball ohne Bodenberührung an die Hauswand werfen und wieder auffangen konnte, jedes Mal mühelos gewann. Doch Elsbeth liebte ihn für seine tägliche Begleitung zum Milchgeschäft Sutor, wo sie immer im Auftrag der Mutter einen halben Liter Milch offen holen musste und Angst hatte vor den derben Späßen und den wulstigen Fingern von Herrn Sutor, die ihr die Wange tätschelten. War Hansi dabei, verhielt sich Herr Sutor immer tadellos. Als Anne Wittmann und ihre Freundinnen, die sich über Hansi und Elsbeth ständig lustig machten, in Elsbeths Puppenwagen eine tote, schon leicht verweste Amsel platzierten, entfernte Hansi das Tier ohne mit der Wimper zu zucken und hocherhobenen Hauptes schritten sie, Elsbeth ihren Puppenwagen schiebend, an den kichernden Mädchen vorbei.

Am schönsten war es, mit Hansi in seinem kleinen Bubenzimmer zu spielen. Elsbeth brachte ihre zwei Puppen Monika und Bimbi mit, setzte sie zu Hansis kleiner Spielzeugeisenbahn und schon waren sie eine Familie. Meistens fuhr die Familie mit dem Zug in die Ferien an den Chiemsee, das einzige Ferienziel, das Elsbeth kannte oder sie bereiteten waghalsige Bergtouren vor, was zumeist Hansis Idee war. Die Kinder Monika und Bimbi wurden streng, aber gerecht behandelt und bekamen immer sehr viel zu essen. Manchmal wurden sie aber auch angewiesen, ruhig zu sein und für sich zu spielen, denn Mama und Papa bräuchten jetzt ihre Ruhe. Dann kuschelten sich Hansi und Elsbeth auf Hansis schmales Bubenbett und blätterten, beide des Lesens noch fast unkundig, in einer der Zeitschriften von Hansis Mutter. Dabei legte Elsbeth ihren Kopf an Hansis Schulter und betrachtete sein dunkelblondes, immer etwas ungekämmtes Haar und seine schmalen, langgliedrigen Finger mit den nie ganz sauberen Fingernägeln und sie dachte, dass es so immer bleiben würde, das ganze lange Leben, das noch vor ihr lag.

Als Elsbeth kurz vor der Einschulung stand, entdeckte Hansi das Klettern. Auf der Wiese gegenüber ihres Wohnblocks standen einige alte morsche Buchen und als es der kleinen Elsbeth nicht gelang, so affenartig behände wie er in die Bäume einzusteigen, holte Hansi kurzerhand die kleine Trittleiter aus dem Keller. Bald kannten sie jede Astgabelung, jeden sicheren und jeden schwierigen Tritt und wenn Hansi ihr zuweilen seine kräftige, verschwitzte Bubenhand reichte, fühlte sich Elsbeth so glücklich wie nie. Sie saßen, verborgen im Laubgrün des Baumwipfels und kicherten leise, wenn die ängstliche Stimme von Elsbeths Mutter aus dem Küchenfenster ertönte. Sie waren nicht da für die Welt um sie herum und blickten in das Blau des Münchner Sommerhimmels. Dort unter dem Münchner Himmel nach einem besonders schwierigen, dann aber geglückten Aufstieg beschlossen sie zu heiraten. Die Äußerlichkeiten waren schnell geklärt, man würde sich ins Hansis Zimmer treffen, mit Monika und Bimbi natürlich, Elsbeth würde, wenn auch unwillig, sich das Kommunionkränzchen von Anne Wittmann ausleihen und aus dem Schlafzimmerschrank die weiße Tischdecke als Schleier mitbringen. Hansi musste nicht anderes machen als den Trachtenhut seines Vaters aufzusetzen. Doch war es beiden schon klar, dass zu einer Heirat mehr als Hut, Schleier und Kranz vonnöten waren.

»Man muss sich küssen«, meinte Hansi mit seltsam belegter Stimme und sie saßen sich schweigsam und unentschlossen im Wipfelgrün gegenüber. Elsbeth hatte im Kinoprogrammheftchen ihrer Mutter ein Paar gesehen, das sich küsste. Der Mann,»Dieter Borsche«, sagte ihre Mutter mit schwärmerischer Stimme, beugte sich über die Frau, die ihren Kopf sehr unbequem weit nach hinten gebeugt hielt und versenkte seinen Mund in ihrem. Elsbeth fand das überhaupt nicht schön und ziemlich unappetitlich, sie hatte Angst, dass Hansi nun das gleiche tun würde. Doch nach einigen Minuten des Schweigens streckte Hansi seine Hand aus und strich ihr sanft und kaum fühlbar über die Wange, beugte sich vor und seine warmen, rissigen Lippen berührten ganz kurz die ihren. Dann kletterte er noch rascher als sonst ins Innere des alten Baumes und sprang kurz darauf federnd, ohne die Trittleiter in Anspruch zu nehmen, auf die Wiese und verschwand. In der Nacht erwachte Elsbeth mehrmals, berührte ihre Wange und ihre Lippen und schlief mit einem tiefen Glücksgefühl wieder ein.

Der nächste Tag war einer dieser glutheißen Sommertage, wie sie der Hochsommer auch im raueren Münchner Klima zuweilen hervorbringt und Elsbeth fand sich mit Kränzchen, Tischdecke und Puppen bei Hansi ein. Das Glücksgefühl, das sie noch am Morgen verspürt hatte, war einer Verzagtheit, ja einem leisen Unwillen gewichen. Hansi öffnete ihr, wirkte seltsam verlegen und führte sie ungelenk in sein Zimmer, wo unter dem weit geöffneten Fenster auf einem kleinen Tischchen eine Vase mit Blumen stand, die wie unschwer zu erkennen war, aus Frau Gegenfurtners Garten stammten. Er setzte den zu großen Trachtenhut auf, Elsbeth legte sich die viel zu große Tischdecke über den Kopf und die Schultern und versuchte das Kommunionkränzchen darüber zu stülpen. Sie standen sich unschlüssig gegenüber, Monika und Bimbi saßen teilnahmslos neben der Eisenbahn und draußen im Hof hörte man Anne Wittmann »Sugar baby« trällern, so wie sie das seit Tagen ohne Unterlass tat. Sie traten aufeinander zu, reichten sich die Hand, durchschritten das kleine Zimmer und blieben vor dem Tischchen am offenen Fenster stehen. Hansi setzte an, Elsbeth etwas zu fragen, als von draußen die Stimme von Elsbeths Mutter ertönte. »Elsi, was macht ihr denn da drinnen, kommt's doch raus zum Spielen bei dem Wetter«, rief sie und Elsbeth trat ans Fenster und sagte »Das geht nicht, ich heirate gerade den Hansi!« Im selben Moment riss sich Hansi von ihr los, rief laut aufschluchzend: »Nein, nein, nein«, und rannte davon.

Natürlich trafen sich Elsbeth und Hansi weiterhin des öfteren zum Spielen im Hof, manchmal kletterten sie auch noch gemeinsam in die Bäume; doch eine seltsame Scheu, etwas Fremdes war zwischen ihnen und als Hansi immer öfter Karli Lechner zum Baumklettern mitbrachte, wandte sich Elsbeth mehr der Lisi Schneider zu, die drei Puppen besaß. Einige Jahre später zogen Elsbeth und ihre Mutter zu den Großeltern nach Nymphenburg, doch beim Anblick von alten morschen Bäumen musste Elsbeth noch lange an Hans denken.

Frau Gegenfurtner

Bei der Hochzeit von Anni Widmann trug sie ein silbergraues, strenges Kostüm mit weißer Bluse, und ich brauchte einige Zeit, um sie zu erkennen. Frau Gegenfurtner – auch nach angestrengtem langen Nachdenken fällt mir ihr Vorname nicht ein – trug sonst tagein, tagaus Kittelschürzen. Unifarbene, geblümte, karierte, sommers als Kleidersatz, in der kühleren Jahreszeit mit dem sogenannten Hauspullover darunter. Frau Gegenfurtner wohnte auf Nummer 118, wir auf 122. Ob sie einen Mann hatte, fällt mir beim besten Willen auch nicht ein, wenn, dann war er absolut unauffällig oder ging einer auswärtigen Arbeit nach. Von Mai bis Oktober war Frau Gegenfurtner in dem winzigen Schrebergarten vor ihrer Haustür anzutreffen. Sie zog Unmengen von Buschbohnen, von denen die ganze Siedlung profitierte; sie pflanzte auf kleinstem Grund Kartoffeln, Salat und Gelberüben. Am Eingang zum Garten stand ein wackliger alter Küchenstuhl, auf dem sie nach dem Mittagessen Loreromane las. Frau Gegenfurtner war sozusagen die Empfangsdame zu den Nummern 118 bis 126 unseres Siedlungsblocks. Jeder musste an ihr vorbei. Sie war freundlich, aber bestimmt; Unbekannte mussten ihr Ziel benennen und sie schätzte es sehr, wenn auch die näheren Umstände des Besuchs kundgetan wurden. Alle Siedlungsbewohner von den Neugeborenen bis zu den Steinalten kannte sie genauestens, wusste um deren Familiengeschichte, Krankheiten und Absonderlichkeiten. Doch nie erweckte sie den Anschein von Neugier, sie blieb ihren Buschbohnen zugewandt.

Dass Anni Widmann endlich heiratete und nun auch noch einen ganz soliden Angestellten der Bayerischen Versicherungskammer, wurde im ganzen Block mit großer Erleichterung aufgenommen. Unschöne, aufregende Geschichten waren vorausgegangen und dabei hatte Frau Gegenfurtner eine nicht geringe, überraschende Rolle gespielt.

Ich habe Anni Widmann immer bewundert; sie wohnte im gleichen Haus wie wir mit ihrem Vater, der aber meistens auf Montage war. Sie war ein paar Jahre älter als ich und hatte ausgeprägte weibliche Formen, die sie in enganliegenden Pullis, Caprihosen oder weitschwingenden Röcken mit Petticoat sehr geschickt zur Geltung brachte. Jeden Morgen toupierte sie ihr blondiertes Haar Strähne für Strähne zu einem starren Helm, der auch gegen Abend immer noch seine Form wahrte. Ich erinnere mich an Hans T., der Abend für Abend mit dem Fahrrad vor Annis Tür hielt und manchmal eine Tüte Mohrenköpfe dabei hatte. Es gab Helmut G., der eine Vespa besaß und Overstolz rauchte. Einige Zeit war Franz M. stark im Rennen, er war Rechtsanwaltsgehilfe und trug eine Nickelbrille.

Dann kam Oskar. Er war klein und gedrungen, hatte olivfarbene Haut und »Schneckerlhaar«, wie meine Mutter sagte. Er kam oft schon morgens mit seinem lautdröhnenden Motorrad, er kam zu allen Tageszeiten, denn wie Frau Gegenfurtner erfahren hatte, arbeitete er nachts im Münchner Heizkraftwerk. Auch Anni Widmann war immer zu Hause; ihre letzte Stelle als Friseuse hatte sie wegen Unstimmigkeiten mit der Chefin gekündigt und war auf der Suche nach einer neuen Arbeit. Doch war es nicht so eilig. Die Geschichte mit Oskar wurde ernst. Ich hatte keine rechte Vorstellung davon, was ernst war; doch als ich eines Mittags von der Schule kam und fast gleichzeitig mit Oskar das Haus betrat, öffnete Anni ihre Tür und trug nichts als ein rosa Babydollhöschen mit Spitzen. Ich konnte ihre großen, wohlgeformten Brüste kurz sehen, doch dann drängte Oskar sie, ein eigenartiges Stöhnen von sich gebend, in die Wohnung.

Der Sommer ging vorüber, die Buschbohnen gediehen in diesem Jahr besonders gut und man hatte sich an das Dröhnen von Oskars Motorrad gewöhnt. Es fiel nur wenigen, Frau Gegenfurtner ausgenommen, auf, dass das Dröhnen seltener wurde und dann ganz verstummte. Stattdessen stand nun neben Frau Gegenfurtners Gartenstuhl ein zweiter wackeliger, auf dem jetzt Anni saß. Der Helm hatte an Spannkraft verloren, ihr Gesicht schien ein wenig aufgedunsen und ihre Brüste spannten derart unter der Bluse, dass mir jeglicher Neid darauf verging. Anni putzte Buschbohnen, hatte gerötete Augen und schniefte. Frau Gegenfurtner redete mit leiser bestimmter Stimme auf sie ein: » … …..Mach keine Dummheiten … …, da bist du nicht die erste … … … …,das schaffst du, Madl … … ….!«. Es war ernst, dachte ich mir, wusste aber wieder nicht so genau, weshalb.

Es war eine schon kühle Herbstnacht, wieder einmal hatte ich viel zu lange unter der Bettdecke gelesen und ständig Angst davor gehabt, dass meine Mutter kommt, mir das Buch aus den Händen windet, energisch zuklappt und das Licht löscht. Doch meine Mutter war wohl in Pearl S. Buck, ihre damalige Favoritin, vertieft. Es läutete und ich hörte die leise, doch erregte Stimme von Frau Gegenfurtner. Meine Mutter öffnete die Zimmertür einen Spalt. »Ich muss rasch zur Telefonzelle, du bleibst liegen«, sagte sie streng. Durch den Türspalt konnte ich Frau Gegenfurtner sehen, auf ihrer geblümten Kittelschürze war Blut. Sie wandte sich ab, ich sah, dass ihr sonst immer zum Knoten gestecktes Haar offen über die Schultern fiel. Sie lief nach unten in die Widmannwohnung und ich folgte ihr auf bloßen Füßen. Die Tür stand offen und auch die Tür zu Annis Zimmer. Peter Kraus lächelte vom Poster über dem Jungmädchenbett mit blauer Steppdecke. Unter einem blutigen Laken lag Anni, das Gesicht grau und leblos, die blonden Strähnen klebten an der schweißnassen Stirn. Frau Gegenfurtner presste ein feuchtes Handtuch darauf: » ….Was hast'n gmacht, Madl, … … …bleib da … … …bleib da … …….!« Ich hörte die

Haustüre und rannte zurück in unsere Wohnung, in mein Bett, wo ich zitternd und zähneklappernd lag und versuchte zu beten. »Lass sie doch am Leben, lieber Gott ...oder war sie etwa schon tot?« Wenige Minuten später flackerte das Blaulicht des Krankenwagens ins Dunkel unseres Schlafzimmers. »Die Anni ist im Krankenhaus, es geht ihr nicht gut, aber sie lebt«, sagte meine Mutter am nächsten Morgen und ich wagte nicht weiter zu fragen.

Gegen Weihnachten war Annis blonder Haarhelm wieder in Ordnung und sie verbrachte viel Zeit bei Frau Gegenfurtner. Als im Mai ein junger Vertreter der Bayerischen Versicherungskammer alle Bewohner des Blocks wegen einer Hausratversicherung aufsuchen wollte, musste er natürlich an Frau Gegenfurtner vorbei. Er wurde einer diskreten, doch genauen Prüfung unterzogen und einige Tage später der Anni vorgestellt und wieder ein Jahr später hatte ich die seltene Gelegenheit, Frau Gegenfurtner im grauen Seidenkostüm zu sehen.

Chiemseekind

Der Morgenblick auf
dunstige Berge,
glitzernden See
und das Silbergrün
der alten Pappeln,
das ferne Läuten
der Rimstinger Kirche,
die gleißende Mittagssonne
auf den heißen Bohlen
des Badestegs,
sonnenverbrannte Glieder,
die eintauchen
in die Kühle des Sees,
die bunten Röcke der Tanten,
schwingend im Sommerwind,
der morsche alte Kahn,
durch spiegelglattes
Wasser gleitend,
eiskalter Apfelsaft
aus kleiner Glaskaraffe,
unschuldige ahnende Spiele
mit den Sommergefährten,
schaukelnde Lampions
in der Sommernacht,
das unbeschwerte
Lachen der Mutter.

Unvorstellbar, dass es jemals endet.

Nichts für ungut

Die 28jährige Patientin Lise Schwarzl wurde nach einer fahrlässig durchgeführten abruptio graviditatis, die sie fast das Leben gekostet hat und einer daraus folgenden uterus extirpation am 14. März 1952 in unser Sanatorium eingeliefert. Die sehr zierliche Patientin wiegt nur 82 Pfund, ist körperlich stark geschwächt und hat nach Angaben ihrer sie begleitenden jüngeren Schwester seit diesem Erlebnis nicht mehr gesprochen. Auch mit dem behandelnden Arzt und den Pflegekräften wollte sie keinen Kontakt aufnehmen. Der Patientin wurde ein Einzelzimmer zugewiesen. Die entstehenden Mehrkosten trägt ihr Vater.

15.. März 1952
Arnulf Eberling, Arzt/Psychotherapeut

»Ich werde als Engel gehen, was sonst?«, sagte Greta, »ich ziehe das weiße Ballkleid vom Abschlussball an; ich brauche nur noch Flügel.« Am Samstag des letzten Faschingswochenendes des Jahres sollte im Hotel Regina der große Kostümball der Münchner Banken unter dem Motto »Himmel und Hölle« stattfinden. Lise wäre eigentlich lieber zum Hausball im »Ewigen Licht« gegangen, da dort die Bauercombo mit ihren heißen Jazz- und Swingrhythmen aufspielen würde, aber Greta erwartete einfach, dass sie mitkam. »Ich gehöre nicht in die himmlische Abteilung, ich werde teuflisch daherkommen«, meinte Lise. Sie lieh sich die schwarzrotgepunktete Caprihose ihrer Schwester, nähte sich die schwarze Seidenbluse, die sie zu Tante Ginis Beerdigung getragen hatte, auf Figur und steckte sich rote Teufelshörnchen ins dunkle lockige Haar.

Von Gretas Wohnung hinter dem Isartor, wo sie sich eine Stunde vor Ballbeginn getroffen hatten, letzte Hand an ihre Kostüme gelegt und sich gegenseitig geschminkt hatten, liefen sie im Schneegraupel zum Regina. Greta hoffte sehr, dass auch Joschka, der Kollege von der Kreditabteilung kommen würde. Ein zierlicher ungarischstämmiger Mann mit großen dunklen, etwas melancholischen Augen, der zudem ein begnadeter Tänzer war. Lise hingegen freute sich auf beschwingte Musik und zahlreiche Tanzpartner; sie tanzte leidenschaftlich gern und war auch der einen oder anderen Tändelei nicht abgeneigt. Am reizvollsten empfand sie das Spiel der Augen und das Hinundherfliegen von neckenden, herausfordernden Worten, dem vielleicht ein oder zwei Küsse und Umarmungen folgen konnten; mehr jedoch sollte nicht geschehen.

Die ersten Tage verließ die Patientin ihr Zimmer trotz mehrfacher Aufforderungen und Bitten auch zur Einnahme der Mahlzeiten nicht. Die zweimal am Tag durchgeführten Visiten zeigten eine leichte Erholung ihres körperlichen Zustands sowie eine minimale Gewichtszunahme. Auf Ansprache reagiert sie in jedoch nach wie vor nicht, sie wendet sich vom sie Ansprechenden ab und blickt entweder zur Wand oder aus dem Fenster. Die verordneten Medikamente zur Stärkung des körperlichen Wohlbefindens und zur Hebung der niedergeschlagenen Stimmung nimmt sie nicht ein. Im übermorgen stattfindenden Konzilium soll erwogen werden, ob die Medikamente dem Essen, das sie allerdings auch nur in sehr geringen Mengen zu sich nimmt, beigemischt werden.

30.März 52
Eberling

An der Decke des großen Ballsaals schwebten wie oft am wirklichen Münchner Himmel zartblaue und weiße Wölkchen, die Wände waren mit schwarzem Samt ausgekleidet und hie und da züngelten höllisch rote Flammen aus Tüll an ihnen empor. Lise und Greta hatten lediglich Flaneurkarten, einen Sitzplatz an einem der opulent gedeckten Tische hätten sie sich nicht leisten können. Greta entdeckte sofort Joschka auf der Galerie, er winkte ihr galant zu und sein enganliegendes Teufelstrikot trieb ihr die Röte in die Wangen. »Bei Joschka sind die Herren von Marck & Aufberger, Frankfurt, die zur Schulung da sind«, flüsterte sie Lise zu. Hinter Joschka standen drei Männer, einer als griechischer Gott, die anderen, wohl in Unkenntnis des Mottos als Piraten maskiert und spähten zu ihnen herab. Sie war den dreien schon mehrfach in den Gängen und der Kantine der Landesbodenkreditanstalt begegnet; dabei war ihr der Größte von ihnen am meisten aufgefallen; er überragte die anderen um Haupteslänge und schien, immer mit einem Lachen im Gesicht, stets guter Stimmung zu sein.

Jetzt stand er vor ihr, die Augenklappe ins blonde Haar hochgeschoben, verneigte sich leicht und sagte »Charmante Teufelsfrau, darf ich Sie zu einem Glas Sekt einladen?« Sie schlenderten zur Bar und nach kurzer Zeit wusste Lise, dass Fritz, gebürtiger Frankfurter, bei Marck und Aufberger, einer renommierten Frankfurter Privatbank, gelernt und es mittlerweile zum Kreditsachbearbeiter gebracht hatte. Nun sollte er Kreditanstalten in anderen Bundesländern näher kennen lernen und hielt sich aus diesem Grund für sechs Wochen in München auf. Fritz war ein äußerst charmanter Plauderer und nach zwei Gläsern Sekt fand Lise seinen Frankfurter Dialekt bezaubernd. Zurück im Ballsaal ließen sie kaum einen Tanz aus und gegen zwei Uhr morgens stellte Lise fest, dass sie den ganzen Abend mit keinem anderen getanzt hatte. Fritz tanzte gut; kraftvoll und doch einfühlsam hatte er die Führung übernommen, und jedes Mal wenn er sie nahe an sich zog, durchlief sie ein warmes, lustvolles Zittern.. Seine Lippen streiften einige Male ihr Haar, er roch nach Rasierwasser, Zigaretten und etwas anderem, das sie nicht benennen konnte.

Zum Abschied zog er sie an sich, küsste sie kurz leidenschaftlich fordernd auf den Mund und sagte: »Bis morgen, du schöne Teufelin«. In Gretas kleinem Mädchenzimmer hinter dem Isartor teilten sich die beiden Freundinnen das Bett und während Greta von Joschkas Liebesschwüren träumte, zitterte Lise immer noch lustvoll beim Gedanken an den Frankfurter Abschiedskuss.

Der Besuch der Eltern der Patientin führte zu keiner Besserung des Zustands. Den Vater, einen ruhigen, tatkräftigen Mann, ließ die Patientin etwas näher an sich herantreten; als jedoch die ständig leise weinende Mutter sie in die Arme nehmen wollte, wehrte sie dies vehement ab. Aus ärztlicher Sicht scheint es besser zu sein, keine weiteren Besuche der Eltern mehr stattfinden zu lassen.
Gewichtszunahme: 1 Pfund, die Patientin nimmt etwas mehr Essen zu sich, seit die kleinwüchsige Küchenkraft Ida Liebler ihr das Essen bringt.

10. April 52
Eberling

Obwohl sie nichts redet, hab ich sofort gesehen, was mit ihr los ist. Ihre Augen haben's mir erzählt. Ich weiß doch, wie es ist. Ich hab's doch selbst erlebt und noch heute meine ich mich erbrechen zu müssen, wenn ich an den Gschwendtnerbauern denke. »Mei Zwergerlfrau«, hat er immer gestöhnt und jede Nacht ist er zu mir gekommen, weil seine Frau ihn nicht mehr zu sich ins Bett lassen wollte. Und als es dann passiert war, hat er mich zur Michelriederin geschickt, zu Seifenlauge und langen Nadeln und

Blut, Blut ohne Ende. Ich wär fast gestorben, der Doktor in Moosham und der Herr Doktor Eberling haben mich gerettet. Jetzt bin ich hier in der Küch, mein Körper ist wieder gesund, aber mein Herz ist wie tot. Und genauso ist's bei der Lise. Ich bring ihr jetzt jeden Tag des Essen; Kartoffelsupp'n mag sie gern, das hab ich schon gemerkt.

Dr. Vierling trug stets graue Anzüge, und seine dezent gemusterten Krawatten saßen immer akkurat. Nie war der Hemdkragen verrutscht oder der Knoten nachlässig gebunden.»Ich schätze Sie sehr, Lise, das wissen Sie«, sagte er, »ich darf doch noch Lise sagen, schließlich waren Sie ja schon als Lehrmädchen bei mir. Sie machen ihre Arbeit ausgezeichnet, Sie sind äußerst zuverlässig, flink und freundlich mit den Kunden. Doch in den letzten Wochen stelle ich kleine Flüchtigkeitsfehler bei Ihnen fest; Sie wirken abwesend und unkonzentriert und, das sage ich jetzt mit aller Deutlichkeit, ich sehe da einen Zusammenhang mit unserem Besuch aus Frankfurt. Es ist mir und auch den Kollegen nicht verborgen geblieben, dass da eine Annäherung stattgefunden hat. Schließlich hält sich der junge Mann mehr als häufig in Ihrer Nähe auf und dabei haben Sie mit dem Kreditwesen nun wirklich gar nichts zu tun. Auch die Mittagspausen verbringen sie immer gemeinsam, das geht mich ja nichts an, aber wenn dann die Arbeit verspätet wieder aufgenommen wird und Sie anschließend noch lange Telefonate mit dem Frl. Greta aus der Statistik führen, kann ich das nicht gutheißen. Was Sie in Ihrer Freizeit machen, ist Ihre Sache, doch Liebesbeziehungen im Amt kann ich nicht gestatten.«

»Ach, du alter grauer Mann, was weißt du denn von der Liebe?«, dachte Lise, während sie Dr. Vierling in reumütigem Ton Besserung gelobte, »wenn man so überrollt wird, wenn das ganze Leben durcheinandergerüttelt wird, wenn man nicht mehr schlafen kann und sich in jeder Sekunde nach dem Geliebten sehnt und nur daraufhin fiebert, ihn zu sehen, mit ihm zu sprechen, ihn zu berühren, zu küssen ….« und ihre Gedanken schweiften ab zu Fritzs Küssen, zu seinen zärtlichen Händen und zu seinem schmalen, kraftvollen Körper, wieder wurde sie von Lust und Sehnsucht überflutet. Von Kolleginnen und Freundinnen hat sie schon so einiges über die körperliche Liebe erfahren – ihre Mutter hatte dieses Thema niemals berührt – doch dass dadurch alles andere so bedeutungslos wurde, dass die Gedanken sich nur mehr in die eine Richtung bewegten und man ständig brannte nach dem geliebten Menschen, das hatte sie sich so niemals vorgestellt. Jeden Tag aufs neue und in jeder der zahllosen schlaflosen Nächte wünschte sie sich nur, ihn bei sich zu haben und wieder und wieder mit ihm zu versinken in diesem fiebrigen, lustvollen Taumel.

Heute hat die Patientin zum Erstaunen aller gegen Mittag ihr Zimmer verlassen. Sie ging in Richtung Küche und suchte Ida Liebler auf. Mehr als eine halbe Stunde verbrachte sie neben dem Tisch, auf dem die Liebler (ca. 1,30 cm groß) auf einem speziell für sie angefertigten hohen Stuhl Gemüse putzte. Es wurden keine Worte gewechselt, doch trugen beide Frauen anschließend ihr Essen in den von Ida angelegten kleinen Gemüse- und Bauerngarten hinter den Wirtschaftsgebäuden und nahmen es dort zu sich. Den Bedenken von Oberschwester Hilda wurde aus ärztlicher Sicht entgegengehalten, dass die Patientin zum ersten Mal seit ihrer Ankunft Eigeninitiative gezeigt hat und sich zwischen den beiden Frauen, die im gleichen Alter sind und wohl teilweise ein ähnliches Schicksal haben, eine Verbindung nichtverbaler Art entstanden ist.

5. Mai 52
Eberling

Das Gärtchen hinter dem Wirtschaftshaus habe ich fast allein angelegt. Franzl, der Koch, hat gemeint, dass ich das so gut könne, weil ich ja nicht viel größer bin als die Pflanzerl und Blumen und deshalb so nah dran an ihnen. Er weiß ja nichts von meiner Gärtnerlehre, die ich nach zwei Jahren abbrechen musste, weil die Mutter gestorben ist. Solche Scherze über meine Körpergröße machen mir jetzt nichts mehr aus, ich bin halt einfach kleiner, aber sonst ist alles an mir dran. Dass die Lise jetzt zum Essen kommt, freut mich. Wenn das Wetter schön ist, essen wir hinten im Garten, auch wenn's der Oberschwester nicht passt. Ich finde, dass die Lise schon besser aussieht. Und essen tut sie auch mehr.

Die Hitze im Zugabteil war fast unerträglich. Während der Fahrt auch nur ein wenig das Fenster zu öffnen, hatte sich die stark übergewichtige Dame ihr gegenüber ausdrücklich verbeten. Lise blickte hinaus, die letzten Ausläufer der Alpen waren soeben verschwunden und die norditalienische Tiefebene lag flirrend in der Hitze. Sie schloß die Augen. In nicht einmal zwei Stunden würde sie in Venedig sein, er würde am Bahnsteig stehen und sie in die Arme schließen. Fast eine Woche nur sie beide allein; ihr Herz klopfte und sie spürte, wie ihr die Tränen in die Augen traten. Qualvolle, anstrengende Monate lagen hinter ihr. Seit Fritz vor Ostern nach Frankfurt zurückgekehrt war, hatten sie sich nicht mehr gesehen. Mehrfach hatten sie telefoniert, von Bankhaus zu Bankhaus, immer wenn die jeweiligen Vorgesetzten gerade nicht da waren. Sie hatten Briefe getauscht, auch von Bank zu Bank, denn Lise wollte ihre Eltern, vor allem ihre ängstliche, zu Panikattacken neigende Mutter noch nicht in ihre Liebesgeschichte einweihen. Auch Fritz hatte ihr nur seine Amtsadresse gegeben, er sei ja eh viel mehr im Bankhaus als zuhause, hatte er lachend gesagt.

Offiziell war sie nun mit Greta und deren Mutter in Venedig und es hatte sie einige Überredungskunst gekostet, Greta zu dieser

Lüge zu bewegen. Ihre Freundschaft war ein wenig abgekühlt; Greta missbilligte die heimliche Liebesbeziehung ihrer Freundin und war selbst sehr damit beschäftigt, den etwas unsteten Joschka mit allen Mitteln zu einer Verlobung zu überreden. Lise wiederum fand es etwas peinlich, welche Mittel und Wege ihre Freundin fand, um »unter die Haube« zu kommen. Noch nie hatten Fritz und sie über die Zukunft gesprochen und Lise hatte es bisher auch nicht vermisst. Sicher träumte auch sie zuweilen von einem Verlobungsfest, ja manchmal sah sie sich auch mit einem zarten Brautschleier; doch die starke, manchmal geradezu schmerzhafte Sehnsucht nach Fritz war so gewaltig, dass alles andere in den Hintergrund trat.

Ich hab jetzt einfach angefangen mit der Lise zu reden. Übers Wetter und das Essen, über den Giftdrachen von Oberschwester, über den Doktor Eberling und meine Kollegen in der Küch. Vorgestern hab ich noch gemeint, dass ich nun endlich die Salatpflanzerl setzen muss; die Eisheiligen sind ja jetzt vorbei. Wie ich gestern in die Küch gekommen bin, hat der Franzl wortlos nach hinten zum Garten gedeutet. Da saß die Lise in den Beeten und hat schon angefangen, meine Pflanzerl einzusetzen. A bisserl zu eng und nicht ganz grad hat sie's gemacht, aber ich hab nichts dazu gesagt. Ich hab mich bedankt bei ihr und hab den Arm um sie gelegt. Ganz kurz war da so was wie Glück in ihren Augen.

Bei der morgendlichen Dienstbesprechung klagte Schwester Hilda darüber, dass die Patientin sich immer mehr absondere und sich nur noch in der Küche und im kleinen Garten aufhalte. Sie gab auch zu bedenken, dass eine zu enge Freundschaft mit der Liebler, die ja aus sehr einfachen Verhältnissen stamme, der weiteren Gesundung möglicherweise nicht zuträglich sei. Sie habe mehrfach versucht, die Patientin zur Teilnahme an dem wöchentlich zweimal statt-

findenden Handarbeitskreis im Damenzimmer zu bewegen; diese sei jedoch nicht darauf eingegangen.

Aus ärztlicher Sicht ist zu vermerken, dass die Patientin zugenommen hat, ihre Gesichtsfarbe durch den Aufenthalt an der frischen Luft wesentlich gesünder wirkt und dass zuweilen kleine Regungen und Reaktionen, wenn auch nicht in Worten, bei ihr erkennbar sind.

20.Mai 52
Eberling

Nach drei Wochen Dienst im Sekretariat von Dr. Vierling und zwischendurch am Schalter war Venedig für Lise zu einem fernen, verklärten Traum geworden. – Die kleine Pension gleich hinter dem Rialto, die langen Spaghettinudeln, die man nicht klein schneiden, sondern auf die Gabel aufrollen musste, die behutsam zärtliche Geste, mit der ihr Fritz die Tomatensoße vom Kinn gewischt hatte, die Nächte voller Liebe, Lust, ja zuweilen Schamlosigkeit, der starke Kaffee in winzigen weißen Porzellantassen in der Bar gegenüber der Pension und die kleine Korallenkette, die Fritz ihr am letzten Tag in dem kleinen Schmuckladen hinter San Marco gekauft, ihr um den Hals gelegt und ihren Nacken dabei zärtlich geküsst hatte –. Zusammen waren sie zurückgefahren; Lise war in München ausgestiegen und Fritz hatte aus dem Zugfenster gewinkt und gerufen: »Bis September bei der Kreditwesentagung!«.

Ihren Jahresurlaub verbrachte Lise zuhause; sie traf sich manchmal mit Greta zum Schwimmen oder zum Einkaufen in der Stadt; ansonsten half sie ihrem Vater im Garten des kleinen Sommergrundstücks der Familie in Neuaubing. Ihre Mutter war keinerlei Hilfe; sie saß zumeist stöhnend und klagend sich, luftzufächelnd im Liegestuhl. Lise war selbst erstaunt, wie viel Freude ihr die Gartenarbeit machte und das Lob ihres Vaters freute sie sehr. Ihre Gedanken jedoch waren stetig bei Fritz. Seit über zwei Wochen hatten sie nichts mehr voneinander gehört; er war in Urlaub mit Kollegen auf einer Radtour durchs Rheingau. In den heißen Augustnächten wurde sie von Sehnsucht überwältigt; sie streifte ihr Nachthemd ab, liebkoste ihren schweißnassen Körper und stammelte seinen Namen.

Wieder zurück im Amt zeigte Joschka in der Mittagspause Fotos, die Fritz ihm mit einer launigen, weinseligen Karte geschickt hatte. Eine Truppe von jungen Leuten mit Fahrrädern, im Hintergrund die sanften Hügel des Rheingaus. Neben Fritz stand eine junge Frau mit blonden Zöpfen in einem elegant geschnittenen, teuer wirkenden Hosenrock, die vertraut zu ihm hoch lachte. Lise hatte nicht gewusst, dass auch Frauen bei der Tour dabei waren. Sie hatte von Fritz lediglich eine Karte aus Rüdesheim erhalten, die nicht mehr lesbar war, weil irgendetwas darauf verschüttet worden war.

Der Drachen war heute bei uns im Gärtchen und hat die Lise mit scharfer Stimme aufgefordert, unverzüglich zum Handarbeiten zu kommen. Die Lise stand steif wie ein Stock, hat an der Hilda vorbei ins Leere geschaut, dann aber den Kopf geschüttelt. Die Hilda hat mit eisiger Stimme gesagt: »Das wird Konsequenzen haben, auch Sie, Lise, müssen sich in die Gemeinschaft fügen!« und ist abgerauscht. Als sie weg war, hat die Lise meine Hände genommen und plötzlich hat sie mit brüchiger Stimme gesagt: »Ich will aber bei dir bleiben, Ida«. Zuerst waren wir beide fassungslos, dann haben wir geweint. Ich gehe morgen zum Dr. Eberling.

Die Kreditwesentagung war für zwei Tage angesetzt. Fritz sollte bei Joschka übernachten und es würde sich wohl kaum eine Gelegenheit zu einem liebevollen Beisammensein ergeben. Lise freute sich trotzdem sehr. Sie stahl sich voller Sehnsucht nach nur ein wenig Nähe vor ihrer Mittagspause davon, um Fritz zu begrüßen. Sie traf ihn in einer großen Gruppe von Tagungsteilnehmern an und er begrüßte sie freundlich, aber so förmlich, als wären sie entfernte Kollegen. Doch dann raunte er ihr kurz ins Ohr: »Um acht Uhr beim Joschka, der geht noch mit den anderen ins Hofbräuhaus.«

Ein heftiges Spätsommergewitter ging nieder, als sie sich vor Joschkas Haustüre trafen. Fritz wirkte müde, er war blass und roch stark nach Cognac und Zigaretten. Joschkas Junggesellenbude war schon lange nicht mehr geputzt und gelüftet worden. In der Ecke standen etliche geleerte Flaschen ungarischen Rotweins und zahllose Bierflaschen. Eine Fotografie von Imre Nagy hing über dem Bett und die zerschlissene Bettwäsche roch muffig. Fritz hatte sie sofort zum Bett gezogen, sie so fordernd hart und fast schmerzhaft auf den Mund geküsst wie bei ihrem ersten Treffen im Regina. Rasch und ohne Zärtlichkeit war er in sie eingedrungen, schon nach kurzer Zeit stöhnte er auf und lag dann heftig atmend und schwer auf ihr. Nach kurzer Zeit setzte er sich auf und zündete eine Zigarette an. »Nichts für ungut, Liserl«, sagte er, »aber so kann es nicht mehr weitergehen. Ich hab mein Leben und meine Verpflichtungen in Frankfurt und du bist und bleibst hier in deinem München. Es ist besser, wenn wir Schluss machen, jetzt, bevor es zu schlimm wird. Es war eine schöne Zeit mit dir.«

Ida Liebler hat gestern Abend berichtet, dass Lise einen kurzen, aber deutlichen Satz mit ihr gesprochen habe. Offensichtlich haben die Gesellschaft der Liebler und die gärtnerische Betätigung auf die Patientin äußerst positive Auswirkungen. Ein Versuch bei der morgendlichen Visite, die

Patientin zum Sprechen zu bewegen, schlug fehl. Oberschwester Hilda wurde angewiesen, der Freundschaft der beiden Frauen und dem Aufenthalt und der Arbeit der Patientin im Garten wohlwollend zu begegnen.

10. Juni 52
Eberling

Am schlimmsten war das Erwachen. Zentnerschwer lagen Trauer und Verzweiflung auf ihr und seine Worte »Nichts für ungut, Liserl« wiederholten sich ein ums andere Mal und immer immer wieder in ihrem Kopf. Dann tastete sie mit der Hand zwischen ihre Beine, in der Hoffnung, dass endlich Blut an ihren Fingern sein würde. Es waren nun schon zwei Wochen über der Zeit. Bis jetzt hatte sie nicht gewagt, sich Greta anzuvertrauen, denn sie hatte Angst vor deren Reaktion, die sicher eine Mischung aus Anteilnahme und Schadenfreude sein würde. Zu ihrer Mutter zu gehen, kam nicht in Frage; ihre jüngere, fröhlichnaive Schwester wollte sie damit ebenfalls nicht belasten.

Als ihr nach vier Wochen eines Morgens im Amt derart übel wurde, dass sie es kaum noch zur Toilette schaffte, nahm sie ihren ganzen Mut zusammen und ging zu Fanny Müller. Fanny arbeitete in der Registratur und alle wussten, dass sie jahrelang eine Affäre mit Dr. Leisbauer von der Rechtsabteilung gehabt hatte und von ihm schwanger wurde. Fanny verschwand für einige Monate und Dr. Leisbauer wurde nach Erding versetzt. Es wurde gemunkelt, dass Frau Dr. Leisbauer mit den Kindern zu ihren Eltern nach Düsseldorf zurückgekehrt war.

So saß sie mit Fanny an einem Mittag im Spätherbst im Café Glockenspiel. Fanny aß mit Appetit eine große Portion Apfelstrudel, während Lise in ihrem Nusskuchen herumstocherte. »Wird schon klappen«, sagte Fanny zum Abschied und Lise steckte den Zettel mit einer Adresse im Münchner Osten in ihre Handtasche.

Für Anfang Dezember hatte sie sich einige Tage Urlaub erbeten; zu ihren Eltern hatte sie gesagt, dass sie nach einer Geburtstagsfeier vielleicht bei Greta übernachten würde. Mit einer Tasche, die Wäsche, Handtücher und ein großes Paket Damenbinden enthielt, fuhr sie an einem strahlenden Dezembermorgen mit der Straßenbahn in Richtung Berg am Laim. Am Marienplatz mühten sich einige Arbeiter der Stadtwerke, vor dem Rathaus einen der ersten großen Christbäume nach dem Krieg aufzustellen.

Die Lise und ich durften heute mit dem Franzl in den Ort fahren. Ich hab meinen Ohren nicht getraut, als die Oberschwester es uns erlaubt hat. Bestimmt hat der Doktor Eberling da ein gutes Wort für uns eingelegt. Während der Franzl bei der Brauerei war und auch noch Verschiedenes für die Küch eingekauft hat, sind wir durch den Ort gebummelt und haben bei Thaler-Konfektion Blusen anprobiert. Mir passt da ja nichts, aber die Lise hat sich eine geblümte Sommerbluse gekauft, in der sie richtig gut ausschaut. Dann waren wir noch in der Konditorei und haben Apfelkuchen gegessen und Kaffee getrunken und zum Schluss hat die Lise zum Kellner gesagt: »Ich zahl«. Am schönsten aber war's am Rückweg, als wir bei der Gärtnerei gehalten haben und noch ein paar Stauden für hinten am Gartenzaun geholt haben. »Richtig glücklich schaut's ihr aus«, hat der Franzl gemeint und wir mussten lachen, weil sein Schnurrbart dabei so lustig auf und ab gehüpft ist.

Lise wusste nicht, wie spät es war. Es war dunkel und neblig, als sie in das Taxi stieg, das ihr die Martha Hartinger gerufen hatte, nachdem sie die zwei Hundertmarkscheine in ihre Kittelschürze gesteckt hatte. »Zwei, drei Tage liegen und alle vier Stunden eine von den Tabletten, die ich dir gegeben hab. Wir zwei haben uns nie gesehen, ist das klar?« sagte sie zum Abschied. Als sich Lise auf die Rückbank des Taxis setzte, schnitt ihr ein scharfer Schmerz wie ein Messer in den Unterleib und sie glaubte, ohnmächtig zu werden. Hausfassaden mit einzeln erleuchteten Fenstern zogen an ihr vorbei; sie glaubte, die neueröffneten Lichtspiele am Rosenheimerplatz und den Turm des Müllerschen Volksbades zu erkennen und plötzlich sah sie die Umrisse des Isartors. »Bitte anhalten«, bat sie den Fahrer mit zitternder Stimme und als sie ausstieg, spürte sie, wie ein Schwall warmen Bluts die dicke Lage Binden zwischen ihren Beinen durchtränkte. Wie sie hoch zu Gretas Wohnung gekommen war, wusste sie später nicht mehr; sie konnte sich nur noch an das Entsetzen in den Augen von Gretas Mutter erinnern und an das Blaulicht des Krankenwagens. Greta war nicht zuhause; sie war angeblich beim Stenographiekurs, doch Lise, obwohl sie das Gefühl hatte, gleich sterben zu müssen, hegte daran leise Zweifel.

Die Patientin Lise Schwarzl hat mich heute mit einem freundlichen »Guten Morgen, Herr Dr. Eberling«, begrüßt und um eine Unterredung gebeten. Ich bat sie nach dem Mittagessen, das sie wie immer mit der Ida Liebler eingenommen hatte, zu mir. Mit klarer, nur leicht stockender Stimme erklärte mir die Patientin, dass sie in der nächsten Woche das Sanatorium verlassen und im Herbst eine Gärtnerlehre beginnen wolle. In den Bankdienst wolle sie nicht mehr zurückkehren; ihr Vater sei informiert und ihr auch beim Suchen einer Lehrstelle behilflich. Ich begrüßte die Entscheidung der Patientin, die mir wohlüberlegt schien, sehr und wünschte ihr alles Gute für ihren weiteren Lebensweg.

Kaum hatte mich Frl. Schwarzl verlassen, erschien Ida Liebler bei mir und teilte mir mit, dass sie ihre Anstellung in der Küche zum Oktober gekündigt habe. Ihr direkter Vor-

gesetzter Franz Hofmann sei bereits informiert. Sie habe vor, ihre abgebrochene Gärtnerlehre im Herbst fortzusetzen.

12. August 52
Eberling

Anzeige in der Frankfurter Allgemeinen:

Es ist uns eine große Freude, die Verlobung unserer Kinder Elvira Marck und Fritz Dobler zum Weihnachtsfest 1953 bekannt geben zu dürfen.

Dr. Erhard Marck, Bankdirektor, mit Ehefrau Elisabeth
Alfred Dobler, Zolloberamtsrat, mit Ehefrau Anna

Frankfurt, im Dezember 1953

Anzeige in der Süddeutschen Zeitung:

Blumen, Sämereien, Gartenbedarf am Rotkreuzplatz

Wir eröffnen am 1. März 1955 und freuen uns, Sie als künftige treue Kundschaft begrüßen zu dürfen.

Ida Liebler
Lise Schwarzl

Im Netz

Bertholds Vater kannte nichts anderes als den Fischfang, seit seiner Kindheit war er fast täglich im Morgengrauen aufgestanden, um seine Netze im Chiemsee auszuwerfen. Sein Vater, sein Großvater und viele Generationen davor hatten das getan, die Familie Leb war eine der ältesten Fischerdynastien auf der Fraueninsel. Natürlich hatten sich die Zeiten seit dem Kriegsende vor mehr als neun Jahren gewandelt, seit dem Krieg, der den Vater Leb von seinen Chiemseefischen weg nach Russland geholt, jedoch nahezu unversehrt wieder hatte zurückkommen lassen. Jetzt kamen die Sommerfrischler wieder in Scharen und mit ihnen der Wohlstand und die Mutter Leb war mittlerweile gut gewappnet für den Ansturm von Menschen, die das Motorboot von Gstadt und die anderen großen Schiffe der Chiemseeflotte ausspuckten und die, nachdem sie die Sehenswürdigkeiten der Insel besichtigt hatten, mit großen Appetit die Lebschen Semmeln mit frischen Chiemseerenken und einem kühlen Bier dazu genossen. Die Geschäfte liefen gut und für den Vater stand es außer Frage, dass Berthold, der mittlerweile siebzehn Jahre alt war, in jeder freien Stunde mithalf. Nur dem Einsatz des Volksschullehrers Gärtner und der Fürsprache der Äbtissin war es zu verdanken, dass Berthold aufs Gymnasium hatte gehen dürfen. Der Vater war nicht begeistert gewesen, doch er hatte es nicht gewagt, diesen beiden angesehenen und hochgebildeten Persönlichkeiten zu widersprechen.

Nur in den Wintermonaten, wenn der Fischfang ruhte, die Netze geflickt und der Kahn ausgebessert worden waren, konnte Berthold etwas länger schlafen. Während der Fangmonate hieß es, egal ob Latein- oder Mathematikprüfungen anstanden, egal bei welcher Witterung, zum Morgengrauen aufzustehen, Fang- und Schleppnetze im Kahn zu verstauen und mit dem Vater hinauszufahren. Während der Schulzeiten packte Berthold morgens seine Schultasche und Hemd und Hose bereits ins Boot, mit dem ihn der Vater dann nach etwa zwei Fangstunden kurz nach sieben Uhr, immer etwas unwillig grummelnd, in Gstad am Dampfersteg absetzte, wo der Schulbus abfuhr. Diesen erreichte Berthold fast immer in letzter Sekunde, nachdem er im Boot noch rasch die Arbeitskleidung abgelegt und in seine Schulkluft gesprungen war. Trotzdem hatte er immer das Gefühl noch nach Fisch zu riechen, suchte keine Gesellschaft im Bus, aß das Marmeladenbrot, das die Mutter ihm mitgegeben hatte und lernte rasch noch Vokabeln oder Geschichtsdaten. Berthold, der sich in den naturwissenschaftlichen Fächern schwer tat, war in Sprachen und vor allem in Deutsch ein ausgezeichneter Schüler. Es war die Literatur, die er liebte und in jeder freien Minute verschlang er die Romane, die er sich in der Schulbücherei oder der Leihbücherei in Prien auslieh. Er tauchte ein in fremde, gänzlich andere Welten, las über leidenschaftliche Liebe, abgrundtiefen Hass, politische Verirrung, Neid und Eifersucht; Gefühle, die ihm im beschaulichen Rhythmus seines jungen Lebens und im Behütetsein seines Elternhauses und seiner Chiemseeheimat noch vollkommen unbekannt waren.

In den Sommerferien war es selbstverständlich, dass er den Vater auf der gesamten Tour unterstützte und so stand er täglich im diesigen Morgenlicht, wenn noch Nebelschwaden über dem See lagen und die Chiemgauer Berge sich noch im Dunst verbargen, im Kahn und sortierte die Netze. Er hatte sich angewöhnt noch eine kurze Zigarette zu rauchen, bevor der Vater kam, und verstaute die halbgerauchte zum späteren Weiterrauchen in einer kleinen Aluminiumdose hinter dem Weidengebüsch am Ufer. Erst wenn der Tagesfang im Haus war, er den Eltern noch beim Schuppen und Ausnehmen und beim Hängen in der Räucherung behilflich gewesen war, brummte der Vater: »Kannst gehen jetzt, aber heut Nachmittag hilfst der Mutter beim Verkauf!« und die kommenden Stunden gehörten Berthold ganz allein. Bei schönem Wetter sprang er zuerst einmal in den See, schwamm bis zur Schilfspitze, legte sich auf einen morschen, zerfallenden Badesteg in die schon heiße Mittagssonne und träumte sich in eines seiner Bücher. Dann schwamm er zurück, rauchte auf der kleinen Bank am Weidengebüsch die restliche Zigarette und überlegte, ob er sich mit einem Buch in die Abgeschiedenscheit des kleinen Bauerngartens voller Stockrosen und Sommerastern hinter dem Haus zurückziehen oder ob er seinen Freund Karl, den Sohn des Inselwirts, besuchen sollte, um mit ihm eine Runde mit den hochmodernen Tretbooten auf dem See zu drehen. Seit einem Jahr waren diese Tretboote der letzte Schrei und die Inselbesucher standen beim Bootsverleih Schlange um sie. Er entschied sich für Karl und das Tretboot und machte sich auf den Weg.

Er schlenderte den Uferweg entlang, der um diese Zeit noch geruhsam und nur von wenigen Touristen besucht war und schrak zusammen, als er auf der Wiese vor der Abtei einsam eine zusammengekrümmte Gestalt sitzen sah. Er trat näher und erblickte eine Frau, die sicher schon um einiges älter war als er, die für das strahlende, warme Hochsommerwetter eine viel zu warme, dunkle Strickjacke und darunter ein dunkelblaues, verwaschenes Kattunkleid trug. Die Frau wirkte, als hätte sie Schmerzen, Tränen liefen über ihr blasses, schmales Gesicht mit den dunkel umschatteten Augen, während sie starr auf den See blickte und ihre Hände ein kleines, zerlesenes Buch umklammerten. Berthold zögerte, ob er sie ansprechen sollte, er wollte nicht aufdringlich erscheinen, sie nicht in ihrem so offensichtlichen Schmerz stören, doch die Neugier des leidenschaftlichen Bücherliebhabers überwog. Er wollte einfach wissen, was für ein Buch sie da in Händen hielt. Entschlossen trat er auf sie zu und fragte: »Kann ich Ihnen helfen, ist Ihnen nicht gut?« Die Frau schreckte hoch und während sie mit leiser, brüchiger Stimme antwortete: »Danke, es geht schon wieder«, versank Berthold in ihren graugrünen Augen und konnte sich erst wieder aus ihnen lösen, als das kleine zerfledderte Buch aus ihren Händen fiel. Er bückte sich, reichte es ihr und erkannte eine Ausgabe des Inselverlags mit Rilkes Liebesgedichten, die wohl noch aus der Zeit von vor dem Krieg stammte. »Ich habe die Duineser Elegien und den Cornet von ihm gelesen«, sagte Berthold und noch während er dies sagte, ärgerte er sich über die Prahlerei, die er meinte in seiner Stimme schwingen zu hören. Die Frau jedoch sah freundlich zu ihm hoch, ihr verschlossenes Gesicht erhellte sich, wieder traf ihn ihr Blick und zog ihn fort in etwas Weiches, Warmes, sanft Vibrierendes, das neu für ihn war und von dem er wünschte, dass es nie enden solle. »Ich kenne nur die Gedichte, doch ich lese sie ein ums andere Mal, immer wieder«, entgegnete sie. Wenige Minuten später saßen sie auf der schattigen Bank am Ufer, blickten auf das Blau des glitzernden Sees und die Chiemgauer Berge und Berthold hatte das Gefühl in einer neuen Welt angekommen zu sein. Die Eltern, Karl und das Tretboot, der Fischerkahn, die zappelnden Fische und der holzige, scharfbeissende Geruch der Räucherkammer, das alles schien in weite Ferne gerückt zu sein.

Bei diesem ersten Treffen, das nicht lange dauern sollte, da das Läuten der Abteiglocke sie aufschrecken und davon eilen ließ, erfuhr er, dass sie Elisabeth hieß, aus München kam und derzeit in der Benediktinerinnenabtei hier auf Frauenchiemsee als Postulantin zu Gast sei. Berthold war mit dem Kloster, dessen Regeln und Bräuchen aufgewachsen und wusste, dass das sogenannte Postulat, das meistens ein Jahr dauerte, dem Noviziat vorausging, und dazu diente den Entschluss in den Orden einzutreten reiflich zu prüfen. Er hatte im Laufe seines Lebens schon einige dieser jungen Frauen erlebt, mit manchen hatte er sich, natürlich in schicklichem Abstand, auch unterhalten und die eine oder andere Hübsche war auch in seinen nächtlichen Jungmännerträumen aufgetaucht. Manche waren verschwunden und wohl wieder ins Leben zurückgekehrt, andere, so wie Schwester Edeltraudis, die jeden Morgen und Abend mit dem alten Motorboot schnittig nach Gstadt hinüberkreuzte und sich um die Einkäufe und Post des Klosters kümmerte, waren geblieben. Diese Elisabeth, deren schmale, zerbrechliche Gestalt und deren Augen er nicht mehr aus dem Kopf bekam, erschien ihm schon ein wenig zu alt für eine Postulantin.

Bei ihren nächsten Treffen, die natürlich nie verabredet waren, sondern immer wie selbstverständlich zu später Vormittagstunde auf der Uferbank stattfanden, in der knappen Stunde bevor Elisabeth wieder zur Mittagssext und zu ihrer Arbeit in der Küche aufbrechen musste, erfuhr er mehr. Elisabeth stammte aus einer wohlsituierten Münchner Beamtenfamilie und war mit ihren über dreißig Jahren keine ganz junge Frau mehr. Wie es so üblich war, hatte sie die Oberschule und anschließend die Handelsschule besucht und arbeitete dann, wohl unterstützt von ihrem Vater, der ein hoher Beamter in der Münchner Stadtverwaltung war, im Sekretariat eines Münchner humanistischen Gymnasiums. Die Arbeit mit Schülern und Lehrern hatte ihr Freude gemacht, doch der Krieg, die erschwerten Alltagsbedingungen und die bald einsetzenden Bombenangriffe auf ihre Heimatstadt veränderten wie bei vielen auch ihre Lebensbedingungen radikal. Zu dieser Zeit lernte sie Hans kennen, der auf Fronturlaub einen Freund in München besuchte und mit diesem einen heißen Hochsommertag am Isarufer verbrachte. Die beiden jungen Männer verzehrten mit Heißhunger duftenden Speck, der von einer Tante aus dem Allgäu stammte und der den beiden jungen Mädchen, Elisabeth und einer Freundin, die unweit auf einer Decke in der Sonne lagen, das Wasser im Munde zusammenlaufen ließ. Es war Hans, der beide zum Mitessen einlud und schnell verliebten sich Hans und Elisabeth stürmisch ineinander. Nach zwei oder drei weiteren Kurzurlauben, die Hans in München und nicht im heimischen Regensburg verbrachte, war es klar, dass sie heiraten würden und so standen sie, Elisabeth im von einer Kollegin geliehenen Hochzeitskleid und Hans, weil er nichts anderes besaß, in Uniform im April des letzten Kriegsjahres vor dem Traualtar. Wie in München des öfteren um diese Jahreszeit üblich, war noch einmal der Winter zurückgekommen, nasse Schneeflocken wirbelten vom Himmel, verschmolzen mit dem Weiß der Spitzen am Kragen des Brautkleids und ließen Elisabeth so stark frösteln, dass sie nur zum Ehegelöbnis vor dem Altar den Feldmantel, den ihr Hans umgelegt hatte, ablegte. Eine knappe Woche nach der Heirat musste Hans wieder zurück ins Feld, berichtete Elisabeth, ihre Augen hatten sich wieder mit Tränen gefüllt und einige dicke, weiße Sommerwolken verdeckten die Mittagssonne über dem Chiemsee. »Das Buch hat er mir dagelassen«, sagte sie und hielt die alte Rilkeausgabe fast krampfhaft in ihren Händen.

Lange Jahre hörte Elisabeth trotz intensiver Nachforschung nichts von Hans, bis sie Ende der Vierziger Jahre ein Brief von ihm aus dem Gefangenenlager Krasnogorsk in der Sowjetunion erreichte. Er war offensichtlich in gesundheitlich äußerst angeschlagener Verfassung und bot ihr die Scheidung an. Er sei ein kranker, gebrochener Mann und wolle nicht, dass sie weiter auf ihn warte und ihr junges Leben damit vergeude. Ein jahrelanger Briefwechsel folgte, in dem Elisabeth ihm immer wieder versicherte, dass sie ihn liebe, dass sie auf ihn warten wolle und dass sie nahezu jeden Abend seinen geliebten Rilke lese. Seine Briefe kamen sporadisch, manchmal lag ein wenig Zuversicht in seinen Zeilen, dann wieder war alles pure Verzweiflung. 1953 kam die Nachricht, dass er mit anderen Tausenden von Gefangenen in die Heimat zurückkehren dürfe. Elisabeth befand sich in einem Rausch der Vorfreude und Vorbereitung. Sie, die immer noch in ihrem Mädchenzimmer bei den Eltern wohnte, begab sich auf Wohnungssuche und fand im Münchner Osten eine kleine, bezahlbare Wohnung. Schließlich fuhr sie nach Herrleshausen, wo der Zug mit den Heimkehrern eintreffen sollte, und stand mit vielen anderen, mit Müttern, die das zermürbende Warten weißhaarig und alt hatte werden lassen, mit jungen Frauen mit erwartungsvollen, doch auch etwas angstvollen Augen, die quengelnde Kleinkinder auf dem Arm trugen, auf dem Bahnsteig. Schilder mit den Namen der Heimkehrer wurden hochgehalten, Blumensträuße wurden geschwenkt und Unruhe und Angst wuchsen, als es hieß, dass der Zug mit Verspätung eintreffen würde, es habe einen Unfall gegeben. Elisabeths Herz begann wie rasend zu klopfen und sie versuchte die aufsteigende Angst und eine bittere Ahnung zu unterdrücken. Endlich, mit fast zwei Stunden Verspätung traf der Zug ein, keineswegs mehr jung wirkende, hohlwangige und kahlrasierte Männer in grauen, abgewetzten Feldmänteln entstiegen dem Zug und blickten unsicher in die sie erwartende Menge. Aufschreie, lautes Weinen und klammernde Umarmungen folgten und mehr und mehr Angehörige hielten ihren Heimkehrer in den Armen. Hans war nicht dabei und Elisabeths Angst wuchs. Da traten ein Mann in dunkelgrauem Anzug und ein weiterer, den Elisabeth erst später als Geistlichen erkannte, auf sie zu und fragten:«Sind sie Frau Leibl? Wenn Sie bitte mitkommen wollen, es ist ein Unglück geschehen.» Im letzten Wagen des Zuges lag auf einer grauen Felddecke ein stiller, bleicher, ebenfalls hohlwangiger Mann mit grauweißen Bartstoppeln, der bis zum Kinn mit einem Mantel zugedeckt war. Seine Augen waren geschlossen, seine Züge zeigten eine seltsame Erleichterung und ein fast entspanntes Lächeln lag auf seinen blauen Lippen. Wären da nicht die Narbe über der Schläfe und der schmale Goldring, der gleiche den Elisabeth an der Hand trug, gewesen, sie hätte Hans nicht erkannt. Sie stand starr vor ihm, dachte, dass sie jetzt auf die Knie sinken, ihn umarmen und küssen müsse, doch es gelang ihr nicht. Die Stimme des Mannes im grauen Anzug drang nur bruchstückhaft an ihr Ohr: » …..wohl Herzversagen … …..ausgeprägter Schwächezustand … … … … .. starke Aufregung« sagte er und der Priester murmelte ein Gebet.

Berthold saß wie erstarrt auf der Bank neben Elisabeth und wagte nicht, ihr ins Gesicht zu schauen. Worte der Anteilnahme und des Mitgefühls wollten ihm nicht über die Lippen kommen, sie erschienen ihm schal und leer. »Kannst du mir ein Gedicht vorlesen, bevor ich wieder nauf ins Kloster muß?« fragte Elisabeth und Berthold schlug das Buch auf und las:

Zum Einschlafen

Ich möchte jemanden einsingen,
bei jemanden sitzen und sein.
Ich möchte dich wiegen und kleinsingen
und begleiten schlafaus und schlafein.
Ich möchte der Einzige sein im Haus,
der wusste, die Nacht war kalt
und möchte horchen herein und hinaus
in dich, in die Welt, in den Wald … … … …..

Hier legte Elisabeth ihre kühle Hand rasch auf seinen Arm, strich ihm kurz sanft über die Wange und sagte: »Ich danke dir«. Während sie ihre Hand hob, um sein erhitztes Gesicht zu berühren, glitt der Ärmel der dunklen Strickjacke, die sie immer trug, ein wenig nach oben und gab eine noch sehr frische, rote Narbe an ihrem schmalen Handgelenk frei. Berthold, der sehr wohl in seiner Phantasie, jedoch in Wirklichkeit noch nie eine Frau umarmt und geküsst hatte, zog Elisabeth an sich, spürte dabei jeden einzelnen ihrer zarten Rückenknochen und sagte:«Lass mich dich wiegen und begleiten, Elisabeth, Liebste« und seine Lippen näherten sich den ihren. Sie jedoch wich ihm aus, schaute ihn aus ihren dunklen Augen an und antwortete: »Ich kann nicht mehr lieben, keinen Menschen und auch Gott nicht mehr, das ist mir hier klargeworden«, und sie ging rasch, fast als würde sie fliehen, zum Kloster hinauf. Berthold blieb zurück, das Buch in seinen Händen.

Gegen Morgen des nächsten Tages brach eines dieser legendären, schweren Chiemseegewitter los und tobte einige Stunden mit scharfen Blitzen, lauten heftigen Donnerschlägen und prasselndem Regen bedrohlich über der Insel und dem See. Der morgendliche Fischfang konnte nicht stattfinden und auch das Treffen mit Elisabeth musste ausfallen. Noch immer regnete es in Strömen, der Uferweg war übersät mit herabgefallenen Ästen und das Motorboot von Gstadt herüber würde erst wieder am Nachmittag fahren. Berthold blieb in seiner Stube, lag auf dem Bett, las in den Rilkegedichten und träumte davon, wie er Elisabeth, die mit ihren graugrünen Augen zärtlich zu ihm aufblickte, sanft in seinen Armen wiegte. Er musste wohl eingeschlafen sein und kam erst am späten Nachmittag wieder zu sich, als er von draußen aufgeregte Stimmen hörte. Als er aus dem Fenster blickte, sah er einige Nonnen und Inselbewohner auf dem Uferweg laufen und rufen und Schwester Edeltraudis, die in ihrem Motorboot auf dem See hin und her kreuzte. »Sie suchen eine junge Frau, die erst seit kurzem im Kloster war. Sie ist seit heute Morgen verschwunden«, sagte die Mutter. Bis weit nach Mitternacht beteiligte sich Berthold an der Suche, mit der Sturmlampe lief er zuerst kreuz und quer über die Insel und rief ihren Namen, um dann mit dem Boot hinauszurudern und die Suche fortzusetzen. Doch Elisabeth blieb verschwunden und als Berthold im Morgengrauen durchnässt und frierend in sein Bett fiel, wusste er, dass sie für immer gegangen war, er umklammerte die Rilkeausgabe und weinte sich in einen unruhigen Schlaf voll wirrer Träume.

Der nächste Tag zeigte sich, noch erfrischt vom vorangegangenen Gewitter, mit angenehmen Temperaturen, einer leichten frischen Brise und kleinen weißen Sommerwolken, und als Josef Bichler, der Kapitän des Raddampfers »Luitpold« bei seiner ersten Fahrt des Tages die Fraueninsel ansteuerte, bemerkte er kurz vor dem Dampfersteg leichte Schläge und ein kurzes, dumpfes Geräusch am Schaufelrad. Er vermutete, dass sich ein größeres Stück Holz dort verfangen habe und nahm sich vor, dies am Abend nach der letzten Fahrt zu überprüfen. Wenig später zog der Fischer Johann Sattler an der Inselspitze seine Netze ins Boot und prallte zurück, als er inmitten seines reichlichen Fangs einen schlanken, weißen Frauenarm mit einer auffälligen roten Narbe am Handgelenk entdeckte.

Das zitierte Gedicht „Zum Einschlafen zu sagen"
schrieb Rainer Maria Rilke im Jahr 1900.

Besser tot in Rom als halbtot in München

Ingeborg Bachmann, 1926 Klagenfurt – 1973 Rom, ist eine der bedeutendsten deutschsprachigen Lyrikerinnen und Schriftstellerinnen. 1956/57 hielt sie sich für ein knappes Jahr in München auf und arbeitete dort als Dramaturgin beim Bayerischen Rundfunk.

Elsbeth Angermaier, Schreibwarenhändlerin, 1928 München – 1968 München, veröffentlichte Ende der vierziger Jahre mehrere Gedichte und Erzählungen in Münchner Tageszeitungen. Dann wurde es still um sie; in ihrem Nachlass wurden keine weiteren Texte gefunden.

Schon zu dieser frühen Stunde kündigte der tiefblaue Morgenhimmel über Rom einen weiteren heißen Septembertag an. Aus dem Fenster im zweiten Stock des alten, schon ein wenig baufälligen Palazzo drang Brandgeruch und leichter weißer Rauch stieg hoch zum Dach, auf dem sich gurrend einige Tauben niedergelassen hatten. Mit quietschenden Bremsen hielten der Krankenwagen und ein Wagen der vigili de fuoco, der örtlichen Feuerwehr, vor dem Haus. Einige Männer, darunter der Arzt, eilten ins Haus und kurz darauf hörte man das Splittern einer Tür. Nur wenige Minuten später wurde eine Frau herausgetragen; sie war von einer grauen Decke fast verhüllt, man konnte strähniges Haar und unter der Sauerstoffmaske, die einer der Sanitäter ihr auf das Gesicht drückte, nur einen Teil ihres ebenfalls grauen fahlen Gesichts erahnen. Rasch wurde die Trage in den Krankenwagen geschoben, der mit Blaulicht und Sirenengeheul ebenso rasch wieder davonfuhr. Durch die noch leicht rauchgeschwängerte Luft taumelten Satzfetzen wie »Schwelbrand«, »fumo inalazione, schwere Rauchvergiftung« und »starke Verbrennungen«. Da nur wenig zu löschen gewesen war, rückte die Feuerwehr rasch wieder ab, nur kurze Zeit später herrschte wieder Ruhe und die wenigen von der Aktion aufgescheuchten Nachbarn kehrten wieder in ihre Wohnungen zurück. Die Tauben, die vorsichtshalber das Nachbardach aufgesucht hatten, ließen sich wieder auf ihrem Stammplatz nieder; aufdringlich gurrend und sich aufplusternd versuchten zwei männliche Tauben sich bei ihren weiblichen Artgenossen Aufmerksamkeit zu verschaffen. »Madonna mia, wie oft hab ich ihr gesagt, sie soll nicht mit der Zigarette ins Bett gehen. Povera signora tedesca!« sagte kopfschüttelnd die dicke Hausmeisterin, über deren Brust und Bauch der rosafarbene Morgenmantel sich gefährlich spannte.

Ein schmales blasses Gesicht unter einer blütenweißen Schwesternhaube beugte sich über sie und sagte: »Frau Angermaier, Sie sind hier im Krankenhaus des Dritten Ordens in München-Nymphenburg, wissens das noch? Sie sind operiert worden. Der Professor wird gleich kommen und mit Ihnen sprechen.« Elsbeth fühlte sich merkwürdig schwerelos und leicht und wollte sich aufsetzen, um einen Blick aus dem Fenster gegenüber ihres Bettes zu werfen. Ein klarer blauer Himmel war zu sehen, doch so sehr sie auch überlegte, es wollte ihr nicht mehr einfallen, welche Jahreszeit gerade war. War es Sommer, war es vielleicht August gewesen, als sie mit Karl, der ihren kleinen Koffer trug, das Krankenhaus durch das große graue Portal betreten hatte? Ein brennender schneidender Schmerz durchzuckte sie, als sie versuchte sich aufzurichten, und sie hatte das beklemmende Gefühl, als stecke ihre ganze Brust in einem viel zu engen Panzer. Die Schwester schob sie sanft wieder in die Kissen zurück, murmelte »liegen bleiben« und drehte an dem Infusionsschlauch, der über ihr baumelte und irgendwo unter dem Krankenhauskittel in ihrer Armbeuge verschwand. Sie fiel in einen leichten unruhigen Schlaf mit wirren Träumen, in denen Karl sie und ihren Koffer in einem kleinen Kahn über den Nymphenburger Kanal ruderte und zwischendurch immer verwundert auf ihre Brüste starrte. Dann plötzlich saß ein alter Herr in einem weißen Kittel mit einer Nickelbrille mit im Kahn. Er sprach von einer Brust, die nicht zu retten gewesen sei und von anderen Dingen, die sie nicht verstand, da das Plätschern des Kanals seine weiteren Worte übertönte. Sie drehte ihren Kopf auf dem kühlen Kissen zur Seite und konnte plötzlich draußen unter dem blauen Himmel die Wipfel eines Baumes sehen, der begonnen hatte, sich herbstlich zu färben. Das Gedicht fiel ihr ein, das sie vor langer Zeit im Hinterzimmer des Ladens geschrieben und von dem Ingeborg gesagt hatte, dass es sehr schön sei. Als einige Tage später Karl mit grauem Gesicht, starr und verkrampft an ihrem Bett saß und ihr nicht in die Augen blicken konnte; als sie beim Wechseln des Verbandes, da wo einst ihre linke Brust gewesen war, diesen klaffenden, langen, roten Schnitt gesehen hatte, da trat sie mit zitternden, taumelnden Schritten zum geöffneten Fenster und atmete noch einmal die milde, herbstliche Abendluft ein. Als die Schwester wenige Minuten später mit dem Abendbrot kam, waren Bett und Zimmer leer und die roten Herbstblätter, die der leichte Abendwind draußen bereits von den Bäumen geweht hatte, trugen nahezu dieselbe Farbe wie das Blut, das den Rasen vor dem Gebäude getränkt hatte.

Während in den nahen Bergen der Winterschnee sich noch meterhoch türmte, war in der Stadt der Frühling mit aller Macht ausgebrochen. Überall spross frisches Grün an Büschen und Bäumen, Maiglöckchen standen in den Vorgärten und die Sonne schien fast sommerlich von einem südlich anmutenden Himmel. Das Haus, einst gepflegt und gediegen, hatte einigen Schaden genommen, doch im Gegensatz zum Nachbarhaus war es noch bewohnbar. Dieses war bis auf die Grundmauern zerstört worden und die Familie, die darin gewohnt hatte, war zusammen mit dem Schäferhund Ali tot aus den Trümmern geborgen worden. Noch einige

Tage zuvor hatte die Nachbarsfrau, angetan mit einem geblümten Kopftuch, die ersten Gartenarbeiten des Jahres verrichtet. Ingeborg, die allein in dem beschädigten, zugigen, staubigen Haus zurückgeblieben war, war fest entschlossen, der Bedrohung zu trotzen, die sicher in absehbarer Zeit wieder über ihre Heimatstadt kommen würde. Jedes Mal kurz bevor das drohende flirrende Brausen des sich nähernden Grauens zu hören war, wurde der kommende Angriff mit sachlicher Stimme im Volksempfänger angekündigt, doch sie weigerte sich, ihren Platz im feuchten dunklen Luftschutzkeller in der Nachbarschaft einzunehmen und platzierte den dunkelroten, mittlerweile etwas schäbigen Ohrensessel mitten im sonnenwarmen Garten hinter dem Haus. Auf das Tischchen daneben stellte sie eine Tasse lauwarmen Malzkaffee und ein Stück aus der Zwiebackration, daneben legte sie die zerschlissene Ausgabe von Rilkes Stundenbuch und ihren Baudelaire. ... Bientot nous tomberons dans les froides tenebres ... bald werden wir in die kalte Dunkelheit fallen ... schrieb Baudelaire in seinen Fleurs du Mal, die sie mittlerweile fast auswendig beherrschte. Doch wenn es denn sein sollte, wenn es ihr wirklich bestimmt war, in diese kalte Dunkelheit zu stürzen, dann wollte sie es aus dem Licht, der Wärme und dem frischen Grün des Gartens tun. Noch nie in ihrem Leben war sie so allein und auf sich gestellt gewesen, die Familie hatte schon längst die Stadt verlassen und in ländlichen Gegenden Schutz gesucht. Doch hier in der Einsamkeit, in der Bedrohung und im widersinnigen Gezwitscher der Frühlingsvögel erging es ihr ähnlich wie Rilke beim Verfassen seiner Stundenbücher. Meist in den frühen Morgenstunden, aber auch am Abend drängte sich – wie bei ihm – eine Fülle von Gedanken zu ihr, die in Worte, Sätze, manchmal auch Gedichtzeilen mündete und die danach verlangte, zu Papier gebracht zu werden. Ihr wurde klar, dass das Schreiben und nichts anderes ihre Bestimmung war.

Der erste richtige Abiturjahrgang nach dem Kriege, hatte Direktor Dr. Schätzle in seiner sonst sehr trockenen Rede stolz betont, und

Frau Professor Bayer, sonst immer die Zurückhaltung in Person, hatte Elsbeth nach der Verleihung der Abiturzeugnisse mit feuchten Augen kurz an sich gezogen und etwas von späteren Möglichkeiten gemurmelt. Elsbeth wusste genau, dass diese nie eintreten würden. Der Vater, der nicht einmal zur Abiturfeier gekommen war, hatte ihr schon vor Monaten unmissverständlich klargemacht, dass sie ihm im Laden beizustehen habe und sich das Studium aus dem Kopf zu schlagen habe. Seit im letzten Winter die Mutter so schnell an diesem heimtückischen Krebs gestorben war, der zuerst ihre Brust zerfressen und dann andere Organe heimgesucht hatte, führte der Vater den Laden mit verschiedenen mehr oder weniger zuverlässigen Aushilfen. Der kleine Schreibwarenladen am Münchner Elisabethplatz, der auch Zeitungen und Zigaretten anbot, war seit Generationen in Familienbesitz und für den Vater war es selbstverständlich, dass sie als die einzige Tochter und nächste Generation ins Geschäft einstieg. Seit ihrem vierzehnten Lebensjahr hatte sie im Laden ausgeholfen, sie hatte es geliebt, die Zeitungen und Zeitschriften auszulegen, die verschiedenen Zigarettenpackungen einzusortieren und den Schulkindern ihre Hefte zu verkaufen. Doch nie war ihr in den Sinn gekommen, dass das einmal ihr Leben sein würde. Immer hatte sie die Hoffnung gehegt, dass die Eltern den Laden im Alter verkaufen und ihr damit die Freiheit eines Studiums ermöglichen würden. Schon als Kind in den ersten Schuljahren war ihr klar geworden, dass sie eine Schreibende war. Unmengen billiger Schulhefte aus dem Sortiment des Ladens hatte sie schon als Acht- und Neunjährige vollgekritzelt mit kleinen Erzählungen, Gedichten, Schilderungen ihres Alltags und humorvollen Beschreibungen der Schulkameradinnen und Lehrer. Auch in dunklen kalten Kriegszeiten, in den angstvoll durchwachten Nächten im Luftschutzkeller hatten Stift und Papier sie immer begleitet. Als durch Zufall eine Münchner Zeitung kurz nach Kriegsende einen ihrer Texte in der auf billigstem Nachkriegspapier gedruckten Schülerzeitung entdeckte und kurz darauf veröffentlichte, wusste sie, dass das Schreiben und nichts anderes ihre Bestimmung war.

Die Franz-Joseph-Straße ist eine breite helle Straße mit gepflegten gutbürgerlichen Häusern in München-Schwabing. Sie führt von der Leopoldstraße mit ihren zahllosen Gaststätten, Kneipen und Künstlerlokalen hinauf zum Elisabethplatz mit seinen Marktständen, an denen es nach entbehrungsreichen Zeiten nun wieder frisches Gemüse, würzige Wurst, feinen Käse und Münchner Spezialitäten zu kaufen gab. Ingeborg wohnte in einem Hinterhaus im Dachgeschoss, wo sie dem berühmten weißblauen Münchner Himmel besonders nah war und vom winzigen Balkon in das Blätterdach einer Kastanie blicken konnte. Warum ihr München so gar nicht ans Herz wachsen wollte, warum sie manchmal das Gefühl hatte, hier weit weniger lebendig zu sein als in anderen Städten, konnte sie nicht genau benennen. Aus dem Süden, aus der Leichtigkeit Italiens und seiner Hauptstadt war sie hierher gekommen in diese etwas derbe Dumpfheit, wo im Winter der Wind die scharfe Kälte des Schnees vor sich her trieb und im Frühjahr weiße schlierige Federwolken am stechend blauen Himmel pochende Kopfschmerzen hervorriefen. Natürlich lernte sie die kleinen Schwabinger Lokale und Cafés, die wohlsortierten Buchhandlungen und auch die gut bestückten Marktstände zu schätzen, doch es gelang ihr nur selten, das Gefühl der Fremde zu überwinden.

Zuweilen, wenn sie Freunde, Verlagsleute oder Kollegen vom Rundfunk zu sich einlud, konnte sie dieses Empfinden für kurze Zeit verdrängen. Sie war keine sehr gute Gastgeberin, schnell wurde sie nervös, die Teetassen, die sie auf das viel zu kleine Tischchen im Wohnzimmer stellen wollte, entglitten ihren Händen oder sie verschüttete beim Einschenken und das klare Goldbraun des Getränks floss in die kleinen, zierlichen Untertassen. Doch ihre Gäste zeigten sich darüber amüsiert, legten selbst Hand mit an und betonten, dass sie doch nicht wegen des Getränks, sondern wegen ihr, die mittlerweile eine literarische Berühmtheit geworden war, gekommen waren. Wenn sie neben ihrer ungeliebten Arbeit beim Rundfunk Zeit fand, schrieb sie an der langen Erzählung, die schon einige Zeit in ihrem Kopf Gestalt angenommen hatte, die sich aber sehr schwer und nur unter größten Mühen zu Papier bringen ließ. Aus diesem Grund liebte sie es sehr, den bereits entstandenen spärlichen Text mit ihrem jungen Lektor durchzusprechen, der vorgab, nur aus diesem Grunde mehrere Abende in der Woche vorbeizukommen. Natürlich war er begeistert von ihrer Art zu schreiben, sicher war er stolz, als noch so junger Mann eine so namhafte Schriftstellerin betreuen zu dürfen, doch in erster Linie war es ihr voller verführerischer Mund, den sie zuweilen mit dunklem Lippenrot betonte, der ihn immer wieder in die Dachgeschosswohnung im Hinterhof lockte. Der leidenschaftliche Kuss bei jedem Auseinandergehen, nachdem die Texte mehrfach durchgesprochen, der letzte Wein und die letzte Tasse Tee ausgetrunken waren, ja die Erwartung dieses Kusses war es, die sie beide an jedem gemeinsamen Abend schon von Beginn an fiebern ließ. Für sie jedoch war es nur ein flüchtiges Fieber, das sofort nach seinem Weggehen wieder verschwand.

Es war zu kühl für Anfang Mai, und ihre Freundin Martha hatte bei der letzten Anprobe des Brautkleids überlegt, ob sie nicht noch eine wärmende Stola dazu anfertigen sollte. Der Flieder jedenfalls, der für den Brautstrauß vorgesehen war, würde nicht rechtzeitig in einer knappen Woche zu blühen beginnen. Martha hatte empfohlen, die Zweige zwei, drei Tage vorher zu schneiden und mit Aspirinwasser ins warme Wohnzimmer zu stellen. Immer noch wartete Elsbeth auf das Herzklopfen und die Aufregung, die sich doch bei jeder jungen Braut wie selbstverständlich einstellen sollten, doch sie fühlte sich müde, erschöpft und merkwürdig unbeteiligt. Seit Karl im vergangenen Dezember um ihre Hand angehalten und damit den größten Wunsch des Vaters erfüllt hatte, lagen ihre Schreibhefte unberührt. Schon zweimal hatte der nette Herr von der Zeitung angerufen und nachgefragt, sie hatte ihn vertrösten müssen und sich mit Hochzeitsvorbereitungen entschuldigt. Im Dunkel ihrer

Wäschekommode hinter Hemden und Strümpfen verbarg sich seit Jahresbeginn ein dicker Stapel engbeschriebener Blätter und manchmal hatte sie das Gefühl, dass es eine andere Person gewesen war, die im vergangenen Jahr in jeder freien Minute mit heißen Wangen und Feuereifer an diesem großen Text gearbeitet hatte, der einmal ihr Buch werden sollte. Sie stand auf, holte die Blätter aus der Kommode und begann eines nach dem anderen feinsäuberlich in kleine Fetzen zu zerreißen, stopfte diese abschließend in eine der Papiertüten mit dem Aufdruck »Schreibwaren Angermaier am Elisabethplatz«, nahm ihren Mantel vom Haken und verließ das Haus. Es dämmerte schon und ein feuchter kühler Nebel stieg von der Isar empor, als sie die letzten Papierschnipsel in das Wasser geworfen hatte. Sie weinte nicht, ab jetzt war sie Schreibwarenhändlerin und Ehefrau, das Schreiben hatte zu einem anderen Leben gehört.

Wie schon oft in ihrem Leben war es der Monat Mai, der Entscheidendes für Ingeborg bereit hielt, der Liebe oder Schmerz, Erfolg oder Versagen zu ihr brachte. So kam an einem Tag im Mai in dieser fremdgebliebenen, ungeliebten Stadt der Geliebte wieder zu ihr, mit dem sie so viel Lust und Sehnen, doch auch so viel Dunkles, Schweres und die harte, kaum tragbare Bürde der Vergangenheit verband. Zehn Jahre waren vergangen, seit sie sich zum ersten Mal begegnet waren und sich ihr Zimmer damals mit rotem Mohn und Zärtlichkeiten gefüllt hatte. Doch die glücklose, dumpfe Schwere der Stadt legte sich von Anfang an über dieses Treffen und wieder einmal, wie schon mehrmals zuvor, beschlossen sie, alles zu beenden. Der kaum erträgliche Zustand zwischen abgrundtiefer Verzweiflung und zwischendurch aufflackernder Erleichterung in den Tagen nach seiner Abreise ließ sie schnell von Tee zu Wein und Whisky wechseln, doch auch das half ihr nicht, in den ersehnten Schlaf zu finden.

So geschah es, dass ihr, als sie wie fast jeden Morgen Zeitung und Zigaretten im kleinen Schreibwarengeschäft am Elisabethplatz holte, kurz vor dem Verlassen des Ladens plötzlich schwarz vor Augen wurde. Sie taumelte und wäre wohl gestürzt, hätte nicht die junge Frau, die sie fast jeden Morgen dort bediente, sie gestützt und zu einem Stuhl im Hinterzimmer geleitet. Die Frau, die immer freundlich lächelte, immer einen Satz über das Wetter oder eine Münchner Begebenheit auf den Lippen hatte, in deren Augen jedoch auch deutlich Bitterkeit und Enttäuschung lagen, brachte ihr eine Tasse Kaffee, rief nach einem Karl, der unwillig aus dem Hintergrund erschien und in den Laden hinaustrat, um weitere Kunden zu bedienen. »Elsbeth«, sagte die junge Frau, deren grauer Ladenkittel ihre vollen weiblichen Formen nicht verbergen konnte und streckte ihr die Hand entgegen. »Ingeborg«, antwortete sie lächelnd und sie musterten sich und hatten beide gleichzeitig das Gefühl einer Verbundenheit, die ihnen jedoch noch unklar war und die sie noch nicht benennen konnten.

Bis Ingeborg im Sommer München, das ihr durch die Bekanntschaft mit Elsbeth zuweilen ein wenig liebenswerter erschien, verließ, um sich in eine heftige Liebe mit unklarem Ende zu stürzen, trafen sich die beiden Frauen außerhalb des morgendlichen Zeitungskaufrituals mehrmals. Nach langem Zögern hatte Elsbeth ihre wenigen Texte und Gedichte, die sie noch besaß, herbeigeholt, und Ingeborg hatte sofort deren Kraft und Eindringlichkeit erkannt und versucht, sie zu weiterem Schreiben zu ermutigen. Dass Elsbeth dabei der Alltag im Laden und ihr Karl, der für derartige Dinge keinerlei Verständnis aufbringen wollte, sehr im Wege standen, erkannte sie jedoch auch sehr bald und sie nahm sich vor, ihrem jungen leidenschaftlichen Lektor ein paar Texte Elsbeths zum Lesen zu geben. Doch es blieb bei diesem Vorsatz, die neuen aufregenden Lebensumstände ließen sie das Ganze einfach vergessen, so wie dieses trübe, nur durch wenige schöne Begebenheiten erhellte Jahr in München für sie schnell fast gänzlich im Dunkel der Vergangenheit verschwand.

Meritatons Fuß

Eigentlich war das milde sonnige Septemberwetter zu schön für einen Museumsbesuch. Doch Gertraud war es schon immer schwergefallen an einem Museum, sei es nun für moderne Kunst, alte Meister oder griechische Vasen, vorbeizugehen und nun, da sie in diesen neuen Lebensabschnitt eingetreten war, der sich so schön Ruhestand nannte und der plötzlich eine Fülle freier Zeit mit Gelegenheit zu spontanen Ideen bot, reizte sie solch eine plötzliche Verlockung umso mehr. So konnte sie sich auch der Ägyptischen Sammlung, deren hoher, grauer, quaderförmiger Eingang sie an den Tempel von Karnak erinnerte, nicht entziehen und sie ging an kastaniensammelnden, fröhlich lärmenden Kindern vorbei, blickte noch einmal zum Herbstblau des Himmels empor und betrat dann das Museum. Die beiden Damen an der Kasse blickten ihr freundlich nickend entgegen, sie war an diesem frühen Vormittag sicher einer der ersten Besucher.

Es dauerte nicht lange und sie war vollkommen in den Zauber der ägyptischen Kunst eingetaucht. Sie ließ sich treiben, stand lange vor schreitenden höfischen Beamten, vor Büsten des einen oder anderen Pharao, vor hohen, den Rahmen des Museums fast sprengenden Obelisken und vor einer großen Vitrine voller Uschebtis, kleiner, die Toten verkörpernden Tonfiguren. Sie las lange zuweilen sehr freizügige Texte ägyptischer Liebeslyrik und betrachtete Fotografien von Ausgrabungen im Tal der Könige. Als sie in einem kleinen Raum angekommen war, der sich hauptsächlich den Bestattungsritualen und der Mumifizierung widmete, hatte sie plötzlich das Gefühl nicht allein zu sein. Sie glaubte, ein leises schlurfendes Geräusch, ein regelmäßiges Klacken und unregelmäßiges Atmen, unterbrochen von zeitweiligem Murmeln und Seufzen zu hören, doch sie konnte niemanden ausmachen. Wenige Minuten betrachtete sie noch die Steinkrüge, in denen die Eingeweide der Toten ihre Aufbewahrung fanden, dann wollte sie sich dem nächsten Raum zuwenden.

Als sie sich zur Tür umwandte, stand eine kleine, stark gebeugte Gestalt vor ihr, die sich an einen Gehstock klammerte und von der ganz offensichtlich das laute Atmen, Murmeln und Seufzen ausging. Es war eine sehr alte Frau, die da vor ihr stand und in einen viel zu großen grauen Mantel gehüllt war, der ihr fast bis zu den Füßen reichte. Gertraud fiel sofort der klobige, riesige orthopädische Schuh auf, in dem der rechte Fuß der alten Frau steckte. Ihr Gesicht war klein wie das eines Kindes, gelblich fleckige Haut spannte über Wangen und Stirn, die Lippen waren eingefallen, doch die dunkelgrauen Augen blickten wach und prüfend. Die kleine Gestalt drehte sich um, bedeutete Gertraud ihr zu folgen und sie betraten den nächsten Raum, der wesentlich heller war und sich vorwiegend mit Echnaton und seinem Umfeld beschäftigte. Die alte Frau würdigte keines der Exponate auch nur eines Blickes, bis sie vor einer eher kleinen Vitrine stehen blieben. Sie wies darauf und sagte mit brüchiger, doch gut verständlicher Stimme: »Den habe ich gefunden und meinen habe ich dabei verloren«, und sie klopfte mit ihrem Gehstock gegen den orthopädischen Schuh, was ein seltsam dumpfes hohles Geräusch auslöste.

In der Vitrine war ein langer, schmaler, fast zerbrechlich wirkender Fuß mit ausnehmend langgliedrigen Zehen mit kleinen perlmuttschimmernden Nägeln auf grauem Samt platziert, der dezent, jedoch sehr geschickt beleuchtet war. Glatt, fast scharfkantig abgetrennt endete er unterhalb der Knöchel, die sicherlich schmal und zierlich gewesen waren und bestimmt in ein langes schlankes Bein übergegangen waren. »Fuß aus einer Frauenstatue, vermutl. der Meritaton, Tochter des Echnaton, 18. Dyn., Neues Reich«, stand in kleiner, doch gut lesbarer Schrift auf einem Schildchen in der rechten Ecke der Vitrine.

Gertraud wusste nicht, was sie auf die Worte der alten Dame erwidern sollte und stand betroffen und verlegen vor der Vitrine, konnte sich aber der Faszination des Fußes, der in seiner fast vollkommenen Schönheit doch so einsam und verlassen wirkte, nicht entziehen. Sie hatte wohl zu lange gezögert und geschwiegen, denn die alte Dame musterte sie scharf und meinte dann wegwerfend: »Ach, was erzähl ich Ihnen das denn überhaupt, ich kenne Sie doch gar nicht«, und sie schüttelte den Kopf, atmete heftig und sagte fast tadelnd: »Ich habe angenommen, dass Sie interessiert sind, sie machten den Eindruck, doch ich habe mich wohl getäuscht.« Sie wandte sich ab, wieder leise vor sich hinmurmelnd und seufzend und entfernte sich langsam und schwerfällig. Gertraud war nicht klar, ob das klackende Geräusch von ihrem Schuh oder dem Stock herrührte.

Nach diesem Zusammentreffen verweilte Gertraud zwar noch einige Zeit im Museum, doch es gelang ihr nicht mehr, den vielen so gut präsentierten Exponaten wirkliches Interesse entgegenzubringen. An der Kasse kaufte sie noch einige Ansichtskarten, sprach dann eine der ständig lächelnden, freundlichen Damen an und fragte nach dem Fuß der Meritaton und der alten Dame. »Die Frau Hillbury«, antwortete die Dame lächelnd, »sie hat eine Jahreskarte und kommt fast täglich. Sie hat früher selbst mal gegraben, ich glaube in Amarna«, mehr wisse sie jedoch nicht und eine Postkarte vom Fuß der Pharaonentochter gebe es leider nicht. Gertraud bedankte sich, trat hinaus in das milde wärmende Septemberlicht und hatte das Gefühl, aus einem Schattenreich wieder in eine andere Welt einzutreten.

In den nächsten Wochen musste sie immer wieder ohne äußeren ersichtlichen Anlass an den Fuß der Meritaton und an die alte

Frau Hillbury denken. Sie ging zur Buchhandlung, kaufte sich einige Standardwerke zur Ägyptologie und erfuhr einiges über Echnaton, seine Frau Nofretete und deren erstgeborene Tochter Meritaton. Meritaton wuchs in Theben auf und übersiedelte dann mit der ganzen Familie in die von ihrem Vater neugegründete Hauptstadt Achet-Aton. Echnaton hatte insgesamt sechs Töchter, sie scheint die klügste und willensstärkste gewesen zu sein. So wurde sie möglicherweise nach dem Ableben oder der Abschiebung Nofretetes mit ihrem Vater verheiratet und stieg zur Königin auf. Nach Echnatons Tod heiratete sie Semenchkare, der, so wird gemutmaßt, ein Sohn Echnatons war und stand mit ihm wieder an der Spitze der Dynastie. Möglicherweise hat sie sogar einige Zeit allein regiert. Ob sie Kinder hatte und wann sie verstorben ist, ist nicht bekannt.

Es war November, das milde Herbstlicht hatte sich längst verabschiedet und war einem trüben, nasskalten Grau gewichen, als Gertraud wieder die Ägyptische Sammlung aufsuchte. Sie wanderte durch die Räume, blieb hie und da an einem Objekt stehen, bemerkte jedoch bald, was ihr eigentliches Ziel war. Es war der Fuß der Pharaonentochter, der sie unverändert schön und einsam auf grauem Samt begrüßte. Sie stand lange vor ihm und hörte die Stimme der alten Frau Hillbury und das Klacken ihres Schuhs. An der Kasse stand wieder die lächelnde Dame, die sie sofort erkannte. Die Frau Hillbury sei jetzt schon längere Zeit nicht da gewesen, man mache sich schon Sorgen. Soweit sie wisse, wohne sie im Stift im Norden der Stadt, sie sei von dort immer direkt ohne Umsteigen mit der Straßenbahnlinie 27 gekommen.

Am nächsten Tag fuhr Gertraud mit der Linie 27 zum Altenstift in den Norden der Stadt. Es war nicht schwer, Frau Hillbury zu finden, allerdings hatte sich Gertraud die wahrscheinlich letzte Bleibe einer Wissenschaftlerin etwas erlesener und komfortabler vorgestellt. Frau Hillbury lebte in einem Zweibettzimmer zusammen mit Frau Kochenburger, einer uralten Marktfrau, die fast 95 Jahre alt war, keine Angehörigen hatte und meistens im Bett lag. Frau Hillbury saß mittlerweile im Rollstuhl, sie war noch kleiner und gekrümmter geworden, ihre Augen waren jedoch immer noch hellwach. »Ach, die Dame aus dem Museum, wollen Sie jetzt doch mehr wissen?« fragte sie keineswegs unfreundlich und wunderte sich überhaupt nicht, dass Gertraud sie gefunden hatte. »Ja, unbedingt«, antwortete Gertraud, »ich will alles wissen.«

Rose Hillbury stammte aus einer englischen Gelehrtenfamilie. Ihr Vater war ein anerkannter Professor für Ägyptologie in Oxford, der mehrmals in seinem Leben trotz größter Strapazen zu Ausgrabungen in den Nahen Osten gereist war. Rose war das Nesthäkchen, sie hatte zwei wesentlich ältere Brüder, die ebenfalls wie der Vater akademische Laufbahnen einschlugen. Ihre Mutter, eine feinsinnige, künstlerisch begabte Frau, verstarb bei ihrer Geburt. So wuchs Rose, zwar von Kindermädchen und Hauswirtschafterinnen betreut, in einer vorwiegend männlich bestimmten, absolut intellektuellen Umgebung auf, in der für Gefühle und Sentimentalität äußerst wenig Platz war. Eine weibliche Erziehung hatte sie so gut wie nie genossen, ausschließlich Hauslehrer übernahmen ihre Ausbildung und Rose lernte es schnell, sich in dieser Männerumgebung durchzusetzen und entwickelte frühzeitig einen klaren, scharfen Intellekt. Bei den politischen, wissenschaftlichen und weltanschaulichen Diskussionen, die vorwiegend an den Wochenenden bei Tisch geführt wurden, brachte sie sich mit noch nicht einmal zwölf Jahren schon ernsthaft ein und sowohl ihr Vater, der sie abgöttisch liebte, wie auch die Brüder würdigten ihre Beiträge mit größter Selbstverständlichkeit. Bis sie vierzehn war, kleidete Rose sich wie ein Junge und alle Versuche der weiblichen Hausangestellten, sie zu ein wenig ansprechenderer Garderobe zu überreden, schlugen fehl. Mit ihren kurzgeschnittenen schwarzen Locken und ihrer überschlanken, knabenhaften Erscheinung wurde Rose von Besuchern oft für den jüngsten Sohn der Familie gehalten.

Doch im Sommer ihres vierzehnten Lebensjahrs änderte sich das plötzlich. Schon beim gemeinsamen Baden im See in der Nähe von Hillbury House bemerkte sie voll Befremden, dass ihre großen Brüder sie plötzlich nicht mehr um die Hüfte fassten und mit großem Geschrei ins Wasser warfen, dass sie ihr bei den geliebten Wasserschlachten und Raufereien auf der Wiese aus dem Weg gingen und plötzlich fast verlegen den Blick abwandten, wenn sie im Badekostüm auf sie zulief. Innerhalb weniger Wochen hatte sie Brüste bekommen, die voll und groß waren und so gar nicht zu ihrer sonst so zierlichen schlanken Gestalt passten. Als sie eines Morgens erwachte, Blut auf ihrem Laken vorfand und die Haushälterin Mrs. Dalloway ihr Stoffbinden und die dazugehörige Unterwäsche brachte, ließ sie ihre Fensterläden schließen und verließ ihr Zimmer über eine Woche nicht. Sie empfand ihre Entwicklung zur Frau als Angriff auf ihre Persönlichkeit und als schreiende Ungerechtigkeit. Die Badevergnügen, wilden Ausritte und das abendliche Herumtollen auf dem Rasen vor dem Haus fanden nun ohne sie statt und als sie nach einiger Zeit wieder an die sonntäglichen Mittagstische zurückkehrte, trug sie weite unförmige Kleider, nahm kaum mehr an den Diskussionen teil und blieb merkwürdig still und zurückhaltend. Wäre ihre Mutter noch am Leben gewesen, hätte diese ihr möglicherweise zeigen können, dass auch Frauen, obwohl menstruierend und mit schweren Brüsten, intellektuell ebenbürtige Gesprächspartner sein können, doch ihr Vater und die Brüder waren merkwürdig hilflos ob ihrer Entwicklung und zogen es nach einiger Zeit vor, sie kaum mehr in ihre Gespräche mit einzubeziehen. Etwas Graues und Schweres legte sich auf ihr Gemüt und nur noch ganz selten hörte man ihr früher so lautes und fröhliches Lachen durchs Haus schallen. Viele Nächte, in denen sie nicht schlafen konnte, stand sie vor dem Spiegel, betrachtete voller Abscheu ihren runden weiblichen Körper und wünschte sich, entweder wieder ein Kind oder wenigstens ein Mann mit einem festen harten Körper zu sein.

Natürlich hatte sie mittlerweile bemerkt, dass eine Frau und ihr Körper starke Reize aussenden konnten. Sie sah die Blicke, die der junge Gärtner dem Hausmädchen folgen ließ, das mit schwingenden Hüften und stolz erhobenen Hauptes an ihm vorbeischritt. Sie wusste, dass Mrs. Dalloway des öfteren mit einem äußerst unschicklich geöffneten Morgenmantel oder mit einem dünnen Nachthemd bekleidet, spätabends ihre Zimmertür für ihren Vater öffnete. Einmal hatte sie auch gelauscht und war nach kurzer Zeit angewidert weggelaufen, als sie ein eigenartiges tiefes Stöhnen und kurze gellende Schreie aus dem Zimmer hörte. Aus Büchern wusste sie um die anatomischen Unterschiede zwischen Mann und Frau, sie hatte gelesen, wie ein Kind entsteht, doch nie und nimmer konnte sie sich vorstellen, dass sie selbst einmal an solchen Vorhaben beteiligt sein würde. Es ekelte sie vor solch körperlichen Dingen, so wie sie sich vor ihrem Körper ekelte und den blutigen Monatsbinden, die sie schamhaft jeden Monat in einer dunklen Ecke ihres Wäscheschranks verbarg.

So wurden für die nächsten Jahren die Bücher ihre Zuflucht. Natürlich las sie die großen Werke über Ägyptologie in der Bibliothek ihres Vaters, sie las alle russischen und französischen Romane; lange tauchte sie ein in die griechische Mythologie und in die deutschen Heldensagen, doch sie las auch die kleinen schwülstigen Liebesromane des Hausmädchens und wunderte sich, dass diese oft so platten und schlichten Liebesgeschichten ihr die Tränen in die Augen trieben und sie diese als keineswegs ekelhaft empfand.

Natürlich hatte auch ihre Familie unter dem Krieg zu leiden, das Personal wurde eingeschränkt, die Kost sparsamer und einfacher und vor allem wurden ihre beiden Brüder Soldaten und zogen in den Kampf gegen diesen verrückten, größenwahnsinnigen Deutschen. Rose hatte es sich zur Aufgabe gemacht, sich um die Kriegswaisen in der Umgebung zu kümmern, sie erlebte verzweifelte, weinende junge Frauen und hungrige Kinder und wenn sie abends wieder nach Hause kam, schämte sie sich für ihre in arroganter Wohlsituiertheit lächerlichen, hochgestochenen Probleme. Gegen Ende des Krieges jedoch flogen die deutschen Bomber über die Hillburys hinweg, das Haus blieb unversehrt und auch beide Brüder kehrten unbeschadet wieder zurück. »It's a miracle, God be thanked", rief Mrs. Dalloway ein ums andere Mal.

Vor dem Stift brannten schon die Straßenlampen, es war fast dunkel, die Linie 27 hielt mit quietschenden Bremsen an der Haltestelle direkt gegenüber, in zwanzig Minuten würde die nächste Bahn kommen. Rose Hillburys Stimme war leise geworden, ihr kleiner Kinderkopf mit dem schütteren weißen Haar neigte sich zur Seite und sie schloß die Augen. Im Hintergrund schnarchte Frau Kochenburger leise und unregelmäßig. »Ich komme bald wieder«, sagte Gertraud, stand auf und ging vorsichtig zur Tür. »Morgen!«, ertönte Frau Hillburys Stimme, »es ist nicht mehr so viel Zeit. Und bringen Sie Schokokekse mit«, und sie nannte klar und sehr deutlich eine bestimmte Gebäcksorte.

Als Gertraud am nächsten Tag bereits gegen Mittag mit den gewünschten Keksen in der Tasche im Stift erschien, lag Frau Hillbury im Bett. Sie versank fast in einer riesigen braunen Strickjacke und hatte geradezu kokett ein gelbes Chiffontüchlein um den Hals geschlungen. Am Fußende des Bettes stand klobig der abgenutzte, schiefgetretene orthopädische Schuh. Gertraud packte die Kekse aus und legte sie auf einen kleinen, nicht ganz sauberen Unterteller, den sie auf dem kleinen Nachtschränkchen gefunden hatte. Frau Hillbury griff rasch zu und verspeiste mit gutem Appetit etliche Kekse.

Zwei Jahre nach Kriegsende machte Rose in London einen glänzenden Highschoolabschluss und war äußerst unschlüssig, was ihren weiteren Lebensweg betraf. In der Schar ihrer Klassenkameraden war sie immer eine Außenseiterin geblieben, noch immer trug sie weite, ihre weiblichen Formen verbergende Kleider, zuweilen wagte sie es, Hosen und weite Männerhemden zu tragen. Wohl weil es der einfachste Weg war, entschloss sie sich in Cambridge alte Geschichte und Ägyptologie zu studieren. Doch bevor sie das Studium aufnahm, stand noch ein großes Ereignis ins Haus Hillbury. Ihr ältester Bruder Paul kündigte seine Hochzeit mit Dolly Woodridge an, die er kurz nach Kriegsende kennen- und liebengelernt hatte. Die Hochzeit wurde sehr kurzfristig anberaumt, was Mrs. Dalloway mit leichtem Stirnrunzeln quittierte.

Ende Juni jedenfalls kam Dolly das erstemal nach Hillbury House. Sie trat an Pauls Arm in das weitläufige Wohnzimmer, trug ein blaues flatterndes Sommerkleid, hatte genauso blaue strahlende Augen im leicht gebräunten Gesicht und trug ihr dunkelblondes Haar offen über die Schultern fallend. Völlig locker und ungehemmt trat sie auf alle Familienmitglieder zu und umarmte sie, einschließlich Mrs. Dalloway. Als sie Rose in ihre Arme schloß, einen leichten Duft nach Lavendel und noch etwas anderem, das Rose nicht benennen konnte, verströmend, verspürte Rose ein seltsames Zittern und Ziehen in ihrem Körper, das ihr einerseits Angst machte, von dem sie jedoch andererseits wünschte, dass es nie enden solle. Einige Tage später zogen die Männer sich nach dem Dinner in Vaters Arbeitszimmer zurück, wohl um verschiedene finanzielle Dinge zu besprechen. Rose und Dolly blieben im Salon zurück und blätterten in alten Fotoalben der Familie Hillbury. Sie betrachteten das Hochzeitsfoto der Eltern, Fotos von Paul als Säugling tatsächlich auf einem Bärenfell liegend und spätere Aufnahmen, die die Geschwister Hillbury im Garten, bei Reitausflügen und beim Rudern zeigten. »Du warst ein hübscher Junge«, sagte Dolly plötzlich, »liebst du denn Männer oder Frauen?«. Rose erstarrte und Dolly strich ihr sanft über den Arm, zog sie ganz kurz an sich und für einen Augenblick streiften ihre Lippen Rose Haar. Als sie sich später in ihrem Zimmer entkleidet hatte, trat Rose vor den Spiegel, berührte sanft ihren Körper, den sie plötzlich ganz ansprechend fand und der sie keineswegs mehr anwiderte und stellte sich vor, dass es Dolly wäre, die sie da streichelte. Nachdem sie sich der unbändigen Lust, die bei dieser Vorstellung in ihr aufgestiegen war, hingegeben hatte, lag sie ermattet auf ihrem Bett und wusste es.

Natürlich berichtete Frau Hillbury nicht so deutlich und direkt wie hier wiedergegeben, doch sie senkte nicht die Stimme, als sie wortwörtlich sagte: »Von da an wusste ich, dass ich Frauen liebe.« Frau Kochenburger, die an diesem Tag einen wacheren Eindruck machte und aufrecht im Bett saß, schüttelte bedenklich den Kopf. Eine Schwester betrat den Raum und kündigte an, dass man Frau Hillburys Fuß versorgen müsse. »Sie können gehen oder bleiben, wie Sie wollen«, sagte sie zu Gertraud, die blieb. Die Schwester streifte eine Art Mullverband ab und Gertraud konnte einen kurzen Schreckenslaut nicht unterdrücken, als sie den Fuß sah. Ab dem Knöchel erinnerte dieses blauschwarze, knollige Gewächs, auf dem etliche rote, nässende Beulen saßen, in keinster Weise an einen Fuß. Kein Rist oder Spann, geschweige denn ein Fußgewölbe oder gar Zehen waren auszumachen. »Ja, jetzt haben Sie es gesehen«, meinte Rose Hillbury, »morgen zwänge ich ihn in den Schuh und Sie schieben mich im Rollstuhl durchs Ägyptische.« Einen Moment wollte Gertraud aufbegehren und bemerken, dass sie ja vielleicht auch andere Dinge zu erledigen habe, doch dann sah sie in Frau Hillburys Augen und hinter dem vordergründig herrischen Ausdruck bemerkte sie Zuneigung und Sehnsucht. Sie willigte ein.

Die ersten nassen Schneeflocken des Winters begannen zu fallen, als sich Gertraud und Frau Hillbury zum Ägyptischen Museum aufmachten. Gertraud hatte alles organisiert, ein Taxi stand bereit, in das man Frau Hillbury nur mühsam unter Ächzen und Stöhnen hineinhievte, vor dem Museum stand schon eine der freundlichen Damen mit einem Museumsrollstuhl. Als sie den Echnatonraum endlich erreicht hatten, wirkte Frau Hillbury sichtlich erschöpft. Obwohl es natürlich keineswegs erlaubt und schicklich war, zog Gertraud eine neue Packung Schokoladenkekse aus der Tasche und steckte sie ihr zu und unmittelbar nach dem Genuss von zwei, drei Stückchen kam wieder Leben in die alte Dame.

Nach dem Studium in Cambridge, das sie wiederum mit Bestnoten abschloss, bei dem sie sich aber so einsam wie noch nie gefühlt hatte, kehrte Rose zuerst einmal nach Hillbury House zurück. Ihr Vater war alt und kränklich geworden, Mrs. Dalloway versorgte ihn mit großer Hingabe, und im Garten spielten die beiden lauten, wilden Söhne von Paul und Dolly Fußball und ruinierten den Rasen. Paul trat in die Fußstapfen seines Vaters und über kurz oder lang würde er eine Professur in Oxford offeriert bekommen. Ihr anderer Bruder Frankie war nach Deutschland gegangen und arbeitete dort in einem bekannten Museum in Hildesheim, das eine namhafte Ägyptologische Sammlung beherbergte. »Ich bin von Ägyptern umzingelt«, sagte Dolly, die üppiger und noch schöner geworden war und die immer noch dieses heiße zitternde Gefühl in Rose auslöste, »ich hoffe, meine Jungs werden mal Mathematiker, Architekten oder einfach nur Polospieler.«

Der Vater, der trotz seiner Hinfälligkeit genau bemerkte, dass Rose nicht wusste, wohin ihr weiterer Lebensweg führen sollte, schlug ihr eines Sommernachmittags auf der Veranda vor, nach Hildesheim zu Frankie zu gehen. Dieser könne sicher Unterstützung bei seiner Museumsarbeit und als Junggeselle vielleicht auch eine weibliche Hand zu Hause gut gebrauchen. Rose war nicht sehr begeistert über diesen Vorschlag, sie stellte sich die eintönige Arbeit in dunklen Museumsarchiven und das Waschen von Frankies schmutzigen Socken vor. Doch weil sie nichts anderes wusste, willigte sie ein und fand sich an einem trüben Tag im Spätherbst in Hildesheim ein. Gänzlich anders als erwartet, fühlte sie sich vom ersten Moment an wohl. Frankie, der zum Empfang natürlich ein paar trockene britische Witze auf den Lippen hatte, schloß sie mit wohltuender brüderlicher Liebe in seine Arme, nahm sie vom Bahnhof sofort mit ins Museum, wo sie eine überraschend junge, bunt gemischte Mannschaft erwartete, die sie sofort und mit aller Selbstverständlichkeit in ihren Kreis aufnahm. Äußerst engagierte junge Menschen aus Deutschland, England, Amerika und anderen Ländern gingen so offen und herzlich miteinander um, dass es schier unmöglich schien zu glauben, dass sie noch vor wenigen Jahren erbitterte Feinde gewesen waren. Es war die Freude an der Wissenschaft, vorrangig an der Ägyptischen Kunst, die sie zusammenführte und nach vier Wochen hatte Rose neben der meist wirklich interessanten Arbeit im Museum schon etliche heftige Partys mitgefeiert und tatsächlich Bebop tanzen gelernt.

An einem grauen Wintertag saß sie in dem kleinen Büro, das sie mit Frankie teilte und katalogisierte einige neuerworbene Miniaturen, als draußen im Gang plötzlich aufgeregtes Reden und Rufen zu hören war. Eine helle Frauenstimme rief laut etwas wie »Sakrament noch mal« und »Könnens net aufpassen«, und Rose, die mittlerweile schon sehr gut die deutsche Sprache verstand, erkannte, dass das zwar Deutsch da draußen, jedoch ein ihr ziemlich unverständlicher Dialekt war. Sie öffnete die Bürotür und wäre fast mit einer kleinen, etwas rundlichen, doch drahtig wirkenden Frau ihres Alters zusammengestoßen, deren blondes Haar wirr in alle Richtungen stand und die sich den Schweiß von der Stirn wischte. Einige Meter hinter ihr mühten sich zwei kräftige Männer mit einer riesigen Holzkiste ab, auf der »Äg. Samml. München« stand. Die junge Frau streckte ihr die Hand entgegen, sagte: »Herta Meierhofer, Grüßgott, ich stell mich nachad richtig vor, jetzt muss i erst des Zeugs da loswern!« und unter lautem Fluchen und Zurufen dirigierte sie die beiden Männer mit der Kiste weiter den Flur entlang. Eine halbe Stunde kam Herta, immer noch etwas zerzaust mit glitzernden Schweißperlen auf der Stirn, wieder in das kleine Büro, setzte sich auf die Kante des Schreibtischs und stellte sich noch einmal vor. Ein oder zweimal trafen sich die Blicke der beiden Frauen intensiver und später dachte Rose oft, dass sie sich in diesen ersten beiden Minuten schon erkannt hatten.

Jedenfalls reichten die fünf Tage, die Herta, gebürtige Münchnerin und studierte Archäologin mit Spezialgebiet Ägypten in Hildesheim verbrachte, für beide Frauen aus, um zu erkennen, dass sie ihre jeweilige Seelenpartnerin und große Liebe gefunden hatten. Herta hatte ihre gleichgeschlechtliche Veranlagung schon gelebt und einige Liebesaffären hinter sich, doch die Erfahrung der großen Liebe machte sie wie auch Rose zum ersten Mal. In diesen fünf Hildesheimer Tagen trennten sie sich nur, wenn es die Arbeit unbedingt forderte, und schon nach zwei Tagen hatten beide den Eindruck, dass sie alles voneinander wussten. Am Morgen der zweiten Nacht, die sie miteinander verbracht, ihre Körper liebevoll erforscht hatten und ineinander versunken waren, sagte Herta zu Rose: »Wir sind Schwestern und Geliebte, wir zwei. Lassma des Glück nimma los« und immer wenn Rose diese unverwechselbar singenden Münchner Laute hörte, hätte sie weinen mögen vor Glück.

Herta war passionierte Archäologin und arbeitete in München bei Professor Hulding, der mittlerweile für seine spektakulären Funde in Ägypten und seine profunde wissenschaftliche Arbeit weltbekannt war. Hulding bereitete für das Ende des Jahres eine Expedition nach Amarna vor und Herta würde als seine persönliche Assistentin teilnehmen. Rose wiederum zögerte nicht lang, das erstemal in ihrem Leben griff sie auf die Beziehungen ihrer Familie zurück und bekam eine Stelle als wissenschaftliche Mitarbeiterin an der Universität München. Es war eine äußerst trockene und langweilige Arbeit, die sie zu verrichten hatte, doch die Nähe

Hertas entschädigte sie dafür voll. Ohne nur einen Moment zu zögern, war sie zu Herta in deren nicht sehr geräumige Zweizimmerwohnung in Schwabing gezogen, und wenn sie morgens die Vorhänge zurückzog, zwischen den Häuserfassaden gegenüber ein wenig das Grün des Englischen Gartens erahnte und mit Herta noch rasch eine Tasse ihres Lieblingstees trank, dann wusste sie, das alles richtig war.

In dieser Wohnung in Schwabing nicht weit vom Ägyptischen Museum habe sie bis vor drei Jahren gewohnt, berichtete Frau Hillbury. Dann sei in der Wohnung ein Brand ausgebrochen, zwischen den Worten erahnte Gertraud, dass wohl Frau Hillbury selbst für den Brand verantwortlich gewesen war, und sie hätte wohl oder übel ins Stift ziehen müssen. Sie bat Gertraud sie noch näher an die Vitrine mit Meritatons Fuß zu schieben, schob die alte, verbogene Brille zurecht und beugte sich vor, bis ihre Nase fast das Vitrinenglas berührte. »Ich habe ihn gefunden«, sagte sie mit fast den gleichen Worten wie bei ihrer ersten Begegnung, »doch er hat mir kein Glück gebracht.« Dennoch strich sie mit ihrer alten, gekrümmten, knotigen Hand zärtlich am Glas der Vitrine entlang und Gertraud meinte für einen Moment zu erkennen, dass ihre Augen feucht wurden.

»Es war die schönste, die intensivste und die unbekümmertste Zeit meines Lebens«, sagte Frau Hillbury, »doch nach und nach offenbarte sich mir auch Hertas großes Problem.« Das Problem war Professor Hulding; er schätzte nicht nur Hertas Engagement, deren Ehrgeiz und Fleiß bei der gemeinsamen Arbeit, nein, er, der fast fünfundzwanzig Jahre älter war als sie, verehrte sie auch als Frau. Herta, die ansonsten mit allen Dingen äußerst offen und geradlinig umging, wagte es in diesem Fall nicht, dem Professor reinen Wein einzuschenken. Sie hatte Angst, nach einem Bekenntnis aufs wissenschaftliche Abstellgleis geschoben zu werden und versuchte die Beziehung auf einer rein freundschaftlichen Arbeitsebene zu halten. Doch das gelang ihr natürlich nicht immer und zwischendurch fühlte sich Herta wohl auch geschmeichelt, vom Professor ins Theater eingeladen zu werden oder ihn, der seit über zehn Jahren Witwer war, zu einem Empfang begleiten zu dürfen.

Nach und nach wurde es Rose klar, dass sie, bei aller Liebe, die Herta ihr entgegenbrachte, die Geliebte im Verborgenen war. Für den Professor und Hertas Kollegen war sie schlicht und ergreifend die englische Freundin, die zu Besuch war. »Natürlich waren die Zeiten noch gänzlich anders, es war noch nicht möglich, eine gleichgeschlechtliche Liebe so offen zu leben wie heute«, sagte Frau Hillbury und strich immer noch sanft über das Vitrinenglas. Die Liebe und Leidenschaft am Beginn ihrer Beziehung trösteten sie lange darüber hinweg, doch mehr und mehr häuften sich die bitteren Momente. Als die Expeditionsvorbereitungen für Amarna immer deutlichere Formen annahmen, kam es zur ersten großen Auseinandersetzung zwischen den Schwestern und Liebenden. Rose machte deutlich, dass sie nicht gewillt sei, monatelang allein in München zu sitzen und auf Hertas Rückkunft zu warten. Wenn Herta an der Expedition teilnehmen wolle, und das stand für diese natürlich außer Frage, dann wolle sie mit dabei sein. Wenn das nicht möglich sei, würde sie wieder nach England zurückkehren, denn war es nicht Herta gewesen, die gesagt hatte, dass sie das Glück, ihrer beider Glück, nicht mehr loslassen sollten?

So kam es, dass Anfang Dezember – der erste Schnee fiel und einer der ersten großen Christkindlmärkte nach dem Krieg wurde in München eröffnet – die Ausgrabungsmannschaft nach Ägypten aufbrach und Rose, etwas unklar als Schreib- und archäologische Hilfskraft bezeichnet, mit dabei war. Die Reise nach Ägypten war lang und äußerst beschwerlich, sie waren mit alten, klapprigen Fahrzeugen aus Kriegszeiten unterwegs, nächtigten teilweise in ärmlichsten, keineswegs sauberen Quartieren, um vom Süden der

Türkei mit dem Schiff auf einem zu dieser Jahreszeit stürmischen Mittelmeer nach Ägypten überzusetzen.

Als sie nach der Überwindung von verschiedenen unvorhergesehenen bürokratischen Hürden endlich Amarna erreicht hatten, wurden sie von für die Jahreszeit viel zu kaltem Wetter und Regengüssen, die für die Zeit ebenfalls unüblich waren, empfangen. Die Zelte und provisorischen Hütten am Rande des Ausgrabungsgeländes waren für dieses feuchte und kalte Klima nicht gerüstet und es gab kaum einen in der Truppe, der nicht schwer erkältet war. Herta stand jeden Morgen vor der gemeinsamen Behausung und rief Aton, den Sonnengott an, der doch mit ihnen gnädig sein möge. Professor Hulding vergrub sich in sein provisorisches Büro, schützte wichtige Vorbereitungen vor und zeigte sich tagelang nicht. Einzig und allein Herta durfte zu ihm und blieb manchmal über Stunden bei ihm. Rose fühlte sich einsam und wurde in der Truppe als Außenseiterin misstrauisch beäugt. Erst nach einer Woche kamen endlich die ägyptischen Hilfskräfte und mit deren Ankunft besserte sich das Wetter zusehends. Zwei Tage später gab der Professor den Startschuss und Rose freute sich sehr, dass ihr zwei junge Ägypter zugeteilt wurden, mit denen sie zuerst einmal die Verschüttungen und das Erdreich über einigen vermuteten Nekropolen am Rande des Geländes mit aller Vorsicht abtragen sollte. Es war reine Knochenarbeit und die anfänglich gehegte Hoffnung, dass im oberen Erdreich und zwischen den riesigen Gesteinsquadern, die früher wohl einmal eine Mauer dargestellt hatten, schon irgendwelche Funde auftauchen würden, gab sie bald auf. Herta, die mit dem Professor die Oberaufsicht und Koordination hatte, kam mehrmals am Tag, strich behutsam über die Erde, ließ etwas davon durch ein Sieb laufen und schüttelte den Kopf. Heinrich, so meinte sie und Rose spürte einen Stich, als sie so selbstverständlich den Professor beim Vornamen nannte, habe die Vermutung, dass in diesem Areal einige Statuen zu finden seien. Dann strich sie Rose ganz schnell und zart mit zwei rauen Fingern über Wange, stieg wieder auf ihren Maulesel und ritt winkend davon.

Es war ein strahlender Tag Anfang Januar, der sehr heiß zu werden versprach und Zarif und Wakur, die beiden Hilfsgräber begannen wieder einmal eines ihrer vielen arabischen Lieder anzustimmen, die in ihrer monotonen Gleichförmigkeit Rose immer etwas ermüdeten. Die beiden wussten das und spaßten gutmütig breit lachend mit der englischen Lady, die bei ihren Gesängen immer zu gähnen anfing. Schon mehrfach hatte Rose ihnen englische Volkslieder vorgesungen, doch sie hatten immer befremdet den Kopf geschüttelt. Es war gegen Mittag, und Rose überlegte gerade, ob sie nicht eine Pause anberaumen sollte, als Zarif einen Überraschungsruf ausstieß und Rose zu sich winkte. Unter einer Millimeterschicht feinen Wüstensandes, der in der Mittagssonne silbrig glänzte, kamen einige größere Scherben zum Vorschein. Wakur, der schon einige Grabungserfahrung hatte, legte sie behutsam einzeln nebeneinander, wiegte den Kopf und sagte in seinem kindlichen Englisch, das Rose immer sehr amüsierte »a knee, maybe«, dann steckte er zwei Finger in den Mund und pfiff gellend zweimal, das vereinbarte Signal, wenn man auf etwas gestoßen war. Während sie auf die Ankunft von Herta oder dem Professor warteten, legten sie behutsam weitere Teile frei und als Rose sich vorbeugte, um diese zu begutachten, sah sie ihn. Da lag er, nicht einmal einen Meter entfernt, halb verborgen unter einem der Steinquader, nur leicht von Sand überpudert, der Fuß! Er war eindeutig und sofort als solcher zu erkennen, schmal, lang und mit feingliedrigen Zehen und Rose lief zum Fundort und versuchte mit bloßen Händen ihn zu bergen. Er bewegte sich kaum, sie hatte Angst ihn zu zerstören und konnte ihn nur millimeterweise zu sich ziehen. Sie wandte sich um, um Zarif und Wakur zu Hilfe zu rufen, da plötzlich gab der Sand ihn frei und sie hielt ihn in Händen. Im gleichen Moment jedoch kippte der Steinquader, unter dem er wohl jahrtausendelang gelegen hatte und begrub Rose rechten Fuß unter sich. Ein heller, heißer, stechender Schmerz zuckte durch ihr Bein, hinein in ihren Körper, ihre Eingeweide und ihren Kopf, und bevor sie das Bewusstsein verlor, sah sich noch einmal den Fuß vor sich, den sie immer noch krampfhaft in ihren Händen hielt.

An die nächsten Wochen, ja Monate konnte sie sich nur bruchstückhaft erinnern. Die gellenden Schreie, die immer und immer wieder durch ihren Kopf dröhnten, wusste sie nicht einzuordnen; war sie es, die geschrien hatte, waren es Zarif und Wakur oder war es Hertas Entsetzensschrei. Später, viel später schwebte sie in einem gleißend hellen Raum und Herta beugte sich über sie und sagte: »Du kannst ihn behalten« und Rose in ihrer Fieberträumen war lange der Meinung, dass sie nun den Fuß, von dem sie damals ja noch nicht wusste, dass er der Tochter des Echnaton gehörte, behalten dürfe. Sie erinnerte sich an einige Tage im Krankenhaus in Kairo, an einen kleinen dicken Arzt mit Schweißperlen auf der Stirn, der ihr wiederholt ungeheuer schmerzhaft mit langen Nadeln in den Fuß spritzte und in einem Englisch, das dem Wakurs ähnelte, immer »better, much better«, murmelte. Doch nichts wurde besser und eines Nachts erschienen der dunkle Schatten des Echnaton, die gellend schreienden Paviane und Osiris und Anubis, die seltsamerweise englische Regencapes trugen, in ihrem Krankenzimmer und wollten sie mit sich nehmen. Das nächste, das sie sah, waren Pauls und Dollys blasse Gesichter im Krankenhaus in London. Dolly legte ihre Hand zärtlich auf ihren Arm und sagte: »Wir lieben dich, kleiner Rose, doch der Fuß war nicht mehr zu retten.« und wieder erschrak sie tödlich, denn sie glaubte, dass es Meritatons Fuß war, der zerstört worden war und sie brauchte lange, bis ihr klar wurde, dass es ihr eigener war.

Drei Monate später kam Herta und nahm sie mit nach München. Die Expedition war erfolgreich zu Ende gebracht worden und in einigen Wochen würde Heinrich seine Ergebnisse und Fundstücke der Öffentlichkeit präsentieren. Rose war noch nicht in der Lage selbst zu gehen und musste im Rollstuhl gefahren werden. Mehrfach suchten sie einen renommierten Spezialschuhanfertiger in Bad Reichenhall auf und im Sommergrün des Englischen Gartens machte Rose ihre ersten schmerzhaften Schritte. »Des Glück is immer no da, Roserl«, sagte Herta mehrfach, doch es lagen Zweifel und Unsicherheit in ihrer Stimme. Ein halbes Jahr später, Heinrich und Herta hatten ihre Ausgrabungsergebnisse, darunter den spektakulären Fund des Fußes der Echnatontochter, einer begeisterten Öffentlichkeit präsentiert, beschlossen Rose und Herta sich zu trennen. »Du bist immer in meinem Herzen«, sagte Herta, überließ Rose ihre Wohnung und zog nach Nymphenburg in Heinrichs Haus. Auch durch Hertas Vermittlung erhielt Rose eine Anstellung als wissenschaftliche Mitarbeiterin bei der Ägyptologischen Sammlung, wo sie bis zum Eintritt in den Ruhestand arbeitete. Mehrfach trafen sich die beiden Frauen bei beruflichen Anlässen, selbstverständlich ging Rose zu Heinrichs Beerdigung zwanzig Jahre später und ein oder zweimal trafen sie sich zum Essen im Ratskeller. Doch mit dem Fund des Fußes, zu dessen Museumspräsentation Rose eingeladen wurde, war das Glück von ihnen gegangen.

»Ich möchte nun ins Café Kreutzkamm«, sagte Frau Hillbury sehr bestimmt und so wurde wieder ein Taxi organisiert und mit Hilfe eines netten Passanten wurde Frau Hillbury mehr ins Café getragen denn geleitet. Mit bestem Appetit verspeiste sie dort eine Schwarzwälderkirschtorte, beugte sich dann vor und sagte: »Das war mein Leben, und Ihres, Gertraud?« und Gertraud, zuerst etwas gehemmt, berichtete dann freimütig von ihrer Kindheit in Neuhausen, ihren vierzig Jahren als Französischlehrerin an einem Gymnasium in der Innenstadt, von einer kurzen gescheiterten Ehe und einer großen, unerfüllten Liebe zu einer verheirateten Kollegin in Paris, die natürlich nicht gut ausgegangen war.

Drei Wochen später rief das Stift bei Gertraud an und teilte mit, dass Frau Hillbury in der Nacht sanft und ohne Schmerzen entschlafen sei. »Sie hat etwas für sie zurückgelegt«, sagte die Schwester und am nächsten Tag holte Gertraud im Stift ein blassblaues Terrakottafigürchen, ein sogenanntes Uschebti, ab, das, je länger Gertraud es betrachtete, mit seinen großen forschendskeptischen Augen im kleinen Gesicht eindeutig die Züge von Rose Hillbury trug.

1968

Auch im eher beschaulichen München loderten allerorten die kleinen Feuer des Protests, der Unruhe, des Aufbegehrens. Ho Chi Minh-skandierend formierten sich Studenten untergehakt zu Demonstrationen gegen die Pershings und die Springerpresse, Vorlesungen wurden gesprengt und manche Studentinnen entblößten wie die Frankfurter Kommilitoninnen ihre Brüste und genossen die entsetzten, doch auch lüsternen Blicke der Professoren. Kürzeste Miniröcke promenierten auf der Leopoldstraße und man praktizierte, wenn auch etwas angespannt und verkrampft, die sogenannte freie Liebe.

Rena und Wolfgang hatten einige wenige Stücke konservative Garderobe im Schrank, er ein relativ gut gebügeltes Hemd mit Sakko und sie ein Kostüm ihrer Schwester, denn auf der Suche nach einer Wohnung sollte man den Vermietern doch als gut gekleidetes ordentliches, junges Paar gegenübertreten und nicht in Minirock und Schlaghose. Da sie aber keine nennenswerten festen monatlichen Einkünfte vorzuweisen hatten, gestaltete sich die Suche sehr schwierig. Trotzdem gaben sie nicht auf, denn der Wunsch, ihre jeweiligen Wohngemeinschaften zu verlassen, war bei beiden sehr ausgeprägt. Obwohl es an Verrat grenzte und er nicht den Mut hatte es auszusprechen, hatte Wolfgang die allabendlichen Marxismusdiskussionen mit seinen Mitbewohnern satt und Rena wollte über kurz oder lang den beiden Zahnmedizinstudentinnen, die als gutbetuchte Bürgerstöchter sie immer ein wenig von oben herab behandelten, entfliehen.

In glücklichen Stunden, wenn sie eng umschlungen und liebessatt meistens auf Renas etwas breiterem und komfortablerem Bett lagen, malten sie sich ihre Zweisamkeit aus; die Möglichkeit, sich Tag und Nacht ohne Einschränkungen lieben zu können, nackt durch die Wohnung zu laufen und sich jederzeit etwas Schönes kochen zu können; gemeinsame Leseabende, zu denen Rena vielleicht das eine oder andere selbstverfasste Gedicht beisteuerte und natürlich auch große rauschende Partys mit Wolfgangs berühmtem Gulasch, billigem Retsina von Dimitrio, mit Pink Floyd und den Stones.

Wenn die Zeiten etwas angespannter waren, und das waren sie aufgrund finanzieller Nöte, vor der Tür stehender Klausuren oder endloser Putz- und Abwaschdiskussionen mit den Mitbewohnern relativ oft, beschlichen beide Zweifel an ihrem Vorhaben. Wenn Wolfgang abends in der Stammkneipe neben Christiane saß, die einen außerordentlich schönen, vollen Busen, schmale Hüften und ein ansteckendes raues Lachen hatte, dann hatte er schlichtweg Lust darauf, mit ihr eine wilde Nacht zu verbringen, frei und ungebunden. Wenn Rena an einem ihrer Gedichte saß und sich bei dem Gedanken ertappte, was wohl Wolfgang dazu sagen würde, wie die Angst vor seinem dozierenden Germanistenhabitus ihr jede Kreativität aus den Segeln nahm, dann wünschte sie sich ebenfalls Freiheit und Ungebundenheit. Doch sie sprachen nie darüber.

Ende Mai überredete ein Kommilitone Wolfgang zu einem sogenannten Literatenzirkel mitzukommen. Etwas widerwillig und mit leicht schlechtem Gewissen, weil er, ohne so genau zu wissen warum, Rena davon nichts erzählt hatte, fand sich Wolfgang in einer lässig eingerichteten, vielzimmerigen Schwabinger Altbauwohnung ein und wurde von WHR, dem Gastgeber, begrüßt, als würden sie sich schon jahrelang kennen. WHR war etwa 50, hatte voll gelocktes, graues Haar und eine Stimme, die jeden, ob Mann oder Frau, in ihren Bann zog. Angeblich war er einige Jahre bei Che gewesen. Jetzt förderte er junge Literatur und seine jours fixes waren legendär. Wolfgang fühlte sich etwas linkisch unbeholfen und einsam, er lehnte sich mit einem Bier in der Hand an ein Fensterbrett, auf dem ausschließlich Phalli aus Ton, Holz und anderem Material drapiert waren. Er beschloss sich nach dem zweiten Bier aus dieser ihm fremden Welt wieder zu verabschieden, als eine Frau neben ihn trat, ganz selbstverständlich einen der Phalli in ihre Hand nahm, umdrehte und die Asche ihrer Zigarette in sein ausgehöhltes Inneres abstreifte. Sie war nicht mehr jung, trug einen indischen Sari, der sehr gut zu ihrem hellen Teint und ihrem glatten, schwarzen Haar passte. Sie hieß Fritzi und wie sich im Laufe ihrer Unterhaltung herausstellte, stand sie zu WHR in einer engeren Beziehung, ob literarisch oder erotisch oder beides, erschloss sich Wolfgang nicht so ganz. Doch noch nie hatte er jemanden kennen gelernt, der wie sie ohne jegliche Neugier, doch mit warmer, vom Herzen kommender Anteilnahme nach seinem Leben fragte und in kürzester Zeit schien ihm, dass sie nun schon alles über ihn wusste.

Fritzi schneiderte, Extravagantes und Fernöstliches, und sie besaß ein kleines, aber bildhübsches Haus in der Kaiserstraße, er kannte es vom Vorüberradeln. Im Erdgeschoss war ihr Schneideratelier, im ersten Stock lebte sie, das Dachgeschoss stand frei. In nicht einmal einer Stunde war alles besprochen und im nächsten Monat sollten Rena und er zu einer wirklich nicht hohen Miete bei ihr einziehen. Als Wolfgang nach Hause radelte, sang er lauthals voller Freude und sah Rena und sich auf dem kleinen efeuumrankten Mansardenbalkon sitzen und Retsina trinken. Unten im kleinen Gärtchen saß Fritzi, zeichnete Schnittmuster und ihr ebenholzschwarzes Haar leuchtete durch die Efeuranken.

Als er am nächsten Abend Rena vom Seminar abholte und voller Begeisterung und Stolz von dieser Schicksalsfügung, wie er es nannte, berichtete, bemerkte er rasch eine gewisse Skepsis, wenn nicht sogar Ablehnung bei ihr. Natürlich war ihm klar, dass er über ihren Kopf hinweg gehandelt hatte, doch hätte er sich diese Gelegenheit entgehen lassen dürfen? Sie verbrachten den Abend in seinem Zimmer; Rena über eine Seminararbeit gebeugt, er versuchte einen Brief an seine Eltern zu schreiben. Rena verabschiedete sich zu früher Stunde mit einem kühlen Kuss von ihm, das Bett blieb unberührt.

Für den nächsten Tag hatte er mit Fritzi eine Wohnungsbesichtigung zusammen mit Rena ausgemacht. Als er am Mittag von seinem Job in der Stadtbücherei nach Hause kam, lag ein Zettel vor seiner Tür. »Habe eine Mitfahrgelegenheit mit Bert nach Freiburg. Sei geküsst. Rena« Renas Familie lebte in Freiburg, doch verwunderte es ihn schon, dass sie mitten im Semester so einfach von einem Tag auf den anderen losfuhr. Und dann noch mit Bert, der immer in so penetranter Art und Weise um sie herumscharwenzelte. So würde er die Dachwohnung in der Kaiserstraße eben alleine besichtigen, dazu war er fest entschlossen.

Es war ein milder Tag, einer der ersten Föhntage des Jahres, als er sich auf den Weg machte. Spontan betrat er die Buchhandlung Lehmkuhl und kaufte ein kleines, doch sehr schön gestaltetes Bändchen Haikus für Fritzi., dazu im kleinen Blumenladen nebenan noch einen Strauß Maiglöckchen. Dass sein Herz über die Maßen pochte, schrieb er dem Föhn und der Aufregung vor der Wohnungsbesichtigung zu.

Fritzi empfing ihn barfuss, in einem schwarzen Kimono, das Haar mit einem knallroten Kamm hochgesteckt. Sie freute sich sichtlich über seine Geschenke, füllte ein leeres Marmeladenglas mit Wasser für die Maiglöckchen, blätterte in den Haikus und schlang dann einen weichen weißen Arm um ihn und küsste ihn auf die Wange. Sie roch nach Patchouli und etwas anderem, das er nicht benennen konnte. Sie schenkte Tee in kleine weiße Schalen und dass sein Herz nun noch mehr klopfte, führte er auf dessen herbe Stärke zurück.

Sie stiegen zur Mansardenwohnung hinauf, Fritzi zeigte ihm neben den gemütlich schrägen Zimmern auch die winzige Küche und die Besenkammer. Schlank und anmutig ging sie vor ihm her, bei größeren Schritten öffnete sich der Schlitz ihres Kimonos und zeigte lange, weiße, an manchen Stellen blaugeäderte Beine. Der kleine Balkon war tatsächlich von Efeu umrankt. Sie ließen sich auf den beiden wackligen Klappstühlen nieder und blickten über die Dächer Schwabings. Fritzi rauchte eine ihrer gelben Gitanes und schnippte die Asche diesmal achtlos über das Balkongeländer. Ihr weißes Bein berührte kaum spürbar seinen Oberschenkel, als sie sich erhob. Ihre zigarettenlose Hand verweilte für einen Augenblick auf seiner Schulter. »Gehen wir nach unten«, sagte sie und ihre Stimme klang warm und dunkel und die Hitze, die nun in Wolfgang aufstieg, war ihm wohlbekannt. Wie sie nach unten gelangt waren, wie in ihr Schlafzimmer, konnte er später nicht mehr sagen. Doch das Rascheln des Kimonos, als sie ihn abstreifte, sie nackt vor ihm stand und er zum erstenmal in seinem Leben den Körper einer reifen Frau, ihre vollen Brüste und die Rundung ihres Bauchs erblickte, prägte sich ihm unauslöschlich ein.

Als er einige Stunden später nach Hause ging, kam es ihm vor, als wäre nichts wie vorher, als würde sein Leben noch einmal neu und von vorne beginnen. Er verspürte seltsamerweise keinerlei Skrupel Rena gegenüber; ja, wenn er ehrlich zu sich war, erschien sie ihm im Moment wie ein ferner Schatten. Zuhause legte er sich auf sein Bett und träumte sich noch einmal in Fritzis warme, weiße Arme, zu ihren langen, schlanken Beinen, die ihn in wiegender Bewegung umschlungen hatten. Er musste wohl eingeschlafen sein, als es zögerlich an seine Zimmertür klopfte. »Wolfgang, da ist jemand für dich«, sagte sein Mitbewohner mit seltsam belegter

Stimme. »Fritzi, sie kommt hierher«, jubelte es in Wolfgang und er sprang auf. Doch es war nicht Fritzi, es war Hauptwachmeister Bayer, nicht viel älter als Wolfgang, ausnehmend blass und mit zitternder Stimme. »Es hat einen Unfall gegeben; die Eltern von Rena Utz haben mich gebeten, Sie zu informieren.«

Sie war sofort tot gewesen, der Deckel des Handschuhfachs, der bei dem starken Aufprall aufsprang, hatte ihre Kehle durchschnitten. Bert trug keine Schuld, er lag schwer verletzt in einem Freiburger Krankenhaus. Der Lastwagenfahrer hatte den dunkelblauen VW-Käfer einfach übersehen. Während Wolfgang in Fritzis weichen, weißen, lustvollen Körper eingedrungen war, hatte Renas Blut den Beifahrersitz des VW durchtränkt, vielleicht hatte sie noch einmal kurz den blauen Freiburger Frühjahrshimmel gesehen, bevor sie die Augen schloss.

In den nächsten Wochen, die wie ein böser Traum gewesen waren, doch auch noch viele Monate danach, hatte Wolfgang auf seiner Fahrt zur Uni die Kaiserstraße gemieden. Als er jedoch zu Beginn des Wintersemesters auf dem Nachhauseweg war und bei Lehmkuhl bestellte Bücher abholen wollte, war es nicht mehr zu vermeiden. Die Efeublätter am Balkon hatten einen rötlichen Schimmer angenommen und eine junge Frau schüttelte einen kleinen bunten Teppich über das Balkongeländer der Mansardenwohnung.

Damals

Damals
unter Rosas kritischem Blick,
unter dem bärtigen Wladimir Iljitsch,
kampfeslustig die Faust reckend,
beide mit Reißzwecken
achtlos an die Wand gepinnt,
liebten sie sich oft auf harten Matratzen
und fühlten sich frei und unbesiegbar.

Heute
unter den Konterfeis der Enkel,
neben Lesebrillen, Blutdruckmitteln
und leichten Kriminalromanen,
lieben sie sich manchmal
auf bequemen Gesundheitsmatratzen,
bald schon besiegt von den Jahren,
dem Schmerzen der Knochen
und mit der Angst vor dem Ende.

Zuweilen
jedoch erfüllt sie
in Momenten der Zärtlichkeit
das beglückende Gefühl
des Zweiseins und der schlichte Stolz
auf das gemeinsam gemeisterte Leben.

Molto tempo fa – Vor langer Zeit

Unter einer Glocke dunstig flirrender Mittagshitze fuhr der Bus durch die Poebene. Die letzten Ausläufer der Alpen waren verschwunden und nach der Ankündigung des Busfahrers bei der letzten Rast hinter Bozen, dass man gegen sechszehn Uhr in Florenz sein würde, hatten die meisten Insassen die Augen geschlossen, die angeregten Gespräche der Mitreisenden und das Gelächter und Gealber der drei Damen in der letzten Reihe, die schon kurz hinter München angefangen hatten Piccolo zu trinken, waren verstummt.

Elsbeth hatte ebenfalls versucht zur Ruhe zu kommen, doch es gelang ihr nicht, und mit jedem zurückgelegten Kilometer nahmen ihre Zweifel zu, ob sie sich in dieser Reisegruppe, die zum größten Teil aus Ehepaaren oder Freundinnen zumeist weit über Sechzig bestand, als Einzelreisende zurechtfinden, geschweige denn wohlfühlen würde. Es war die erste organisierte Gruppenreise ihres Lebens und sie hatte lange mit sich gerungen, bevor sie sich endgültig dazu entschlossen hatte. Doch eine hartnäckige schwere Bronchitis am Ende des Winters hatte sie sehr geschwächt und ihr hatten einfach die nötige Kraft und Energie gefehlt, um auf eigene Faust loszufahren. Im vergangenen Jahr, eine Woche vor seinem Tod, hatte Ewald, schmal, blass und schon schwer gezeichnet von der Krankheit, zu ihr gesagt: »Versprich mir, mach du die Reise nach Florenz und denk an mich, wenn du vor San Miniato al Monte stehst.« Elsbeth lehnte sich nun doch zurück, schloß die Augen und versuchte tief und regelmäßig zu atmen. Eine Welle von Trauer und Verzweiflung überkam sie und sie musste aufsteigende Tränen unterdrücken. Es war seltsam, dass Ewald und sie gerade Florenz niemals geschafft hatten. In vielen Ländern der Erde waren sie gewesen, in Marokko, Indien, Nordamerika; in all den großen italienischen Städten wie Rom, Neapel und Venedig; doch Florenz war jedes Mal an ihnen vorbeigezogen. Kurz vor der alarmierenden Diagnose vor gut zwei Jahren hatte Ewald noch einen aktuellen Kunstreiseführer von Florenz gekauft und ihr darin begeistert die Fresken von San Miniato gezeigt.

Kurz nach sechszehn Uhr hielt der Bus vor dem Hotel Dante, das in einer einigermaßen ruhigen Seitenstraße nicht weit von Santa Maria Novella lag. Paolo, der italienische Reiseleiter, begrüßte die Gruppe geschäftsmäßig routiniert, jedoch gänzlich ohne die immer so gepriesene italienische Herzlichkeit und machte sich daran die Zimmer zu verteilen. Neben Elsbeth hatte ein Paar, wohl Endsechziger wie sie oder ein wenig älter, in der Lounge Platz genommen. Die beiden waren im Bus einige Reihen vor ihr gesessen und Elsbeth war nur das relativ lange, noch sehr volle weiße Haar des Mannes aufgefallen, das im starken Gegensatz zum raspelkurzen, wohl gefärbten schwarzen Haar seiner Partnerin stand. Elsbeth fiel auf, dass der Mann sie immer wieder aus den Augenwinkeln musterte und als sie einem seiner Blicke begegnete, blitzte in ihrer beider Augen kurz so etwas wie Erkennen und Erinnern an längst Verflossenes und Versunkenes auf, das jedoch nicht mehr greifbar schien. Der Mann war groß und schlank, leger, fast nachlässig gekleidet und hatte einen gelben Schal mit Donald Duck-Figuren um den Hals geschlungen, was Elsbeth ziemlich albern fand. Paolo rief die beiden als Signora und Signore Bergreiter auf und teilte ihnen Zimmer 207 zu. Elsbeth erhielt Einzelzimmer Nr. 209, ebenfalls zum Innenhof, wie Paolo bedeutungsvoll, als handele es sich um eine besondere Auszeichnung, betonte.

Das Zimmer erwies sich als geräumig und geschmackvoll und hatte einen winzigen Balkon zum ruhigen, begrünten Innenhof.

Elsbeth packte ihren Koffer aus und stellte ein Foto von Ewald aus guten gesunden Tagen, das sie rasch noch eingepackt hatte, auf das kleine Tischchen neben ihrem Bett; daneben legte sie den Reiseführer. Bis zum gemeinsamen Abendessen im Hotelrestaurant waren es noch fast zwei Stunden; sie beschloss sich etwas hinzulegen und in ihm zu lesen. Sie musste eingeschlafen sein, als sie eine Männerstimme hochschrecken ließ, die so nahe war, als säße der Sprechende direkt neben ihrem Bett. Dann wurde ihr klar, dass es der Nachbar Bergreiter war, der auf seinem Balkon telefonierte und wieder erging es ihr wie in der Hotelhalle; die tiefe, leicht heisere Stimme, die Sprachmelodie, die etwas langsame, umständliche, fast schon gestelzte Art zu sprechen, diese Stimme hatte sie irgendwann in ihrem Leben in ganz ferner Vergangenheit schon einmal gehört, doch sie hatte keine Ahnung, wann und wo das gewesen sein könnte. »Ah, Susina, nein, das ist doch vollkommen in Ordnung«, meinte Herr Bergreiter, »wenn es jetzt dem Antonio und dir mit den Kindern zu viele Umstände bereitet, dann werden wir uns eben morgen herzen und küssen. Ich hab nicht vor, mich dem ganzen Programm hier auszuliefern, ich kenne doch alles aus früheren Zeiten, aber die Petra will natürlich überall hin. … …Ah, geh, meine Liebe, für drei Tage … …..du wirst sie eh nicht oft sehen … ….. im Bad, ja … … …..ah, wegen des Schuhgeschäfts soll ich dich noch befragen … …..«, und die Stimme entfernte sich ins Innere des Zimmers.

Beim gemeinsamen Abendessen im Hotelrestaurant wurde Elsbeth an den Tisch der drei sekttrinkenden Damen platziert, die sich als pensionierte Lehrerinnen und Bankangestellte vorstellten und ausnehmend nett waren. Sie befänden sich auf Damentour, um sich von den nervenden, ebenfalls mittlerweile pensionierten Ehemännern zuhause eine Auszeit zu nehmen, erklärten sie und wurden etwas stiller und zurückhaltender, als Elsbeth erzählte, dass sie seit einem knappen Jahr Witwe sei. Das Ehepaar Bergreiter saß einige Tische entfernt, sie in einem auffallend tiefausgeschnittenen roten Kleid; er unterhielt sich mit dem Personal in fließendem Italienisch. Als die Damen Elsbeth zu einem dritten Rotwein überreden wollten, lehnte sie freundlich ab und ging auf ihr Zimmer, wo sie Ewald noch ein wenig aus dem Reiseführer vorlas und dann wider Erwarten bis gegen sieben Uhr glänzend schlief.

Beim Frühstück empfingen sie die drei Damen wiederum mit großem Hallo und baten sie, sich doch bei der anschließenden Stadtrundfahrt zu ihnen zu gesellen. Die Bergreiters saßen ebenfalls schon beim Frühstück, er trug wieder das lächerliche Halstuch und, so weit Elsbeth das sehen konnte, sprachen sie kein Wort miteinander. Kurz vor dem Aufbruch der Reisegruppe wirbelten zwei Kinder in den Frühstücksraum, gefolgt von einer Frau Ende dreißig, und es war nicht schwer zu erkennen, dass sie Herrn Bergreiters Tochter war. »Nonno, nonno«, riefen die Kinder, ein etwa zehnjähriges Mädchen und ein etwas kleinerer Junge, stürzten auf ihn zu und fielen ihm um den Hals. Von Petra nahmen sie, wie auch Herrn Bergreiters Tochter, kaum Notiz. Der Nonno überreichte nach der stürmischen Begrüßung dem Jungen ein Paket, in dem wohl Legobausteine oder ähnliches waren, nahm das Donald Duck-Halstuch ab und legte es seiner Enkeltochter um den Hals; Elsbeth konnte eine leichte Rührung nicht unterdrücken. Dann wurde es Zeit zur Stadtrundfahrt, Herr Bergreiter mit Tochter und Enkelkindern blieb zurück, während Petra mit verkniffenem Gesicht sich zu den anderen gesellte. An der Tür wandte sie sich noch einmal um und rief ihm mit leicht kippender, etwas zu lauter Stimme zu: »Um vier Uhr bei Versini, Gabor!« Elsbeth blieb wie angewurzelt stehen und es fiel ihr wie Schuppen von den Augen. Bei der anschließenden Stadtrundfahrt war sie nur mit halbem Ohr bei Paolos Ausführungen und beim Geplauder ihrer Begleiterinnen, sah den Dom, den Ponte Vecchio und all die anderen Sehenswürdigkeiten nur schemenhaft an sich vorüberziehen, denn Stück für Stück kam die Erinnerung an ihr erstes Jahr in München und an jene denkwürdige Fahrt zum Vietnamkongress zurück.

1968 war Elsbeth von Ingolstadt nach München gekommen, um Germanistik und Geschichte zu studieren. Sie floh vor der Bigotterie ihrer Mutter, dem Stoizismus ihres Vaters und der provinziellen Enge der kleinen Donaustadt und tauchte naiv und lebenshungrig ins Münchner Studentenleben ein. Schon nach vier Wochen lernte sie Wolfgang kennen und mit ihm nach einigen eher freudlosen Ingolstädter Erfahrungen die Lust und die Liebe. Wolfgang war Sohn eines evangelischen Pastors, kam aus dem fränkischen Kitzingen und studierte Politologie und Soziologie. Seit Beginn seines Studiums war er Mitglied im SDS, dem Sozialistischen Deutschen Studentenbund und spielte dort eine nicht unwichtige Rolle. Elsbeth wurde nie ganz klar, was genau seine Position dort war; sie wusste nur, dass Wolfgang, der so zärtlich und liebevoll sein konnte, ein harter, leidenschaftlicher, unnachgiebiger Diskussionspartner war, bewundert, doch auch gefürchtet von seinen Mitstreitern und Kontrahenten. Die politische Arbeit ging ihm über alles und Elsbeth begleitete ihn zu manchen Demos und Sit-ins. Natürlich verurteilte auch sie die Springerpresse, war selbstverständlich für Frauenrechte und gegen den Paragraph 218, sie verabscheute den Krieg in Vietnam; doch nie konnte sie sich so ganz an die Ansammlung lautstark skandierender Menschen und bis an und über die Grenzen des Erträglichen gehenden rhetorischen Schlagabtausch gewöhnen.

Als im Spätherbst ein Zimmer in Wolfgangs WG frei wurde, war es klar, dass Elsbeth dort einzog. Neben Wolfgang und ihr lebten dort noch, von ständig wechselnden Kurzzeitbewohnern einmal abgesehen, Margret und Bodo. Margret zog Elsbeth sofort in ihren Bann. Man konnte nicht sagen, dass sie eine Schönheit war, doch alles an ihr war voller Leben und Strahlen. Sogar nach schwer durchzechten Nächten gelang es Margret am nächsten Morgen mit einer Rothhändle zwischen den schlanken Fingern strahlend am Frühstückstisch zu sitzen. Sie war klein, knabenhaft, hatte wildes ungebändigtes schwarzes Haar, trug immer äußerst ausgefallene Kleidung und vertrat vehement einen kompromisslosen radikalen Kommunismus, der selbst Wolfgang zuweilen erschreckte. Nach einer Fotografenlehre hatte sie begonnen an der Kunstakademie in München zu studieren. Bodo, wortkarg und etwas vierschrötig, studierte irgendetwas Technisches und schon bald fand Elsbeth heraus, dass er Margret abgöttisch verehrte. Immer brachte er ihr rechtzeitig ihre geliebten Rothhändle, erledigte den Abwasch für sie und fuhr sie auf seiner alten Vespa zur Vorlesung, weil sie verschlafen hatte. »Bodo, mein größter Schatz«, sagte Margret des öfteren, legte ihre schönen schlanken Arme um seinen Hals und küsste ihn zärtlich, doch kurz auf den Mund.

Des öfteren stand Elsbeth vor dem Spiegel und suchte an sich etwas so Strahlendwildes wie Margret es hatte; doch sie war eben der eher zarte, blonde, romantische Typ, wie Wolfgang sich ausdrückte. Trotzdem empfand sie keinen Neid auf Margret, denn diese war ihr vom ersten Tag an freundschaftlich, liebevoll und hilfsbereit entgegengekommen und an manchen Abenden, wenn Wolfgang politisch unterwegs war und Bodo an irgend etwas bastelte, lagen die beiden Frauen auf Elsbeths größerem Bett, erzählten aus ihrer Kindheit, plauderten über gemeinsame Bekannte und tauschten auch die eine oder andere erotische Erfahrung aus. Bei einer Seminararbeit über Marieluise Fleißer unterstützte Margret Elsbeth tatkräftig mit geeigneten Fotos und kleinen wohlausgewählten Bildunterschriften.

Von Margret kam die Idee, zum Vietnamkongress nach Berlin zu fahren. Einer ihrer verflossenen Kurzzeitliebhaber war im Vietnamkomitee aktiv und wollte sie als Fotografin dabei haben, die alles festhielt und die bekannten Leute wie Dutschke, Karl-Dietrich Wolff, KDW genannt, Peter Weiss und andere wichtige Persönlichkeiten porträtierte. Besonders gespannt war man natürlich auf Giangiacomo Feltrinelli, den sagenumwobenen Kopf der italienischen Linken, der aus einer der reichsten und einflussreichsten Mailänder Familien stammte und zahllose linke Projekte nicht nur in Italien, sondern in der ganzen Welt mit seinem immensen Vermögen unterstützte. Auch in die Organisation des Vietnamkongresses waren seine Gelder geflossen. Wolfgang war sofort Feuer und Flamme für Margrets Idee, Bodo willigte grummelnd ein und Elsbeth ertappte sich dabei, Begeisterung zu heucheln. »Gabor hat einen VW-Bus«, meinte Wolfgang, »ich frage ihn gleich morgen.« Am nächsten Abend saß Gabor, großgewachsen, fast mager, mit über die Schultern fallendem dichtem blonden Haar am Wohngemeinschaftstisch und trank den billigen Lambrusco, der immer im Haus war. »Ah, mein Bus ist nicht der Schnellsten einer, aber er hat bereits Afghanistan, Nordafrika und die Türkei bereist.«, meinte er und alle mussten ein wenig lachen ob seiner umständlich vornehmen Wortwahl. Gabor studierte Slawistik, seine Mutter stammte aus altem ungarischen Adel, sein Vater war ein niederbayerischer Großbauer. »Ah, ich bin sozusagen mit vier Sprachen aufgewachsen, mit dem gehobenen Ungarisch der Budapester Oberschicht; mit der Umgangssprache meiner ungarischen Kindermädchen; mit normalem Deutsch und, ah, nicht zu vergessen, mit derbstem niederbayerischen Dialekt der Rossknechte meines Vaters«, erklärte Gabor liebenswert umständlich.

An einem kalten Freitag Mitte Februar brachen sie auf; Margret und Elsbeth hatten Unmengen von Broten belegt, Bodo brachte Limonade und Bier. Wolfgang und Gabor verstauten Luftmatratzen und Schlafsäcke im Bus, denn dort sollte bei der Hin- und Rückfahrt und während des Kongresses auch übernachtet werden. Mit im Gepäck und von Wolfgang wie ein Schatz gehütet waren 3000 DM für die Vietnamesische Befreiungsarmee, die er mit größtem Einsatz und Überzeugungskraft bei den Freunden vom

SDS gesammelt hatte. Er wollte sie dem Berliner SDS-Vorsitzenden übergeben, der angeblich die richtigen Drähte hatte. Gabors Bus fuhr tuckernd und wirklich äußerst langsam, und so brauchten sie mehr als acht Stunden, bis sie den Grenzübergang Herrleshausen erreichten. Sie beschlossen, vor Passieren der Grenze noch eine längere Rast einzulegen. Nach dem Verzehr der Brote und nachdem die Bierflaschen und eine von Gabor mitgebrachte Flasche Sliwowitz mehrfach die Runde gemacht hatten, versuchten sie sich im mittlerweile unterkühlten Bus in den Schlafsäcken auf den zwischen den Sitzbänken ausgebreiteten Luftmatratzen einzurichten. Wolfgang und Elsbeth krochen zusammen in einen Schlafsack und versuchten sich gegenseitig zu wärmen; Bodo schnarchte und rasselte nach Genuss von zu viel Bier und Sliwowitz und Gabor und Margret flüsterten und lachten lange leise miteinander, dann ging das Geflüster in eindeutige Liebesgeräusche über.

Die mehrstündige Stadtrundfahrt, eine sachkundige Führung durch Dom und Baptisterium und ein anschließendes mehrgängiges Mittagessen hatten fast alle Teilnehmer ermüdet, und so zog sich der Großteil der Gruppe zu einer späten Siesta zurück. Am frühen Abend wollte man zur Piazzale Michelangelo fahren und Elsbeth nahm sich vor, sich dort nicht zu lange aufzuhalten und gleich zur dahinterliegenden San Miniato al Monte hinaufzugehen. Sie wollte die Kirche nicht zusammen mit den anderen, sondern alleine mit Ewald besichtigen. Es gelang ihr jedoch nicht, Ruhe zu finden und so beschloss sie, sich in die Lounge zu setzen und etwas zu trinken. An der Bar saß vor einem Campari Gabor, was sie erstaunte, denn sie hatte die deutliche Anweisung Petras, dass er sich um vier Uhr beim Schuhgeschäft Versini einzufinden habe, noch deutlich im Ohr. Nach einem kurzen Moment der Unsicherheit trat sie auf ihn zu und sagte »Wohin seid ihr mit dem Geld damals abgehauen? Es war eine Katastrophe für uns. Warum habt ihr euch nie mehr gemeldet?«
Gabor blickte auf und antwortete » …..Elsbeth, das ist einer der

dunkelsten Punkte in meiner Biographie. Gestern wusste ich noch nicht so recht, woher ich dich kenne, als du dich aber gestern abend mit den drei Münchner Madln unterhalten hast, wurde es mir klar. Es ist eine lange Geschichte und wir brauchen Zeit dafür. Willst du sie dir nehmen?« Elsbeth, die nun doch erstaunt war, dass er noch ihren Namen wusste, nickte. Gabor zog sein kleines Telefon aus der Hosentasche »Ah …Petra, ja …..du wartest schon … …ah, ich bin untröstlich … …..nein, du musst alleine nach den Schuhen schauen … …...ah ja, nimm beide, die Master und die Visa. …Ja, später.« Elsbeth sagte an der Rezeption kurz Bescheid, dass sie nicht am abendlichen Ausflug teilnehmen würde, sie verließen das Hotel, wanderten in Richtung Arno, über die von Touristen bevölkerte Ponte Vecchio und hoch zum Palazzo Pitti. »Ah, schon immer einer meiner Sehnsuchtsorte, die Giardini Boboli«, sagte Gabor und Elsbeth fand diesen großen schattigen Park hinter dem trutzigen Palazzo Pitti ebenfalls zauberhaft. Sie setzten sich in das kleine Café unter riesigen Platanen und Gabor bestellte in flüssigem Italienisch Weißwein und Crostini. Nun aus der Nähe bemerkte Elsbeth zahllose Altersflecken und tiefe Falten auf seiner Stirn und um den Mund. Seine Augen jedoch waren unverändert dunkel und lebhaft und sein mittlerweile fast weißes Haar war voll und fiel ihm bis fast auf die Schultern. Seine Hand zitterte ein wenig, als er das Weinglas hob.

»Ich war verrückt nach Margret und Margret war verrückt nach Feltrinelli«, sagte er. Margret und er waren sich in der Nacht vor dem Grenzübergang Herrleshausen nähergekommen, was Elsbeth in der Enge des Busses nicht verborgen geblieben war. Für Margret war es möglicherweise zuerst eines ihrer vielen kleinen Abenteuer, für Gabor entwickelte es sich schnell zur großen Liebe. Noch nie hatte ihn in derart kurzer Zeit eine Frau so in ihren Bann gezogen wie Margret. Jedenfalls wich er seit dieser Nacht, während des ganzen Kongresses und für die darauffolgenden Jahre kaum mehr von Margrets Seite. Sie hatten in den frühen

Morgenstunden nach langem Warten, scharfen Kontrollen und kryptischen Befragungen der Grenzbeamten Herrleshausen passiert und fuhren dann durch das Einheitsgrau der DDR Richtung Berlin. Die dreitausend DM für die Befreiungsfront hatten Gabor und Bodo zwischen Unterboden und Motorraum des Busses geschickt und erfolgreich versteckt und Elsbeth hatte nicht gewagt sich vorzustellen, was bei passiert wäre, wenn die Grenzer das Geld entdeckt hätten. Gegen Mittag und gerade noch rechtzeitig zu Beginn des Kongresses erreichten sie Berlin, sie beschlossen das Geld vorerst noch im sicheren Versteck im Auto zu lassen, das sie direkt hinter der Universität parken konnten. Wolfgang wollte den zuständigen Kommilitonen erst ausfindig machen und noch einmal sicherstellen, dass das Geld direkt und in voller Höhe seinem Bestimmungszweck zugeführt werden sollte. Dann tauchten sie in das Menschengetümmel im Audimax der Technischen Universität ein. Überall sah man die Farben Blau, Rot und Gelb des Vietcong und hinter dem Rednerpodium war ein rotblaues Fahnentuch mit gelbem Stern drapiert, auf dem in großen Lettern stand »Für den Sieg der vietnamesischen Revolution. Die Pflicht jeden Revolutionärs ist es, die Revolution zu machen.« Margret und Gabor, der ihre Fotoausrüstung trug, drängten sich umgehend nach vorne zur Rednertribüne. Bodo, der ausnehmend blass war und noch schweigsamer als sonst, ließ sich stoisch zwischen Ho Chi Minh-skandierenden Kommilitonen nieder. Wolfgang traf einige Berliner Freunde, vertiefte sich umgehend mit ihnen in komplizierte Diskussionen und Elsbeth erinnerte sich, dass sie sich damals klein, dumm und überflüssig gefühlt hatte.

»Nachdem sich Margret zur Rednertribüne durchgekämpft hatte«, erzählte Gabor weiter, »begann sie sofort und ohne jegliche Berührungsängste Fotos zu schießen. Sie kletterte zwischen Dutschke und den anderen hin und her und machte unzählige Aufnahmen. Sie hatte sich ein Schildchen angesteckt auf dem stand: »Ich bin nicht von der kapitalistischen Springerpresse!«

Nach den einleitenden Worten von irgendeinem SDSler kam dann Feltrinelli, klein, mit dunkler Hornbrille und Bärtchen in einem fliederfarbenen Sakko und sprach in fast fehlerfreiem Deutsch mit nur ganz leichtem italienischen Akzent. Nach seinen Worten, die frenetisch bejubelt wurden, zog er sich ein wenig ins hintere Plenum zurück, denn jetzt war Dutschke an der Reihe. Doch Margret ließ nicht ab von ihm, er schien amüsiert und interessiert und winkte sie schließlich zu sich. Ab diesem Moment waren wir im Bann von Giangiacomo und für die nächsten zwölf Monate prägte er unser Leben.«

Seit sie Feltrinelli kennen gelernt hatte, schien der Kongress für Margret gänzlich an Bedeutung verloren zu haben. Am späten Abend, als im Audimax immer noch heiße Diskussionen geführt wurden – Elsbeth erinnerte sich an die unerträglichen Kopfschmerzen, die sie bekommen hatte – nahm Feltrinelli mit seiner Entourage Margret und Gabor mit in eine großbürgerlich eingerichtete Wohnung nach Charlottenburg, lange bis nach Mitternacht sprach er zu ihnen über die Situation in Italien, den bewaffneten Kampf, der seiner Meinung nach unumgänglich war und über seine Idee, diesen aus dem Untergrund zu führen. »Kommt mit mir nach Italien und macht euch selbst ein Bild!«, sagte Giangiacomo. Gabor erkannte bald und er wusste nicht, ob er erleichtert oder erschrocken sein sollte, dass es nicht in erster Linie der Mann Feltrinelli war, der Margret faszinierte, nein, es war die Mischung aus großbürgerlicher Dekadenz und radikalem Kommunismus und die Vorstellung, diesen Kapitalismus und dessen Vertreter subversiv zu vernichten. Dies kam wohl Margrets wildem, abenteuerlustigen Naturell und ihrer Radikalität äußerst entgegen und als sie sich kurz in eines des zahllosen Zimmer der Charlottenburger Wohnung zurückgezogen hatten, um sich zu lieben, saß sie mit wippenden Brüsten schweißüberströmt auf Gabor, der noch nie solch exzessive Lust erlebt hatte und stammelte: »Das ist es, Gabor, das Leben, das ich führen will, ich will kämpfen mit allen Mitteln, ja mit allen, lass uns mitfahren mit ihm.« Ohne viele weitere Worte stand es für Margret und damit auch für Gabor fest, dass sie Feltrinelli noch in dieser Nacht nach Italien folgen würden. Angefeuert vom schweren italienischen Rotwein, den Giangiacomo ausgeschenkt hatte, machten sie sich auf einen längeren Fußweg zum VW-Bus hinter der Universität und fuhren unverzüglich los.

Als sie den Haupteingang der Universität passierten, die immer noch hell erleuchtet war, sahen sie Wolfgang, Elsbeth und Bodo, die gerade das Gebäude verließen, wohl um zum Bus zu gehen. Die drei sahen sie nicht, Elsbeth presste sich ein großes Taschentuch gegen die Stirn und Wolfgang stützte sie ein wenig. Als Gabor die drei Freunde sah, fiel ihm das Geld ein, das noch im Wagen versteckt war, er erkannte plötzlich mit aller Deutlichkeit, welchen Vertrauensbruch sie gerade dabei waren zu begehen und trat auf die Bremse. »Fahr weiter!«, sagte Margret, ihre Stimme klang hart und kalt, sie schien nicht zu der zärtlichleidenschaftlichen Frau zu gehören, die Gabor vor einer Stunde in seinen Armen gehalten hatte, »Die drei kommen auch ohne uns klar und die Idee mit dem Geld für die Befreiungsfront war doch eh kindisch. Für unser Vorhaben ist es jetzt wesentlich wichtiger.« Sie strich ihm sanft mit ihrer kühlen Hand über die Wange, lehnte sich an ihn und er konnte ihre kleinen harten Brüste durch seinen Pullover spüren. Später hatte Gabor sich oft Gedanken darüber gemacht, wieso er nicht gegen ihren Willen doch angehalten hatte, doch in jenem Moment war die Angst, sie zu verlieren, stärker als alles andere, und der Strudel der Ereignisse im kommenden Jahr sorgte dafür, dass er das Ganze für eine gewisse Zeit einfach vergaß.

Nicht einmal ganz zwei Tage später waren sie in Italien. Feltrinelli, überaus beschäftigt und einen kurzen Moment etwas verblüfft über ihr Auftauchen, begrüßte sie dann überaus freudig und stellte ihnen seine deutsche Frau Inge vor, die wie Margret Fotogräfin war. Untergebracht wurden sie bei Rosa in Nerviano, einem Nest westlich von Mailand. Rosa, wohl um die sechzig, hager und Kettenraucherin, war zurückhaltend und wenig freundlich. »Lo faccio solo per Giangiacomo«, sagte sie. Später erfuhren sie, dass ihr Mann im Krieg von den Deutschen erschossen worden war. Sie bewohnten ein großes Zimmer im ersten Stock von Rosas altem Haus, Toilette und Küche mussten sie mit Rosa teilen. Seit ihrer Ankunft lag dichter Nebel über dem Ort, das Zimmer war kaum zu beheizen, wenn sie sich in der Küche Tee machen oder etwas kochen wollten, murmelte Rosa Unverständliches und eindeutig Unfreundliches vor sich hin. Giangiacomo hatte ihnen einen Begleiter zugeteilt, Francesco, einen dunkelhaarigen, blassen jungen Mann mit Nickelbrille, der leidlich Deutsch sprach und zweimal in der Woche vorbeikam. Welche Position Francesco in Feltrinellis Umfeld einnahm, wurde ihnen nie ganz klar, jedoch hatte er strikte Weisungen für sie. Fürs erste sollten sie sich möglichst zurückhaltend bewegen und im Ort für keinerlei Aufsehen sorgen, zuerst einmal müssten sie Italienisch lernen und zwar sofort und intensiv. »Siete qui quasi illegalmente« sagte Francesco und spätestens bei diesen Worten wurde Gabor klar, in welche Abhängigkeit sie sich gebracht hatten. So lernten sie von ihrer Ankunft bis in den späten Sommer hinein Italienisch; Francesco brachte ihnen Berge von Büchern und Übungstexten und scheute sich nicht, bei jedem Besuch Tests und Abfragen durchzuführen. Wesentlich mehr jedoch lernten sie von Rosa, die ein wenig aufgeschlossener wurde, als Gabor ihr in den nächsten Monaten Unmengen von Holz hackte und verschiedene Reparaturen im Haus durchführte, und bei ihren Ausflügen in die nähere Umgebung, die sie mit Bahn oder Bus machten, da der VW-Bus in Rosas Schuppen zu bleiben hatte.

Als sie mit der italienischen Sprache einigermaßen zurechtkamen, brachte ihnen Francesco eine Unmenge Literatur über die italienische Arbeiterbewegung, Pamphlete und Schriften der namhaftesten linken politischen Gruppierungen Lotta Continua, Potere Operaio und den Brigate Rosse mit. Auch hier führte er sehr streng regelrechte Examina mit ihnen durch, sparte an Lob und übte schnell Kritik, wenn sie auf seine Fragen nicht gleich die Antwort wussten. Margret begann Francesco zu hassen, auch, weil er nie auf ihren Charme und ihre weiblichen Reize reagierte. Gabor wurde schnell klar, dass Francesco ein Vertreter von Potere Operaio war, einem Zusammenschluß linker, antikapitalistischer Intellektueller, die es als ihre Aufgabe sah, Kopf und Gehirn der Arbeiterbewegung zu sein, ohne sich selbst in die raue Arbeitswelt beispielsweise der Turiner Fiatarbeiter zu begeben, so wie die Anhänger von Lotta Continua es taten. So weit er verstand, unterstützte Feltrinelli alle diese linken Gruppierungen.

Von Feltrinelli sahen sie nicht viel, zweimal besuchte er sie in Nerviano, einmal wurden sie in ein Lokal am Stadtrand von Mailand von ihm eingeladen und da auch Francesco dabei war, blieb die Stimmung kühl. Gabor bewunderte Margrets weiterhin zuversichtliche und immer noch begeisterte Stimmung, »Es ist eine Durststrecke für uns, tesoro,« meinte sie einmal, »unsere Zeit wird kommen!«. Gabor wurde schnell klar, dass es nur die starke Liebe zu dieser vor Energie strotzenden, quirligen, immer strahlenden und so überaus erotischen Frau war, die ihn in Italien hielt. Er vermisste München, sein Niederbayern, das Studium und seine Freunde. Als er einmal an einem nebligen Tag durch die Wälder um Nerviano streifte, musste er unvermittelt hemmungslos weinen und er erschrak über seine heisere laute Stimme, mit der er »Azt akarom, hogy menjen haza, i wui hoam«, in den italienischen Eichenwald brüllte.

Elsbeth bemerkte, dass sie noch nicht einen Bissen von ihren Crostini genommen hatten, auch der Wein war nahezu unberührt. Der Abendwind ließ die Boboliplatanen über ihnen kräftig rauschen, es war fast dunkel geworden und der Ober stellte kleine Windlichter auf die Tische. Gabor hatte in seinem Bericht innegehalten und schien seinen Gedanken und Erinnerungen nachzuhängen. Sie erinnerte sich genau, wie sie damals den Vietnamkongress verlassen hatten. Sie hatte unerträgliche Kopfschmerzen bekommen und musste sich übergeben. Es war erstaunlicherweise Bodo, der ihr zur Seite stand, ihr saubere Taschentücher reichte, sie auf eine Bank in einem der vielen Gänge der Universität legte, seinen Pullover unter ihren Kopf schob und ihr etwas schales Wasser einflößte. Wolfgang war in seine Diskussionen derart vertieft, dass er ihren Zustand zuerst gar nicht wahrnahm und erst durch Bodo überredet werden musste, sie zum Bus zu bringen, damit sie sich dort hinlegen könne. Doch Gabor, der ja die Autoschlüssel hatte und mit ihm Margret waren wie vom Erdboden verschluckt. Sie beschlossen, zum Bus zu gehen, vielleicht waren die beiden ja dort anzutreffen. Doch auch der Bus war spurlos verschwunden. Sie suchten noch die umliegenden Straßen ab, in der Hoffnung, dass sie sich vielleicht im Standort getäuscht hätten, dann jedoch sagte Bodo mit zitternder Stimme: »Sie ist abgehauen mit ihm, mit dem Bus und mit dem Geld!« und er konnte ein Aufschluchzen nicht unterdrücken. Elsbeth hatte sich auf die Stufen eines Hauseinganges gesetzt, die frische Nachtluft hatte ihrem Kopf gut getan, doch sie fühlte sich schwach und kraftlos. Bodo setzte sich neben sie, er war kalkweiß im Gesicht und die Tränen strömten ihm über die rundlichen Wangen. »Ich war so ein Idiot, so ein gottverdammt blöder Idiot«, stammelte er. Wolfgang stand vor ihnen auf dem Bürgersteig und brüllte mit sich überschlagender Stimme etwas von Verrat unter Genossen, von Treuebruch, der gerächt werden müsse, dass er sich in München nie mehr blicken lassen könne, dass sein Leben zerstört sei und ob nicht vielleicht doch die Polizei eingeschaltet werden sollte, bis sich Bodo erhob, erstaunlich rasch und leichtfüßig auf ihn zutrat und ihn mit voller Wucht ins Gesicht schlug. »Sei sofort still,« sagte er mit inzwischen wieder kräftiger und klarer Stimme, »wir müssen jetzt überlegen, wie wir hier klar kommen. Heulen und Wüten kannst du dann später.«

Sie beschlossen, zurück zur Uni zu gehen und wie es der Zufall wollte, trafen sie auf Genossen aus Moabit, die ihnen sofort und ohne lang zu nachzudenken, Schlafplätze in ihrer Wohngemeinschaft anboten. »Die war scharf auf den Feltrinelli, das konnte ja jeder sehen und ihr ungarisches Schoßhündchen hat gekuscht«, meinte einer von ihnen, »aber wohin die jetzt abgehauen sind, weiß der Himmel, wahrscheinlich stehen sie morgen wieder auf der Matte.« Sie verbrachten eine ungemütliche Nacht in der Wohnung in Moabit, in der es außer den vielen Bewohnern auch noch vier Siamkatzen gab, die geistergleich die ganze Nacht durch die Räume huschten. Es stank nach Katzenpisse, Elsbeth hatte ein Röhrchen mit Kopfschmerzpulver gefunden und befand sich in einem Zwischenreich aus brutaler, schmerzhafter Wirklichkeit und wilden, wirren Träumen, in denen Margret mit gespreizten Beinen auf der Rednertribüne vor Feltrinelli hockte. Wolfgang lag bewegungslos wie gelähmt neben ihr und sie hatte das seltsame Gefühl, an irgendetwas schuld zu sein, doch sie wusste nicht woran, und Bodo schluchzte und stöhnte pausenlos im Schlaf.

Gabor trank rasch einige Schlucke Wein und biss gedankenlos in sein Crostino. Dann setzte er seinen Bericht fort. Anfang September, Gabor und Margret waren nun schon ein halbes Jahr in Italien und vom Vietnamgeld hatten sie, obwohl Giangiacomo sie unterstützte, schon so einiges verbraucht, lud Feltrinelli sie zu einer längeren Fahrt durch Italien ein. Sie besichtigten Florenz, Rom und Neapel, sie aßen mit Henry Miller in Ostia zu Abend, sie besuchten ärmliche Arbeiterunterkünfte am Stadtrand von Rom, flanierten durch mondäne Einkaufsstraßen, tranken Sherry in den Lounges erstklassiger Hotels und badeten nackt im Golf von Sorrent. Feltrinelli stellte sie zumeist vage als Freunde aus dem Ausland vor und da sie nie länger als ein, zwei Tage an einem Ort blieben, wurde das nie weiter hinterfragt. Einige Male nahm er sie mit zu konspirativen Zusammenkünften der einen oder anderen radikalen Gruppierung und wenn sie anschließend noch einen letzten Drink vor dem Schlafengehen zu sich nahmen, sprach Giangiacomo wieder mehrfach von seinen Plänen, eine Partisanenorganisation zu gründen und gänzlich aus dem Untergrund zu operieren. Margret war Feuer und Flamme von dieser Idee und bot ihm ihre volle Unterstützung an. Gabor stimmte natürlich in diese Begeisterung mit ein, doch im Grund seines Herzens wusste er, dass er es einzig und allein um Margrets willen tat. Wäre sie nicht gewesen, wäre er längst wieder in Niederbayern, um Pferde zu striegeln oder in München, um dort im Seminar für Slawistik über einer komplizierten Hausarbeit zu sitzen.

Der Vietnamkongress endete an einem trüben nasskalten Februarsonntag, weder Gabor noch Margret tauchten wieder auf. Bodo mit rotgeränderten Augen, Wolfgang mit grauem, versteinertem Gesicht und Elsbeth, die wieder pochende Kopfschmerzen hatte, konnten mit Kommilitonen bis nach Frankfurt mitfahren und standen dann einige Stunden an der Raststätte Weisskirchen, bis ein mitleidiger italienischer Lastwagenfahrer Elsbeth und Wolfgang mitnahm. Bodo fand kurze Zeit später Platz im Cabrio einer Dame aus Gräfelfing bei München, auf deren erotische Erwartungen er aber nicht eingehen wollte. Sie warf ihn kurz hinter Nürnberg aus dem Wagen, die restliche Strecke bis München fuhr er schwarz mit der Bahn.

Trotz des Windlichts auf dem Tisch konnte Elsbeth Gabor nicht mehr gut sehen, sie hörte nur seine leicht heisere Stimme, die ein ums andere mal nach Worten suchte. Wieder zurück in Nerviano fiel es Gabor und nun wohl auch Margret schwer, sich wieder in den gleichförmigen Tages- und Wochenablauf einzufinden. Francesco ließ nicht locker mit seinen straffen Italienischlektionen und seinen weltanschaulichen Schulungen, Rosa hatte sich einen gefährlich klingenden Husten zugelegt, der Tag und Nacht durchs Haus bellte, sie jedoch nicht davon abhielt, weiterhin eine Zigarette nach der anderen zu rauchen. Die letzten schönen sonnigen Oktobertage wurden wieder durch den nasskalten, undurchdringlichen Nebel der Poebene abgelöst und es gab Tage, an denen Margret und Gabor in ihrem Bett blieben, Italienischbücher und weltanschauliche Wälzer lagen unberührt auf dem Tisch, sie liebten sich oft heftig und leidenschaftlich, doch es gelang ihnen auch damit nicht, die Verzweiflung, die sich ihrer bemächtigt hatte, in Schach zu halten. Margret versuchte weiterhin Optimismus auszustrahlen, doch von Tag zu Tag wirkte ihre fröhlich zuversichtliche Stimmung aufgesetzter und Gabor ertappte sie mehr als einmal dabei, wie sie sich trotzig die Tränen vom Gesicht wischte und sich eine filterlose italienische Zigarette ansteckte, Rothhändle gab es schon lange keine mehr. Abgesehen von den Besuchen Francescos, von den Kontakten zu Rosa und zu einigen Dorfbewohnern hatten sie niemanden, mit dem sie hätten reden können. Kontakte nach Deutschland hatte ihnen Francesco ziemlich eindeutig untersagt, Margret hielt sich strikt daran, Gabor hatte einmal einem jungen deutschen Touristen, den er im Zug getroffen hatte, einen kurzen Brief an seine Mutter mitgegeben, natürlich ohne jegliche Adressangabe. Von Feltrinelli hatten sie seit September nichts mehr gehört.

Im November wurde Rosa schwer krank und musste ins Krankenhaus. »I polmoni«, sagte der Arzt und schüttelte bedenklich den Kopf. Es stellte sich heraus, dass Rosa keinerlei Krankenversicherung hatte. Nach mehreren vergeblichen Versuchen, Feltrinelli einzuschalten, er war mit unbekanntem Ziel verreist, wechselten sie eintausend DM in Lire, um den Krankenhausaufenthalt zu bezahlen. Francesco, den sie ebenfalls um Hilfe gebeten hatten, hatte nur mit den Achseln gezuckt. Als Rosa zwei Wochen später nach tagelangem rasselndem, röchelndem Ringen nach Luft qualvoll starb und Margret und Gabor mit Rosas Stieftochter aus Padua und einigen wenigen Nachbarn an ihrem Grab standen und weder Feltrinelli noch Francesco sich sehen ließen, schlug ihre Verzweiflung in Abneigung und Hass um und sie beschlossen, das »italienische Abenteuer« wie Margret es lakonisch nannte, zu beenden.

Es stellte sich jedoch heraus, dass es einige Tage dauern würde, den alten VW-Bus wieder in Schwung zu bringen und Gabor machte sich mit einer Energie, die ihn selbst erstaunte, an die Arbeit. Margret, die Rosas Tod stark mitgenommen hatte, lag währenddessen nahezu bewegungslos mit leeren tränenlosen Augen im Bett und war nicht in der Lage, irgendetwas zu tun. »Mir ist so hundeelend«, murmelte sie immer wieder. Gabor schrieb es der großen Enttäuschung zu, so viele Hoffnungen und Träume musste sie nun mit dem traurigen Ende ihrer italienischen Zeit begraben. Nach zwei Tagen hatte er den Bus wieder instandgesetzt und gerade als Gabor voller Stolz aus dem Schuppen trat, um Margret die gute Nachricht zu überbringen, bog Francescos kleiner Fiat in den Hof. Doch nicht nur Francesco, sondern auch Feltrinelli und ein dritter Mann entstiegen dem Wagen. Gabor bat die drei in Rosas Küche mit dem Hinweis, dass Margret oben krank im Bett liege. Als er ihnen eine der letzten Flaschen des vino di casa von Rosa einschenkte, öffnete sich die Tür und Margret trat ein. Sie trug gänzlich Schwarz, hatte ein seidenschimmerndes Halstuch umgelegt und sich geschminkt. Sie wirkte blass und durchscheinend, jedoch schöner denn je. Feltrinelli trat auf sie zu und schloß sie in seine Arme. In seinem fast makellosem Deutsch entschuldigte er sich, dass er bei Rosas Sterben und bei ihrer Beerdigung nicht anwesend sein konnte. Er deutete auf den dritten Mann, einen etwas vierschrötig wirkenden kräftigen Typ mit öligem schwarzen Haar. »Das ist Luigi, wir sind gerade dabei die GAP, die gruppo d'azione partigiana hier in der Gegend aufzubauen. Bald werden wir aus dem Untergrund agieren und wir möchten euch fragen, ob ihr mit uns diesen Weg gehen wollt?« In Margrets blasses Gesicht kam augenblicklich wieder Farbe und ihre Augen begannen zu leuchten, ganz schnell war sie wieder voller Begeisterung für Giangiacomos Pläne, Gabor wiederum fand nicht die Kraft, seinen eigenen Weg zu gehen.

Elsbeth erinnerte sich daran, dass ungefähr zu der Zeit, als Gabor und Margret zu Partisanen wurden, Wolfgang und sie sich entschlossen, getrennte Wege zu gehen. Es war ein lange Monate währender schmerzhafter und zermürbender Prozess gewesen. Doch seit Wolfgang aus eigenem Entschluss den SDS verlassen hatte, war er ein anderer Mensch geworden. Nach zahllosen Selbstbezichtigungen seinerseits, die Elsbeth irgendwann nur noch lächerlich fand, hatten die Genossen nach anfänglichen Vorwürfen und Anschuldigungen ihm seine Verfehlung verziehen. Streng, humorlos und borniert war er geworden und nach einigen Monaten und zahlreichen vergeblichen Versuchen, ihn wieder in das alte Fahrwasser zu bringen, gab Elsbeth auf und zog aus der Wohngemeinschaft, die schon lange keine mehr war, aus. Bodo hatte schon im Sommer München verlassen und war nach Darmstadt gewechselt. Anfangs hatten sie noch zu dritt versucht, Gabor und Margret aufzuspüren. Margrets Eltern und Gabors Vater hatten die Polizei eingeschaltet, doch das letzte Mal wurde der alte VW-Bus an jenem denkwürdigen Sonntag im Februar auf einem Autobahnparkplatz in der Hallertau gesichtet. Ab dort verlor sich seine Spur.

»Ich hätte es merken müssen«, sagte Gabor und zündete sich eine Zigarette an, die er einem zerknüllten Päckchen aus seiner Jackentasche entnommen hatte, »doch ich war blind, absolut blind.« »Was hättest du merken müssen?« fragte Elsbeth. »Dass sie schwanger war«, antwortete er heftig und so laut, dass das Paar am Nebentisch die Köpfe nach ihnen umdrehte. Es musste schon im Frühsommer passiert sein, es dauerte wohl, bis Margret selbst sich ihres Zustandes bewusst wurde oder Rosa es ihr auf den Kopf zu sagte. Sie konnte es lange Zeit vor Gabor gut verbergen und erst durch Rosas Sterben und Tod brachen die typischen Symptome einer Schwangerschaft bei ihr aus. Als sie Anfang Dezember ins Partisanenlager in den Appenin gingen, musste sie schon bald im sechsten Monat gewesen sein. Es war eine ausgesprochen harte Ausbildung, die sie dort erwartete, und zwischen Männern und Frauen wurden kaum Unterschiede gemacht. Margret hielt sich tapfer, Gabor wunderte sich zuweilen über den unbändigen Heißhunger, mit dem sie alles Essbare in sich hineinschlang, um es kurz darauf wieder zu erbrechen. Sie blieb schlank, fast mager, hatte sich nur eine etwas gebeugte Haltung angewöhnt, wodurch ihr etwas von ihrer früheren Ausstrahlung und Frische verloren gegangen waren. Ihre wilden dunklen Locken hatte sie kurz geschnitten und ihr Gesicht war wettergegerbt und zeigte einige Fältchen. Auch wenn die erste Zeit der leidenschaftlichen erotischen Anziehung vorüber war und sie im Lager kaum mehr Gelegenheit hatten, miteinander zu schlafen, liebte Gabor sie nach wie vor.

Anfang des nächsten Jahres gab Feltrinelli bekannt, dass er in Kürze in den Untergrund gehen werde und übergab die Verlagsgeschäfte seiner Frau. In einer persönlichen Unterredung bat er Gabor, an seiner Seite zu bleiben, er schätze seine geradlinige pragmatische und unaufgeregte Art und außerdem brauche er einen Kfz-Experten. Gabor fühlte sich geehrt und willigte ein, bei der nächsten geplanten Aktion in der Nähe von Mailand mit dabei zu sein. Als er eines Vormittags dabei war, einen alten Lastwagen aus der Nachkriegszeit etwas aufzumöbeln, kam Luisa, die in der Küche arbeitete, in den Schuppen gestürzt, »vieni presto, Gabor, Margret …..«, rief sie atemlos mit angstgeweiteten Augen. Gabor ließ sein Werkzeug fallen und folgte Luisa in den kleinen Vorbau vor den Wirtschaftsgebäuden. Margret lag gekrümmt auf dem Steinboden und ihr Gesicht war ebenso grau wie die alten Steine dort. Ihr Haar klebte schweißnass an der Stirn und ihre ebenfalls graue Arbeitshose war zwischen den Beinen blutdurchtränkt. In der Hand hielt sie fest umklammert ein Büschel Basilikum und Gabor fiel ein, dass sie am Morgen etwas von Gartendienst gesagt hatte. »Sie hat starke Blutungen, ruf die ambulancia«, schrie Gabor und Luisa antwortete: »Sie ist schwanger, idiota, und ich kann hierher keine ambulancia rufen, alles würde auffliegen!«. Gabor nahm Margret in seine Arme, sie gab nur ein schwaches Wimmern von sich, lief zu dem alten Lastwagen und legte sie auf die Rückbank. Er schob ihr ein altes Handtuch unter den Kopf und deckte sie mit seiner Jacke zu. Der alte klapprige Lastwagen bretterte mit dröhnendem Motor und kreischenden Reifen hinunter nach Valdarno, Margret stöhnte zwischendurch auf und einmal rief sie: »Es ist die Nummer 44 in der Herzogstraße, hörst du!« Das war die Adresse der einstigen Wohngemeinschaft von Wolfgang, Elsbeth, Bodo und Margret.

Einige Stunden später saß Gabor im Gang des kleinen Krankenhauses von Valdarno. Margret war ihm von einem jungen Pfleger aus den Armen genommen und sofort zur Gynäkologie gebracht worden. Einmal war eine ältere Krankenschwester erschienen, hatte ihm Tee gebracht, seinen Arm gestreichelt und »patienza« gemurmelt. Es dämmerte bereits draußen, er war gerade in einen leichten unruhigen Schlaf gesunken, als jemand seinen Arm berührte. Ein junger Arzt stand vor ihm, auf den Ärmeln seines Kittels waren kleine, kaum sichtbare Blutspritzer. »Mi dispiace molto« sagte er mit belegter Stimme, »aber wir konnten nichts mehr für ihre Frau tun. Das Kind aber ist zwar klein und fast sechs Wochen zu früh, doch sie ist kräftig und wird durchkommen.« Gabor brauchte lange um zu begreifen von welcher Frau und welchem Kind der Arzt sprach und er folgte ihm in einen kleinen Raum, wo in einem mit strahlendweißen Laken bezogenen Krankenhausbett Margret lag. Sie wirkte unendlich klein, ihr schwarzes Haar stand in scharfem Kontrast zum blendenden Weiß des Kissens und sie hatte die Hände gefaltet. Einen Moment glaubte Gabor, sie würde gleich die Augen öffnen, mit ihm sprechen und irgendeine Belanglosigkeit wie »Gib mir doch eine Zigarette«, oder »Kannst du etwas Holz heraufholen«, sagen, doch dann wurde ihm mit verheerender Wucht klar, dass sie ihn verlassen hatte und er nie mehr ihr ansteckendes fröhliches Lachen hören würde. Auf einem zweiten Bett in der Ecke des Raums lag unter einer Wärmelampe auf einer schäbigen Decke, in viel zu große Säuglingskleidung gehüllt, etwas Winziges, das unablässig die kleinen Gliedmaßen bewegte und ihn aus dunklen Augen ansah, die denen Margrets verblüffend glichen, die kleine Susanna.

Vor dem Eingang des Hotel Dante zog Gabor Elsbeth kurz an sich. »Darf ich dich morgen zu San Miniato begleiten?« fragte er. Doch Elsbeth schüttelte den Kopf, »Ich bin dir nicht böse, Gabor, es ist wohl einfach so gekommen damals, doch nach San Miniato gehe ich alleine. Ich werde an meinen verstorbenen Mann denken und jetzt auch an Margret. Obwohl ich überhaupt nicht gläubig bin, werde ich für beide eine Kerze anzünden.«

Von Gabor und Petra sah sie während der Reise nicht mehr viel, beim Aussteigen aus dem Bus in München winkte ihr Gabor kurz zu und sie hörte, wie er mit einem Taxifahrer über den Fahrtpreis nach Deggendorf verhandelte.

Einige Wochen später steckte ein Umschlag mit Absender »Gabor Bergreiter, Haflingerzucht und ökologischer Anbau, Deggendorf« in ihrem Briefkasten. Er enthielt alte Schwarzweißfotos. Eines davon zeigte Margret und Elsbeth am alten, wackligen Küchentisch in der Herzogstraße, Margret aus vollem Halse lachend, die unvermeidliche Rothhändle zwischen den Fingern; Elsbeth, etwas zurückhaltender lächelnd, ihre Hand auf Margrets Arm, als wollte sie sie streicheln.

Wir Vernünftigen

Wir Nüchternen und Vernünftigen,
immer stolz auf
klares, strukturiertes Denken,
werden nun
in der Neige unseres Lebens
trunken beim Anblick
der Farben des Herbstes,
pflücken gegen jede Vernunft
ohne Handschuh die Rose,
vergießen Tränen der Wehmut
beim Gedanken an
die Stadt des Herzens,
verfassen Gedichte
voller Sehnsucht,
Freude und Schmerz,
beharren unverbesserlich
auf den verblichenen
Idealen unserer Jugend,
wünschen uns Kindeskinder,
die die bunten Blumen des Sommers
sorgsam auf unsere Gräber pflanzen.

The times they are a changin'

In der Mittagspause hatte sie sich in den sogenannten Finanzgarten, eine versteckte kleine Grünanlage inmitten des Münchner Innenstadttrubels geflüchtet. Das Mettwurstbrot und die Limonade, die ihr die Oma jeden Morgen in die Tasche steckte, hatte sie in der Schreibtischschublade liegen lassen. Sie wollte nichts essen, sie wollte einfach nur weinen. Den ganzen Vormittag hatte sie im muffigen, nahezu lichtlosen Büro der Dallmayr KG endlose Zahlenkolonnen in die ratternde Rechenmaschine getippt und die Ergebnisse feinsäuberlich ins Kassenbuch übertragen. Dass Dallmayr ein vornehmes, traditionsreiches, äußerst renommiertes Münchner Kaffee- und Feinkostunternehmen war, merkte man nicht, wenn man Stunde um Stunde in einem trüben, mit abgenutzten Möbeln eingerichteten Büroraum mit Blick in den Hinterhof saß und ständig in der Angst vor dem Auftauchen des fetten Drachens lebte. Der fette Drachen war Frl. Schildgruber, die ihr ganzes Leben nichts anderes getan hatte, als sich für die Firma aufzuopfern, die Lehrlinge zu schikanieren und ohne Unterlass nicht mehr verkäufliche Dinge aus dem Laden, egal ob Käsehäppchen, Früchte oder Patisserieteilchen, zu konsumieren.

Ida setzte sich auf die Bank, die sie immer in verzweifelten Mittagspausen aufsuchte, zog das von der Oma säuberlich gebügelte Taschentuch aus der Tasche und ließ ihren Tränen freien Lauf. Aus Erfahrung wusste sie, dass in etwa zehn Minuten der Tränenstrom versiegen und sie sich besser fühlen würde. Dieses Mal waren nicht einmal zehn Minuten verstrichen, als sie mit dem ein wenig nach Lavendel duftenden Taschentuch die Tränen trocknete. Plötzlich sah sie das Frühlingsgrün des Parks und das Ostergelb der gerade aufblühenden Forsythien überdeutlich vor sich, eine beschwingte Fröhlichkeit und ein unbändiges Glücksgefühl stiegen in ihr auf. Es waren doch gerade noch ein paar Monate, die sie überstehen musste bis zur Schlussprüfung, diese zu absolvieren und das auch noch ordentlich, war sie der Oma schuldig, dann jedoch lag das ganze Leben vor ihr. Und dieses Leben würde nicht das Büro bei Dallmayr sein und bald auch nicht mehr das kleine Mädchenzimmer bei der Oma in Neuhausen. Sie schloß die Augen und tauchte ein in ihre Träume, die zwar nebelhaft und verschwommen waren, doch ihr eines immer äußerst deutlich zeigten, sie, Ida Hochreiter, würde singen. In ganz mutigen Träumen sah sie sich mit einer Glanzarie auf einer Opern- oder Konzertbühne, des öfteren war sie geschätztes Mitglied des Opernchors, zuweilen sang sie Bach in einer der vielen Kirchen Münchens und manchmal stand sie auch auf der Bühne eines Jazzkellers. Seit ihrem siebten Lebensjahr nahm Ida Gesangstunden bei Herrn Sedlacek, der früher tatsächlich ein Mitglied des Opernchors gewesen war. Herr Sedlacek prophezeite ihrem klaren Sopran Zukunft: »Mädelche, aus dir werd noch wos!« meinte er zuweilen und hatte sie in den letzten Jahren mehrfach als Sängerin bei Trauungen und Geburtstagen vermittelt.

Fast hätte sie die Mittagspause verträumt, sie sprang auf, spürte nun doch Appetit auf das Mettwurstbrot und lief schnellen Schritts durch den Hofgarten. Doch kurz vor dem Ausgang blieb sie unvermittelt stehen, ganz in ihrer Nähe erklangen Gitarrenakkorde. Dann sah sie unter den Arkaden, die hinaus zum Odeonsplatz führten, einen jungen Mann sitzen. Er trug einen abgewetzten, früher einmal grünen Parka und hatte ein buntes Band um die Stirn und seine halblangen Locken gebunden. »Ein Gammler«, hätte Oma wohl gesagt. Ida kannte das Lied, das er spielte, es war »The times they are a changin'« von Bob Dylan. Obwohl Herr Sedlacek Ida natürlich nur mit Klassischem traktierte, hörte sie wie alle anderen auch die Hitparade im Radio, ging zwar selten, doch immer wenn Oma es erlaubte, auf Partys und lernte dort die neue, so andere Art von Musik, diese wilden, rebellischen Rock- und Beatklänge kennen, die ihr ausnehmend gut gefielen und ins Blut gingen. Später hätte Ida nicht mehr sagen können, wie es sich zugetragen hatte. Hatte es sie gestört, dass der junge Mann die schönen, reinen Gitarrenklänge mit seiner etwas krächzenden, unsicheren Stimme zunichte machte, war es das Glücksgefühl, das sie immer noch in sich spürte? Jedenfalls saß sie in kürzester Zeit neben dem Jungen und sang mit ihrer hellen, klaren Stimme diesen Song von Dylan. Und während sie sang, sich über ihren Mut und ihre Textsicherheit wunderte, hatte sie tatsächlich das Gefühl, dass sich gerade die Zeiten änderten. »Bist du Joan Baez oder was?« fragte der junge Mann, der sich als Roger, na ja, eigentlich Gerhard, vorstellte. Von dieser Joan Baez hatte Ida schon einiges gehört, also nickte sie lachend und antwortete: »Manchmal, doch meistens bin ich Ida und jetzt muss ich schnell zur Arbeit.« Roger oder Gerhard erhob sich mit ihr und begleitete sie bis zum Personaleingang von Dallmayr, wo Ida inständig hoffte, dass nicht gerade in diesem Moment der Drachen auftauchen würde. Den ganzen Nachmittag summte sie während des Zahlentippens das Lied vor sich hin und um halbfünf war sie erstaunt, wie schnell die Zeit vergangen war.

Zwei Tage später stand RogerGerhard um halbfünf vor Dallmayr und holte Ida ab. Er trug ein bräunliches Sakko, Hosen mit Bügelfalte und hatte eine Aktenmappe unter dem Arm. Auch Gerhard war Lehrling, ebenfalls im dritten Lehrjahr bei der Bayernversicherung und auch er würde im Sommer die Abschlussprüfung machen. In seiner Freizeit spielte er Gitarre bei den »Epicures«, einer Freizeitband mit großen Ambitionen. Bis jetzt spielten sie bei Schulfesten und bei Partys, doch manchmal hatten sie schon größere Auftritte und der Rundfunk war auch schon einmal da gewesen. Wenn er Musik machte, hieß Gerhard Roger nach seinem großen Idol Roger Daltrey von den Who, einer englischen Gruppe, die Ida nur dem Namen nach kannte. Gerhard war Whoexperte und sein ganzer Stolz war seine umfangreiche Plattensammlung, die natürlich auch alle Singles und Alben der Who beinhaltete, sogar aus England hatte er sich welche schicken lassen. So kam es, dass nahezu jeden Tag GerhardRoger oder RogerGerhard vor Dallmayr stand, manchmal als Gerhard in Sakko mit Aktentasche, manchmal schon als Roger im Parka mit der Gitarre unter dem Arm. Sie setzten sich ins Finanzgärtchen, redeten und machten Musik; wenn sie Geld hatten, gingen sie Leberkäseessen und Biertrinken, doch dabei blieb es natürlich nicht, bald wurden aus ersten scheuen Küssen, für Ida waren es wirklich die ersten, leidenschaftlichere und das Glücksgefühl, das Ida vor einigen Wochen als so stark empfunden hatte, war nichts gegen das, was sie nun spürte.

»Du musst unbedingt bei uns in der Band singen, ich muss natürlich zuerst mit den andern reden und du musst noch einiges lernen«, sagte Roger nach ein paar Wochen. Sie probten bei gutem Wetter im Englischen Garten, bei schlechtem in einem alten Schuppen in Gern. Idas kräftige, klare und sichere Stimme übertönte oft Rogers Gitarre und zuweilen fragte sie sich, ob nicht diese starke, rhythmische, so körperliche Musik ihre Zukunft sei und nicht die Schubertlieder von Herrn Sedlacek. Wenn Gerhards Mutter, die Schicht arbeitete, nicht zuhause war, gingen sie anschließend zu ihm. Roger legte eine Whoplatte nach der anderen auf und bald wusste Ida viel, nicht nur über die Who, die Kinks, die Stones, Joan Baez und Bob Dylan, sondern immer mehr auch darüber, wie die Liebe sich anfühlt. Ida trug ihr dunkles Haar nun offen, und es fiel glatt und voll über ihre Schultern wie bei Joan Baez. Sie betonte ihre Augen mit einem dunklen Stift und trug knallenge Jeans. GerhardRoger liebte es, einen Silberknopf der Jeans nach dem anderen langsam zu öffnen, ihren Nabel zu küssen und seine Zunge tiefer zu wandern lassen.

Zu gerne wäre Ida einmal zu einer Bandprobe oder zu einem Auftritt der Epicures mitgegangen, doch das gestaltete sich schwierig. Zu lange ausbleiben, auch am Wochenende, ließ die Oma nicht zu. Wenn wirklich einmal von Idas Seite aus die Möglichkeit bestand, türmten sich bei RogerGerhard die Probleme, es sei kein Platz im Auto, er wolle mit den anderen zuerst über sie reden, die anderen wären ein wenig eigen mit festen Mädchen und noch so einige Schwierigkeiten mehr. Der Sommer kam, die Abschlussprüfungen rückten näher, und wohl oder übel mussten sie beide sich nun doch an die Vorbereitungen machen. Sie trafen sich wesentlich weniger und nur noch ganz selten stand Gerhard oder Roger noch um halbfünf vor Dallmayr. Ida sehnte sich sehr nach ihm, nach den gemeinsamen Musikstunden, nach seinen Küssen und Zärtlichkeiten und schrieb ihm Briefe. Sie erzählte vom fetten Drachen, von den nervenaufreibenden Prüfungsvorbereitungen, von ihren Stunden bei Herrn Sedlacek und dass sie morgens und abends im Bad immer »I can see for miles« oder »My generation« singe und dabei an ihn denke. Einmal erhielt sie eine Karte von ihm mit schlichten vielen Grüßen aus Deggendorf, wo die Band wohl am Wochenende aufgetreten war.

Nachdem sie fast drei Wochen nichts von ihm gehört hatte, nachts immer unruhiger schlief und stündlich erwachte mit der Angst, er sei vielleicht krank oder es sei ein Unfall passiert, entschloss sie sich, nach der Arbeit bei ihm zuhause vorbeizuschauen. Auf der Fahrt nach Gern klopfte ihr Herz unregelmäßig, die schmutzigen Scheiben des Busses ließen das strahlende Sommerwetter trüb erscheinen und sie dachte voller Wehmut an den Tag, an dem sie das starke Glücksgefühl in sich verspürt und »The times they are a changin'« gesungen hatte. Eine unbestimmte Angst stieg jetzt in ihr hoch und eine fast lähmende Traurigkeit kam über sie. Gerhards Mutter öffnete unwirsch die Tür, sie hatte nach der Schicht wohl geschlafen. Nein, der sei nicht da, der sei wohl wieder mal bei der Probe, sagte sie mit müder, stumpfer Stimme. Ja, das sei gleich zwei Straßen weiter in der Garage von Leutners, sie würde es dann schon hören.

Etwas zögerlichen Schrittes ging Ida an den eintönigen Wohnblocks vorbei, in einem Vorgarten hängte eine Frau Wäsche auf und einige Buben spielten auf der wenig befahrenen Straße Fußball. Sie überlegte, ob sie nicht besser wieder umdrehen sollte, doch dann hörte sie die Musik. Es war ein Song von den Kinks, den die Epicures da gerade probten und Ida hatte ihn viele Male für Roger und seine Gitarre gesungen. Direkt hinter dem letzten Wohnblock stand auf einem verwilderten Grundstück die Garage. Ida trat näher, hörte den Klang von Rogers Gitarre, die Drums des Schlagzeugs von Keith und das Wummern der Bassgitarre. Doch es war, als würden sich die Instrumente nur um eine volle, dunkle Frauenstimme, die eindeutig das Zentrum und das Herz der Musik war, gruppieren. Ida blieb wie angewurzelt stehen, die Tür der Garage stand einen kleinen Spalt offen und sie sah nur einen kleinen Ausschnitt des Ganzen. Sie sah Rogers Hand über die Saiten wirbeln und sie erblickte einen schlanken, weißen Frauenarm, der das Mikrofon hielt, Teil eines roten Kleides und das Bruchstück eines im Gesang entrückten Gesichts mit vollen Lippen. Jetzt sah sie auch das Plakat, das an der Garagentür hing. »Summertime im Ungererbad, 20. August 67, 20.00 Uhr, Gerti and the Epicures«.

Wie sie wieder zur Bushaltestelle gekommen war, wusste sie nicht, sie bemerkte auch nicht das Donnergrollen und die Blitze des Sommergewitters, das sich da so plötzlich entlud. Erst als ein starker, fast warmer Regen auf sie niederprasselte und sie in kürzester Zeit klatschnass werden ließ, kam sie wieder zu sich. Regen und Tränen vermischten sich und sie wünschte sich nichts anderes, als sich einfach in diesem Sommerregen aufzulösen und von ihm weggeschwemmt zu werden. Durch den Schleier aus Tränen und Regentropfen sah sie auf der anderen Straßenseite Gerhards Mutter mit einem Einkaufsnetz in der Hand in Richtung des kleinen Lebensmittelladens am Ende der Straße gehen. Ida wischte sich die Regentränen aus dem Gesicht, ihr Rücken straffte sich und sie ging die wenigen Meter zurück zu Gerhards Haus. Sie wusste, wo der zweite Wohnungsschlüssel zu finden war, unter dem schweren Topf der Zimmerlinde, die im Treppenhaus vor sich hin kümmerte. Sie betrat die Wohnung, in der es ungelüftet und ein wenig nach Bratkartoffeln roch und öffnete die Tür zu Gerhards Zimmer. Es schien ihr, als wäre es erst gestern gewesen, dass sie mit Roger zu den Klängen von »Farewell Angelina« und Joans klarer Stimme auf seinem Bett gelegen, ihn geküsst und sich seinen zärtlichen Händen überlassen hatte. Ihre Schuhe und ihre tropfenden Kleider hinterließen kleine, bräunliche Pfützen auf dem Fußboden, wo so vertraut schmutzige Socken, Bücher über Versicherungsrecht und Notenblätter lagen. Sie trat zu dem großen Regal, das die Plattensammlung beherbergte, griff hinein und hatte »I'm a boy« in der Hand. Mit einer Kraft, die sie sich gar nicht zugetraut hätte, brach sie diese splitternd in zwei Teile, warf sie auf den Boden und zertrampelte sie mit ihren nassen und schmutzigen Schuhen in zahllose schwarze Splitter. Ähnlich verfuhr sie mit »My generation«, »I can't explain« und »Happy Jack«, dann ging sie dazu über, gleich mehrere Platten aus dem Regal zu holen und an der scharfen Kante von Gerhards Schreibtisch zu zerschlagen. Bald war das Regal fast leer und der Boden bedeckt von zerrissenen Plattencovers und zerbrochenen schwarzen Scheiben. Nachdem sie zum Abschluss noch das Foto, das auf dem Schreibtisch lag und das sie und Roger mit Gitarre und Stirnband im Englischen Garten zeigte, in winzige Fetzen zerrissen hatte, nahm sie die letzte heile Platte von Joan Baez, »It's all over now, baby blue«, zerbrach auch diese säuberlich in zwei Teile, legte sie auf Gerhards Kopfkissen und verließ die Wohnung.

Nach dem sie ihre Abschlussprüfung mit sehr guten Noten bestanden hatte, verließ Ida kurz nach ihrem achtzehnten Geburtstag die Oma, Herrn Sedlacek und Dallmayr und ging als au-pair nach England. Zuweilen durfte sie in einem kleinen Studio im Londoner Westen bei Plattenaufnahmen als Backgroundsängerin auftreten. Die Epicures lösten sich im darauffolgenden Jahr auf, Gerhard wurde Sachbearbeiter bei der Bayernversicherung und spielte nur noch zwischendurch auf Betriebsfesten und im Freundeskreis.

Dein weicher weißer Arm

Berghausen, eine reizvolle südbayerische Kleinstadt mit schon ein wenig mediterranem Flair, richtet jährlich ein kleines, doch mittlerweile sehr renommiertes Literaturfest aus. Dorthin eingeladen zu werden, ist eine große Ehre und Martha freute sich sehr und war entsprechend stolz, gleichzeitig jedoch konnte sie, obwohl sie mittlerweile schon einige Erfahrung besaß, aufsteigende Angst und Unsicherheit nicht unterdrücken. Würde es ihr gelingen, die Zuhörer mit ihrem Text anzusprechen? Sie sah unruhige, sich zunehmend langweilende Menschen und sich leerende Stuhlreihen vor sich. Viele Jahre hatte sie nur für sich selbst geschrieben, hatte das Ganze als schönen Ausgleich neben der Arbeit in der Buchhandlung gesehen und zuweilen gute Freunde und Bekannte mit ihren Texten beglückt. Vor einem Jahr hatte Edgar sie dazu gedrängt, ihren kleinen Roman bei verschiedenen Verlagen einzureichen und sie konnte es bis heute kaum glauben, dass einer der bekanntesten unter ihnen ihren Text angenommen und veröffentlicht hatte. In den meisten Magazinen wurde dieser wohlwollend besprochen, für zwei Wochen hatte er es sogar auf die unteren Ränge der Bestsellerliste geschafft und seit Erscheinen hatten schon zahlreiche Lesungen und ein Auftritt auf der Buchmesse stattgefunden. Durch ihren Erfolg war Martha in einer neuen, reizvollen, doch auch äußerst anstrengenden Welt angekommen und mittlerweile stellte sie eine gewisse Erschöpfung und Übersättigung bei sich fest. Sie wünschte sich nichts sehnlicher, als allein oder auch mit Edgar nach Südtirol zu fahren und dort einfach den Himmel und die Berge zu betrachten. Doch die Einladung nach Berghausen würde sie noch annehmen, das stand fest.

Als sie drei Wochen später mit ihrem kleinen Koffer in der Diele stand und auf das Taxi zum Bahnhof wartete, warf sie noch einen letzten prüfenden Blick in den Spiegel. Entsprach das, was sie dort erblickte den Vorstellungen der Zuhörer, die nur das professionelle Schwarzweißfoto vom Klappentext ihres Buches kannten, das sie nahezu faltenlos, mit dunkler Hornbrille und modisch verwuschelter Kurzhaarfrisur zeigte? Sie war über sechzig, ihr Haar war mittlerweiß fast weiß und lange nicht mehr so dicht wie früher und Stirn und Mundpartie wiesen etliche tiefe Falten auf. »Wenn du lachst, bist du mindestens zehn Jahre jünger«, hatte Edgar gemeint und sie wollte ihm zu gerne glauben. Sie rückte die dunkle Brille, das einzige, das vollkommen mit dem Foto übereinstimmte, zurecht, schlang sich den dunkelroten Schal, der exakt mit der Farbe ihres Lippenstiftes harmonierte, um den Hals und straffte sich. Das war sie, Martha Eberling, und schließlich kamen die Menschen nicht wegen ihres Aussehens, sondern wegen ihres Buches und ihrer nach Aussagen vieler sehr wohlklingenden Stimme mit der leichten Münchner Färbung.

Im Zug nach Berghausen lehnte sie sich zurück, Tageszeitung und ein soeben neu erschienenes Werk eines ihrer Lieblingsschriftsteller blieben unberührt neben ihr liegen. Sie ließ die Vorfrühlingslandschaft, die hie und da schon ein wenig spärliches Grün zeigte und die kleinen niederbayerischen Orte mit ihren gedrungenen Häusern und spitzen Kirchtürmen an sich vorüberziehen. Die Hauptfigur ihres Buches stammte ebenfalls aus einem kleinen Ort des bayerischen Voralpenlandes und unternahm im Laufe der Handlung zahlreiche Versuche, der dörflichen Enge zu entfliehen. Doch letztendlich gelang es ihr nicht, immer wieder kehrte sie zu ihren Wurzeln zurück und schließlich endete ihr Leben dort, wo es auch begonnen hatte. Es war nicht Marthas Leben, das geschildert wurde, nein, sie war in der Stadt geboren, aufgewachsen und lebte noch immer da; doch es war, als wäre ihr mit dieser dörflichen Romanfigur eine Schwester geboren worden, die ihr ans Herz gewachsen, die ihr mehr als wohlbekannt war und deren Regungen und Gefühle sie genau kannte. In der intensivsten Schreibphase während eines Urlaubs am Chiemsee hatte sie Momente erlebt, in denen es ihr nicht mehr gelang, sich und die Romanfigur voneinander zu trennen. Jetzt mittlerweile spürte sie, wie die Figur sich langsam wieder von ihr entfernte und nur manchmal, bei Lesungen oder intensiven Gesprächen mit aufmerksamen Lesern kam sie ihr wieder näher. Ein wenig hatte Martha das Gefühl, dass Berghausen jetzt die letzte Station für sie beide war und sie wusste nicht, ob sie Erleichterung oder Bedauern darüber empfinden sollte.

In Berghausen war sie im Gasthof am Markt in gutbürgerlicher Behäbigkeit untergebracht. Nachdem sie rasch ihren Koffer ausgepackt, in ihrem Buch noch einmal mit kleinen Merkzetteln die Seiten, die sie lesen wollte, markiert hatte, beschloss sie, vor der Lesung, die am Abend im alten Rathaussaal stattfinden sollte, noch einen Kaffee zu trinken. Sie schlenderte über den Marktplatz und betrachtete das Schaufenster der Buchhandlung, in dem kleine ansprechende Buchtürme ihres Werkes und verschiedener anderer Teilnehmer aufgebaut waren. Darüber hing das Plakat mit dem Programm des Literaturfests und sie stellte fest, dass am nächsten Vormittag eine Gemeinschaftslesung verschiedener örtlicher Autoren stattfinden sollte. Die Namen sagten ihr nichts, nur der etwas seltsam anmutende Titel eines Gedichtbändchens »Dein weicher weißer Arm«, ließ eine nicht greifbare, dunkle Erinnerung in ihr aufsteigen. Im Café, das wie das ganze Städtchen sanft Mediterranes mit niederbayerischer Beschaulichkeit mischte, fand sie einen behaglichen Platz in einer Nische, bestellte niederbayerischen Cappuccino und wollte sich in ihre Tageszeitung vertiefen. Doch bald wurde die angenehme Ruhe von zwei Damen gestört, die in der Nebennische platzgenommen hatten, sich offenbar allein wähnten und sich lautstark unterhielten. »Gehst du heute Abend zu dieser Eberling?« fragte die eine mit unverkennbarem lokalen Dialekt. »Ich denke nicht«, meinte ihre Gesprächspartnerin, »das ist mir einfach ein wenig zu karg und zu deprimierend, was die schreibt. Aber morgen geh ich zu den Hiesigen; die Bergreiter hat einen sehr guten neuen Krimi und der Cornelius, du weißt, der Morgentaler, schreibt ja jetzt Gedichte.« Bei der Erwähnung des Namens Morgentaler hatte ihre Stimme einen leicht schwärmerischen Beiklang und es hörte sich ein wenig so an, als würde sie gleich einige erotisch pikante Details ausplaudern. Martha vertiefte sich in ihre Zeitung und blendete die Unterhaltung der beiden Damen aus.

Die abendliche Lesung verlief zufriedenstellend, doch auch nicht mehr; eine sehr beflissene etwas nervöse Dame des Literaturkreises holte sie ab und geleitete sie wortreich zum Rathaus, dessen Saal dunkel, kühl und schmucklos hässlich war, woran die um ihr Lesetischchen sehr gewollt aufgestellten Buchsbäumchen und Alpenveilchen auch nichts ändern konnten. Das Publikum wirkte distanziert, wobei sie nicht sagen konnte, ob es wirklich an räumlicher Entfernung oder an einer gewissen Zurückhaltung der Zuhörer lag; am Ende wurde freundlich applaudiert, die üblichen Fragen wurden höflich interessiert gestellt und natürlich musste sie etliche Exemplare mit Widmung und Unterschrift versehen. Doch ihre Schwesternfigur war an diesem Abend in der Ferne geblieben und als sie nach einem Höflichkeitsimbiss mit einigen Honoratioren, von denen wohl kaum einer ihr Buch gelesen hatte, sich in ihr Zimmer zurückzog, wusste sie, dass die Zeit des Abschiednehmens gekommen war. Sie stellte fest, dass sie keinen Schmerz darüber empfand und freute sich ehrlich auf eine Zeit ohne Schreiben, auf eine Zeit der wohltuenden Entspannung im Anblick der Südtiroler Berge und des blauen, schon südlich anmutenden Himmels über ihnen.

Sie schlief tief und traumlos in dieser Nacht und nach einem ausgiebigen Frühstück entschloss sie sich, die Lesung der Regionalautoren zu besuchen. Nachdem sie kurz mit Edgar telefoniert und ihre Rückkehr für den späten Nachmittag oder Abend angekündigt hatte, machte sie sich auf den Weg. Die Lesung fand in einem Privathaus statt und gleich nachdem sie das Haus gefunden und betreten hatte, wünschte sich Martha, ihre gestrige Lesung hätte auch hier stattgefunden. Hoch, schmal, dickwandig und mit kleinen, merkwürdig tiefliegenden Fenstern erschien es von außen etwas abweisend, doch im Inneren, in dem in jedem der vier schmalen Stockwerke sich höchstens zwei nicht sehr große niedrige Zimmer befinden konnten, wirkte es ausgesprochen einladend. Der Weg zur Lesung führte über viele steile Treppenstufen, die einem den Atem nahmen, hinauf unters Dach in einen Raum mit altem Holzgebälk und einem erstaunlich großen Fenster nach hinten, das einen atemberaubenden Ausblick auf den Fluss bot, der zwischen morgendlichen Nebelschwaden graublau glitzerte. Martha war frühzeitig gekommen, fand einen Platz in einer der vorderen Reihen und stellte fest, dass sie wohl neben den beiden Damen aus dem Café zu sitzen gekommen war. Sie hatte sofort ihre Stimmen und die ein wenig atemlose Art und Weise sich einander mitzuteilen, erkannt. Beide trugen wallende Leinengewänder und außerordentlich großen, extravaganten Schmuck an Hals und Ohren und Martha musste lächelnd an Edgar denken, der die beiden wohl als »Kultururscheln« bezeichnet hätte. Die beiden Damen erkannten Martha sofort, stellten sich als Leiterin und deren Stellvertreterin des hiesigen Kulturvereins vor und bedauerten außerordentlich, dass sie aufgrund anderer Verpflichtungen an der gestrigen Lesung nicht hatten teilnehmen können. Martha nickte freundlich und versuchte, das Gespräch langsam versickern zu lassen.

Nach einer etwas ermüdend langatmigen Begrüßung durch einen der Honoratioren, den Martha vom Abend zuvor bereits kannte, wo er durch ein wenig zu laute und leicht schlüpfrige Witze auf sich aufmerksam gemacht hatte, las die Krimiautorin aus ihrem spannenden, sprachlich glänzenden und von feiner Ironie durchzogenem Roman. Anschließend erklomm eine Frau Bichler die Bühne und trug ihre Katzengedichte vor. Ihre Fangemeinde, die ausschließlich aus älteren Damen bestand, applaudierte heftig; der Rest der Zuhörerschaft reagierte verhalten und die beiden Kulturdamen warfen sich vielsagende Blicke zu. Nach einer kleinen Pause wurde Cornelius Morgentaler mit seinem neuen Gedichtband angekündigt und Martha bemerkte, wie eine feine Röte das Gesicht ihrer Nachbarin überzog und ihre Hand die ihrer Begleiterin suchte. Morgentaler war ein großer, schlanker, überaus attraktiver Mann mit fast schulterlangem, dichtem grauen Haar, den Martha um die Sechzig schätzte. Mit einer etwas großspurigen Bewegung warf er sein graues Haar nach hinten und setzte sich eine überaus modische schmale Brille auf. Ein kleine Pause entstand, dann trug er mit sonorer, angenehm klingender Stimme das erste Gedicht vor.

Dein weicher weißer Arm
der mich umfing
in hellen, heißen Nächten
der mich liebkoste
in zarter, träger Sanftheit
der fest mich hielt
wenn Tränen der Erinnerung
mir die Kehle schnürten ……………...

Martha spürte, wie ihr Herz zu klopfen begann, wie Schweiß ihr auf Stirn trat und einen Moment überlegte sie, ob sie nicht einfach aufstehen und gehen sollte. Doch sie blieb sitzen und vernahm die nächsten Gedichte, von denen einige die gleichen Reaktionen bei ihr auslösten und langsam, dann jedoch immer deutlicher, stieg das Bild Elviras, der zarten, zerbrechlichen und in ihrer Lyrik doch so kraftvollen Elvira, vor ihr auf. Waren es zwanzig Jahre oder mehr, seit sie Elvira für nur ganz kurze Zeit, jedoch in dieser

Zeit sehr intensiv kennen gelernt hatte? Und wieso las dieser Morgentaler hier in Berghausen deren Gedichte? Sie war nahe davor, empört aufzuspringen und ihn das zu fragen, doch irgendetwas hinderte sie daran, sie blieb sitzen und ihre Gedanken schweiften ab zu diesem lang vergangenen Sommer in Fonteno oberhalb des Lago d'Iseo. Zu dieser Zeit hatte Martha sich in Lyrik versucht, heute wusste sie, dass in der Prosa ihre Stärke lag, sie sich damit wesentlich besser ausdrücken und vermitteln konnte. Damals jedoch war sie absolut spontan einer Anzeige in Süddeutschen Zeitung gefolgt, in der eine Brigitte Meier-Belzoni einen Kurs mit dem Namen »Lyrik im Gartenhaus« in Fonteno anbot. Brigitte hatte vor Jahren einen Italiener aus dieser Gegend geheiratet und lebte seither dort in einem aufwendig restaurierten Gehöft. Das große weitläufige Haus, das vorzügliche Essen, das Alfredo, Brigittes Mann, für die Teilnehmer kochte und vor allem die reizvolle abgeschiedene Lage oberhalb des Sees waren wunderbar und stellten die acht Kursteilnehmer mehr als zufrieden. Warum aber Brigitte auf die Idee gekommen war, einen Lyrikkurs – workshop sagte man damals noch nicht – in ihrem verwunschenen Gartenhaus anzubieten, erschloss sich niemandem, denn von Lyrik verstand sie so gut wie nichts. Möglicherweise fühlte sie sich dazu berufen, weil sie vor Jahrzehnten einige Gedichte eines Hans Lohberger, den kaum jemand kannte, ins Italienische übersetzt hatte. So kam es, dass in kürzester Zeit die Kursteilnehmer die Sache mehr oder weniger selbst in Hand nahmen und Brigitte lediglich ihren ganz speziellen italienischdeutschen Lebensartmix dazu beisteuerte.

Sechs Frauen und zwei Männer hatten sich in Fonteno eingefunden, man war sofort per du, ging offen und liebenswürdig miteinander um und Spätsommersonne, Saltimbocca, hervorragender Rotwein und Lyrik fügten sich rasch auf wundervolle Weise ineinander. Einzig und allein Elvira, die wohl die jüngste der Teilnehmer war, wirkte von Anfang an verschlossen, schweigsam und auf eine gewisse Weise schwermütig. Sie hatte sich kaum vorgestellt, sie komme aus dem Nordosten, hatte sie sybillinisch zu Anfangs gesagt und auch nicht verraten, welchem Beruf sie nachging. Sie war klein, überaus zierlich und sehr blond und die teure, edle Kleidung, die sie trug, wollte nicht recht zu ihr passen. Sie wirkte damit wie ein herausgeputztes Kind. Jeder der Teilnehmer präsentierte offen seine Texte, es wurde sachlich, gerecht und zuweilen auch hart kritisiert, doch auch viel gelobt und gelacht. Lediglich Elvira lauschte immer mit geweiteten Augen den Vorträgen der anderen, sagte jedoch nie etwas dazu und trug auch nichts Eigenes vor. Darauf angesprochen, zuckte sie nur die Achseln und hob entschuldigend die schmalen, mit teuren Goldringen bestückten Hände.

Eines Nachts, Martha hatte sich bis nach Mitternacht an einem kleinen Gedicht versucht, hatte liebevoll und ein wenig sehnsüchtig an Edgar gedacht, gleichzeitig aber auch die schönen Augen von einem der beiden männlichen Kursteilnehmer nicht ganz aus dem Kopf bekommen, als sie leises, verzweifeltes Weinen und Schluchzen und ein dumpfes, rhythmisches Schlagen hörte. Sie blickte aus dem Fenster, doch sie sah nur den italienischen, goldgelben, zunehmenden Mond und die schemenhaften Umrisse der Zypressen, die das Haus umgaben, dann stellte sie fest, dass die Geräusche aus dem Nebenzimmer kamen, in dem Elvira wohnte. Nachdem sie noch einige Zeit, auch in der vergeblichen Hoffnung, dass die Verzweiflungslaute aufhören würden, gewartet hatte, klopfte sie leise an deren Tür. Die Geräusche verstummten, doch es rührte sich nichts. Martha klopfte erneut und nach einigem Warten öffnete sich die Tür und Elvira stand vor ihr. Martha zuckte erschrocken zurück, die sonst immer so elegante Elvira stand mit wirren schweißnassen Haaren nur im Slip vor ihr. Ihr Körper war mager und wirkte fast ausgemergelt, ihre Brüste saßen wie kleine Knospen auf den Rippen der Brust, ihr Gesicht war aufgedunsen und tränenverschmiert und auf der Stirn hatte sie eine große, rötlichblaue Beule, die offensichtlich vom andauernden monotonen Schlagen des Kopfes gegen die Wand rührte. Martha konnte nicht anders, sie zog diesen kleinen, schweißnassen, geschundenen Körper an sich und spürte, wie nach einiger Zeit das Weinen und Schluchzen langsam nachließ. Eine halbe Stunde später, die Iseozikaden sangen unablässig ihr Nachtlied, saßen beide Frauen in Marthas Zimmer und tranken Kamillentee, die einzige Sorte, die Martha in Alfredos Küche gefunden hatte. Elvira hatte einen seidenen Morgenmantel angelegt und presste einen kühlen Waschlappen auf die Stirn. Leise, stockend, fast würgend begann sie langsam zu sprechen.

Elvira wurde Ende der sechziger Jahre in Wismar, einer kleinen Ostseestadt in der DDR, geboren. Ihr Vater besaß einen kleinen Verlag und Elvira erinnerte sich an ständige zermürbende Finanzprobleme und an massive Schwierigkeiten mit den Behörden, die diesen unangepassten, kritischen, in Eigenregie geführten Betrieb zu gerne einem der großen staatstragenden Verlage einverleibt und damit mundtot gemacht hätten. Der Vater wehrte sich bis zuletzt erfolgreich, die Folge davon waren Repressalien, die die Familie hart trafen und immer wieder Männer in dunklen Mänteln, die in einem ebenso dunklen Auto vor dem Haus oder auf der anderen Straßenseite vor dem Verlag standen. Elviras Mutter war in einem früheren Leben Schauspielerin, doch schon lange erhielt sie keine Engagements mehr, stattdessen hatte der Dämon Depression von ihr Besitz ergriffen und es gab Wochen, in denen sie kaum aus ihrem verdunkelten Schlafzimmer herauskam und Elvira und ihr Vater nichts anderes als Päckchensuppen zu sich nahmen.

Anfang der Achtziger Jahre war die wirtschaftliche und familiäre Situation derart schwierig geworden, dass die Eltern sich zu einer Flucht in den Westen entschlossen. In einer Nacht- und Nebelaktion stiegen sie in einer trüben feuchten Novembernacht in ein Fischerboot, das sie in Richtung der Hohwachter Bucht nördlich von Lübeck bringen und sie dann auf offener See einem norddeutschen Fischerboot aus dem Westen übergeben sollte. Alles wäre gut gegangen, wenn nicht Elviras Mutter beim Umstieg in das Westboot die Nerven verloren hätte. Hysterisch schreiend und um sich schlagend weigerte sie sich plötzlich, in das andere Boot zu steigen und bei dem Versuch, seine Frau mit aller Gewalt auf das Boot zu ziehen, stürzten die Eltern in das eiskalte Wasser der Ostsee. Elvira sah das wirre, tropfnasse, blonde Haar und die um sich schlagenden Arme der Mutter noch Jahre später immer wieder vor sich, wohin der Vater damals geraten war, wusste sie nicht. Die Aktion wurde abgebrochen und die zehnjährige Elvira fand sich alleine auf dem Boot in den Westen, in den Armen des Matrosen Mats, dessen Jacke nach Fisch und Seetang roch, der ihr beruhigend übers Haar streichelte und so etwas ähnliches wie »werd scho weer, min Deern«, murmelte. Sie kam nach Lübeck ins Kinderheim St. Marien und erst später erfuhr sie, dass ihr Vater von einem DDR-Wachboot aufgegriffen, nach Wismar zurückgebracht und zu einer zehnjährigen Haftstrafe wegen versuchter Republikflucht verurteilt wurde. Sie sah ihn niemals wieder. Die Mutter wurde von der Ostsee nie mehr preisgegeben, manchmal jedoch glaubte Elvira sie plötzlich auf der Straße oder in einem Kaufhaus in Lübeck wiederzuerkennen.

Nach einem halben Jahr kam Elvira zu Beate und Jörg. Jörg war Richter in Lübeck und um die fünfzig und Elvira wusste ihn in seiner undurchschaubaren Mischung aus Strenge und Kumpelhaftigkeit nie richtig einzuordnen; Beate war über zwanzig Jahre jünger als Jörg und von Anfang an war sie mehr Schwester und Vertraute denn Mutter für Elvira. Sie erinnerte sich an lange Vormittage in den Schulferien, Jörg war schon ins Amt gegangen, an denen sie zu Beate ins Bett schlüpfte, sich in deren weiche, weiße Arme kuschelte und ihr alles erzählte von Wismar, von den Männern in den dunklen Mänteln, vom Vater, den das dauernde Aufbegehren erschöpft hatte und vom Schatten der Mutter im Dunkel des Schlafzimmers. Beate war ein gute, ausdauernde Zuhörerin, die alles aufmerksam in sich aufnahm, aber nie lange Kommentare zum Erzählten abgab. Oft lagen sie lange schweigend im Bett, bis die Mittagssonne schon durch die Vorhänge brach und Beate mit einem Schlager auf den Lippen aus dem Bett sprang und Pfannkuchen für sie beide buk. Anschließend bummelten sie gemeinsam durch die Stadt, schlenderten von einem Modegeschäft ins nächste, aßen Riesenportionen Eis und das ein oder andere mal traf Beate den einen oder anderen gutaussehenden Mann und flirtete schamlos mit ihm. Für Elvira hatte sich eine neue Welt aufgetan, auf Geld wurde nicht geachtet, es wurde nach Lust und Laune ausgegeben und in Beates Umfeld herrschte ein überaus freier, zwangloser, manchmal etwas flapsiger Umgangston, den Elvira staunend bewunderte, zu dem sie jedoch nie den richtigen Zugang fand.

In den Sommerferien, wenn Jörg endlich mal frei hatte, fuhren sie jedes Jahr an einen der oberitalienischen Seen in Urlaub. Elvira lernte Piz Buin, Pizza und Campari kennen, trotz ihrer erst vierzehn Jahre durfte sie jeden Abend ein, zwei kleine Schlucke mit Beate und Jörg mittrinken. Sie und Beate aalten sich in den Liegestühlen der jeweiligen Hotels, ölten sich gegenseitig ein und wetteiferten ständig, wer bräuner geworden war. Jörg studierte Akten und schikanierte die Ober, zwischendurch zwinkerte er Elvira zu, um sie im nächsten Moment streng zu tadeln, wenn sie im knappen Bikini zur Hotelbar ging. Eines Nachmittags, Beate war in die Ortschaft gegangen, um etwas zu besorgen, lag Elvira dösend im Liegestuhl neben Jörg, der wie immer eine Akte auf den Knien hatte. Plötzlich ergriff Jörg ihre Hand, legte sie auf seine Badehose und mit einer Mischung aus Entsetzen und Neugierde konnte Elvira seines hartes, großes Glied unter ihrer Hand spüren. Schnell zog sie die Hand weg, Jörg blinzelte ihr zu und sagte: »Willst du eine Cola?«

Es war im Urlaub des nächsten Jahres am Lago d'Iseo, als das Unglück geschah. »Gerade mal ein bis zwei Kilometer von hier«, erzählte Elvira Martha im Dämmerlicht des beginnenden Morgens, »habe ich meine zweite Mutter verloren.« Es war in der zweiten Urlaubswoche. Elvira und Beate hatten Jörg, der in diesem Urlaub wegen irgendwelcher Probleme im Gericht besonders unleidlich war, allein im Hotel zurückgelassen und bummelten durch Riva di Solto. Sie trugen beide Sonnenbrillen und die damals äußerst modischen Latzhosen, Elvira in Weiß, Beate in einem auffallenden Zitronengelb und hatten ihr Haar mit breiten, bunten Tüchern zurückgebunden. Nach zwei, drei Drinks an der Bar spazierten sie zum Yachthafen, Beate hatte dort vor einigen Tagen mit einem glutäugigen Mailänder Segler angebandelt. Dieser Mario, oder hieß er Fabio, stand bereits erwartungsvoll in blütenweißer Hose und mit nacktem Oberkörper am Bug seines Schiffs und winkte. Beate, die vielleicht durch die Drinks zuvor an Standfestigkeit eingebüßt hatte, winkte zurück und übersah dabei die Stufe, die zum Bootsteg hinunterführte. Ohne nach einem Halt zu suchen, wie eine Puppe taumelte und stürzte sie zum Steg hinunter und schlug dort mit einem seltsam dumpfknallenden Laut mit dem Kopf auf die Holzbohlen. Elvira war sofort an ihrer Seite, blickte in Beates kalkweißes Gesicht und sah, dass ein dünnes Rinnsal Blut über ihre Wange floss und auf das Zitronengelb ihrer Hose tropfte. Erstaunlicherweise richtete sich Beate sofort wieder auf, rief dem herbeistürzenden Mario oder Fabio noch ein »Niente, niente, tutto in ordine« zu, dann jedoch verdrehte sie die Augen, so dass nur noch das Weiß der Augäpfel zu sehen war, ihr Knopf knickte zur Seite und sie wurde bewusstlos. Der aus der Marina herbeigerufene Arzt, der wenige Minuten später zur Stelle war, schüttelte den Kopf und sagte zu Mario oder Fabio: »Mi dispiace, ma sua moglie é morta, probabilmente un aneurysma.«

Elvira trank den Rest ihres Kamillentees, draußen begannen die ersten Vögel des Morgens zu zwitschern, erhob sich und verließ

Marthas Zimmer. »Das hat sie wohl sehr ermüdet alles«, dachte Martha und überlegte, ob sie noch ein paar Stunden schlafen oder zu einem Morgenbad zum See hinuntergehen sollte, als Elvira wieder eintrat. Sie hatte eine dünne, gelbe Mappe unter dem Arm, legte diese vor sich auf den Tisch, öffnete sie zögernd und begann dann mit brüchiger, etwas heiserer Stimme zu lesen:

Dein weicher weißer Arm
der mich umfing
in hellen, heißen Nächten
der mich liebkoste
in zarter, träger Sanftheit ... .

und Tränen liefen über ihr mittlerweile wieder glattes Gesicht mit dem noch schwach sichtbaren Bluterguss auf der Stirn. Noch einige Gedichte las sie Martha an diesem Morgen vor, alle behandelten in trauernder, melancholischer, zuweilen aber auch wütend aufbegehrender Sprache den Verlust der Mütter und Martha, obschon sie mittlerweile erkannt hatte, dass Lyrik nicht für sie geschaffen war, erkannte sofort die Kraft und Intensität dieser Verse. Gerade als sie ansetzen wollte, etwas zu sagen, erhob sich Elvira wieder, bedeutete ihr still zu sein und verließ das Zimmer. Martha legte sich zu Bett, konnte jedoch nach dieser so ereignisreichen Nacht nicht mehr schlafen und nahm sich vor, Elvira am nächsten Tag noch einmal auf alles anzusprechen. Dazu kam es jedoch nicht mehr, beim Frühstück verkündete Brigitte, dass Elvira aus familiären Gründen überstürzt hatte abreisen müssen.

Im blonden Haar
der Mütter
klebte ihr Blut.
Sie sagten mir nicht,
wohin sie gingen
und als ich rief

nach ihnen,
als ich klagte und schrie,
antworteten sie nicht.
Als mein Bett
nass war von Tränen,
kamen sie nicht
es zu trocknen.

Mit diesem Gedicht schloß Cornelius Morgentaler seinen Vortrag. Einen langen Moment herrschte Stille, dann setzte unsicherer Beifall ein, der sich jedoch zunehmend verstärkte. Morgentaler verbeugte sich leicht, nahm die Brille ab und verließ die kleine Bühne. Fragen wollte er wohl im Moment keine zulassen. Die Kulturdame neben Martha hielt immer noch die Hand ihrer Freundin und murmelte ihr etwas wie »Großartig …und so mysteriös!« zu. Es folgten noch zwei Lesungen, doch Martha konnte ihnen nicht folgen. Aus den Augenwinkeln sah sie, dass Cornelius Morgentaler in einer der hinteren Reihen Platz genommen hatte. Nachdem der unsägliche Stadtrat auch zum Abschluss noch ein paar launige Worte gesprochen hatte, löste sich die Veranstaltung auf. Martha nickte, auch auf die Gefahr hin für arrogant und unhöflich gehalten zu werden, den beiden Damen nur kurz zu und heftete sich an die Fersen Morgentalers. Sie hatte Glück. Kaum jemand behelligte ihn und als er auf die Straße hinaustrat und sich wohl wegen des noch kühlen Vorfrühlingswindes einen Schal um den Hals band, sprach Martha ihn an: »Kennen Sie Elvira Mende?« fragte sie. Morgentaler blieb stehen, blickte sie prüfend an und antwortete: »Sie war kurze Zeit meine Frau.« Ohne weitere Worte zu wechseln, steuerten beide das Café am Marktplatz an und nahmen in der gleichen Nische Platz, in der Martha am Vortag gesessen hatte.

Elvira und Cornelius lernten sich in der Psychiatrie in Hamburg kennen. Warum Cornelius dort war, erwähnte er nicht; Elvira aber war, als er kam schon zwei Jahre da und war gerade von der geschlossenen in die offene Abteilung gewechselt. Zu Beginn vereinte sie nur der Wunsch eine bestimmte Kultursendung im Fernsehen zu sehen und sich gegenüber den Mitpatienten, die eine bekannte Quizsendung bevorzugten, durchzusetzen. Das gelang ihnen nicht, sie waren eindeutig in der Minderzahl und so gingen sie, statt die Sendung zu sehen, im Garten des Krankenhauses miteinander spazieren. Elvira hatte kurz vor der Jahrtausendwende ihren Adoptivvater Jörg Nordheimer, der sie jahrelang missbraucht hatte, durch mehrere Messerstiche lebensgefährlich verletzt. Durch mehrere Notoperationen wurde er gerettet, verstarb aber wenige Jahre später in der Strafanstalt Hamburg-Fuhlsbüttel. Elvira musste nicht ins Gefängnis, eine Unterbringung in einer psychiatrischen Anstalt wurde, auch aufgrund der bestehenden Suizidgefahr, angeordnet. Elvira schrieb keine Gedichte mehr, sie stickte. Geradezu manisch bestickte sie kleine Tischläufer, Sofakissen und Servietten. Fast jeder Mitpatient war in Besitz eines akribisch bestickten Lesezeichens von Elvira und alle zwei Wochen kam Frau Schrobsdorf vom Handarbeitsgeschäft, um Garn, Nadeln und anderes Zubehör zu bringen.

Elvira und Cornelius lernten sich näher kennen und schätzen und als sie beide nach einem halben Jahr nahezu gleichzeitig entlassen wurden, beschlossen sie zu heiraten. Cornelius hatte etwas Vermögen und sie bezogen eine kleine Wohnung in Wandsbek. Cornelius bekam eine Anstellung bei einem Hamburger Verlag, Elvira blieb zuhause, versorgte den Haushalt und stickte.

Was jedoch so vielversprechend begonnen hatte, endete bitter. Mehr und mehr flüchtete sich Elvira in ihre Stickarbeiten und verlor zusehends jegliches Interesse an Cornelius und an ihrer Umwelt. Als sie dann kaum mehr sprach und begann, alles was ihr in die Hände fiel, zu besticken, fuhr er mit ihr zu Dr. Landhuber, der sie früher behandelt hatte, und die Türen der Psychiatrie schlossen sich für immer hinter ihr. Zwei Jahre versuchte Cornelius noch, sie bei seinen Besuchen ein wenig aus ihrer Stickwelt zu holen, doch es gelang ihm nicht. Als sie schließlich überhaupt nicht mehr auf ihn reagierte und nur noch vor sich hin murmelnd verbissen mit ihren Stickmustern beschäftigt war, beantragte er die Scheidung, Er zog, um einen neuen Anfang zu machen, ins süddeutsche Berghausen, wo Marianne, die stellvertretende Leiterin des Kulturvereins, wohnte, die er bei einem Urlaub in Spanien kennen gelernt hatte. Beim Umzug entdeckte er, verborgen hinter einem Stapel Wäsche, den Elvira zurückgelassen hatte, die Gedichte. »Es steht Ihnen natürlich frei, mich wegen Plagiats anzuzeigen«, sagte Cornelius Morgentaler zu Martha, »doch glauben Sie mir, ich wollte Elviras Gedichten einfach ein Forum verschaffen, ohne ihr Werk als das einer psychisch Kranken zu präsentieren, ich wollte sie schützen. Natürlich, ich gebe zu, dass eine Steigerung meines Bekanntsheitsgrades hier in Berghausen und im süddeutschen Raum mir natürlich gut tun würde«, erläuterte er abschließend. Es wurden nicht mehr viele Worte gewechselt, Martha und Morgentaler trennten sich nach einer Tasse Kaffee kühl, jedoch nicht unfreundlich.

Im Juli, Marthas Roman hatte schon lange die Bestsellerlisten, die Tische mit der Stapelware und die Schaufenster der Buchhandlungen verlassen, fuhren sie und Edgar nach Hamburg. Ein ruhiger, entspannter Frühsommer und ein langer Urlaub in Südtirol lag hinter ihnen. Während Edgar einen alten Studienfreund besuchte, fuhr Martha in die Psychiatrische Klinik Hamburg-Ochsenzoll und bat darum, die Patientin Elvira Mende besuchen zu dürfen. »Machen Sie sich aber keine Hoffnungen, sie reagiert auf niemanden«, meinte die Schwester. Auf einer Veranda mit Blick ins Grüne saß eine kleine, alterslose Frau mit praktisch geschnittenem, kurzem grauen Haar und aufgedunsenem, fahlen Gesicht. Martha konnte keinerlei Ähnlichkeit mit der zarten, hübschen Elvira erkennen, die vor vielen Jahren auf ihrem Bett am Lago d'Iseo gesessen hatte. Auf dem Tisch vor ihr stapelten sich Garnknäuel, Stramindeckchen und Nadelheftchen. Die Frau blickte nicht auf, als Martha eintrat und sie ansprach, mit geröteten, zerstochenen Fingern zog sie mit einer dicken Nadel dunkelgrünes Garn durch ein Stück Stramin, um es gleich darauf, unwillig vor sich hin murmelnd, wieder herauszuziehen. Diesen Vorgang wiederholte sie immer und immer wieder während der ganzen halben Stunde, die Martha bei ihr saß.

Im Jahr darauf erschien Marthas neuer Roman mit dem Titel »Stickarbeiten im geschlossenen Haus«, dem kein sehr großer Erfolg beschieden war. Doch einige Leser und Rezensenten lobten die eindringliche und äußerst anschauliche Beschreibung einer psychiatrischen Einrichtung und der Hauptperson, einer Frau mittleren Alters, die nach dem Tötungsversuch an ihrem Vater dort völlig zurückgezogen lebt und keinerlei Kontakt mehr zur Außenwelt hat.

Sakura (Kirschblüte)

Nur wenige Minuten waren es von der Mandlstraße bis zum Anfang des Englischen Gartens; zu Elsas Lieblingsbank am Kleinhesseloher See brauchte sie dann noch etwa eine Viertelstunde. Mit ganz wenigen Ausnahmen ging sie diese Strecke mit Diogenes jeden Morgen gegen neun Uhr. Sie wusste, dass Frau Pointner in der Bäckerei Wimmer immer zu dieser Zeit die zweite Ladung Brezn in den Verkaufskorb füllte; beobachtete fast jeden Tag eine junge Mutter, die ihre beiden quengelnden Kleinkinder zum Kindergarten hetzte und sorgte sich, wenn sie dem alten Mann mit seinem leicht hinkenden Schäferhund nicht begegnete. Mit Überqueren des Schwabinger Baches betrat sie den Englischen Garten und jeden Tag, ja, ohne Ausnahme jeden Tag, musste sie an dieser Stelle an Edgar denken. Sie konnte nicht sagen, warum ihr gerade dort ihr verstorbener Mann in den Sinn kam, doch es war so. Manchmal hörte sie ganz deutlich seine Stimme oder sah den verschlissenen Pullover vor sich, den er die letzten Jahre so oft und zu ihrem Missfallen getragen hatte; sie erinnerte sich an belanglose, aber auch vertraute Gespräche, seine Lieblingsgerichte kamen ihr in den Sinn, der eine oder andere gemeinsame Museumsbesuch, ihre letzte Wanderung durchs Loisachtal.

Diogenes legte im Englischen Garten immer an Tempo zu. Elsa freute sich täglich darüber, denn Dio war vierzehn Jahre alt und erst vor kurzem hatte der Tierarzt starke Arthrose in seinen kurzen Dackelbeinen festgestellt. Dios Temposteigerung bedeutete auch für sie schnelleres Ausschreiten und sie versuchte den dumpfen Schmerz in ihrer linken Hüfte zu ignorieren. Sie war sehr bemüht, aufrecht und elastisch zu gehen und nicht in den watschelnden Gang zu verfallen, den viele Hüftgeschädigte hatten. Sie legte noch immer sehr viel Wert auf ihr Aussehen und ihre Erscheinung und nie wäre ihr in den Sinn gekommen, mit immer dem gleichen abgewetzten Anorak oder Mantel diesen täglichen Spaziergang anzutreten. Jeden Tag wählte sie sorgfältig, natürlich dem Wetter entsprechend, die Jacke oder den Mantel und das entsprechende Tuch dazu aus, so wie sie auch täglich vor dem Garderobenspiegel Lippenstift in passender Farbe auftrug. Das hatte sie ihr ganzes Leben getan und sie sah nicht ein, warum sie jetzt als ältere Frau und Witwe, die auf die Siebzig zuschritt, das nicht mehr tun sollte.

An der Weggabelung hinunter zum See begann Dio plötzlich zu bellen und blieb wie angewurzelt stehen. So musste auch sie innehalten und bemerkte erst jetzt den Grund für Dios außergewöhnliches Verhalten. Mitten auf dem Weg, der sich durch die Parklandschaft des Englischen Gartens schlängelte und schon in der Ferne den See ahnen ließ, kniete ein Mann. Er trug einen grauen Mantel und eine etwas lächerliche, karierte Mütze. Elsa wusste nicht recht, ob sie nun einfach weitergehen und das seltsame Verhalten ignorieren oder ob sie ihn ansprechen und nach dem Grund für seine außergewöhnliche Position fragen sollte. Da erhob sich der Mann, seine etwas langsamen und schwerfälligen Bewegungen deuteten darauf hin, dass er nicht mehr jung war, blieb stehen und wartete, bis sie bei ihm angekommen war. »Ich wollte sie nicht erschrecken«, sagte er »von März bis November versuche ich jeden Tag diese japanische Zierkirsche«, und er deutete auf ein noch kahles, unscheinbares Bäumchen am Wegesrand »zu fotografieren und ihre Entwicklung vom Ausknospen der ersten Blätter über die Blüte bis zum Abwurf des Laubs zu dokumentieren. Die schönsten Aufnahmen entstehen, wenn ich von unten gegen das Hell des Himmels fotografiere. Deshalb mein Kniefall. Darf ich mich vorstellen, Bernhard Dobler.« Elsa entdeckte die kleine Kamera, die über seinem Mantel baumelte, stellte sich nun ebenfalls vor und sie setzten ihren Weg wie selbstverständlich gemeinsam fort. Dass sie bis jetzt noch nicht mit Herrn Dobler zusammengetroffen war, klärte sich rasch auf; in den letzten Jahren, so lange währte seine Zierkirschendokumentation schon, hatte er immer erst nachmittags fotografiert. In diesem Jahr war er, wie er sich ausdrückte, frei von täglicher Arbeitsmüh, und hatte sich entschlossen, seine diesjährige Dokumentation immer in den Vormittagsstunden zu machen. In diesen ersten Märztagen hatte er damit begonnen. Sie unterhielten sich über das noch sehr winterliche Wetter, über Dios Arthrose und noch ein paar Belanglosigkeiten und trennten sich dann am Ufer des Sees. Beiden war klar, dass es nicht ihr letztes Aufeinandertreffen gewesen war.

Von da an veränderten sich Elsas und Dios Spaziergänge grundlegend. Nahezu täglich trafen sie bei der Zierkirsche, die Mitte März die ersten grünen Blättchen zeigte, auf Herrn Dobler und setzten ab dort ihren Weg gemeinsam fort. Wöchentlich einmal nahmen sie, wenn das Wetter es zuließ, auf der Bank am See Platz und Bernhard Dobler zeigte die Zierkirschenaufnahmen der Woche. Es waren außergewöhnlich schöne Aufnahmen und Elsa erbat sich Abzüge davon. Als Ende März der Frühling mit aller Macht begann und fast schon ein Sommer wurde, gingen sie dazu über, sich zum Abschluss ihres Spaziergangs in das kleine Café am See zu setzen. Dio schlürfte lautstark Wasser aus dem Hundenapf, Bernhard Dobler trank Espresso und Elsa Cappuccino. Anfang April gingen sie zum Du über und wussten auch schon einiges voneinander. Sie waren nahezu gleich alt, Bernhard hatte vor einem Jahr seine kleine, in den letzten Jahren kaum mehr florierende Buchhandlung verkauft und war seit Ewigkeiten geschieden. Elsa war nun seit drei Jahren Witwe und die Momente, in denen die Trauer um Edgar schmerzhaft heftig und kaum zu ertragen war, waren weniger geworden.

Als Ende April die Zierkirsche anfing zu blühen, machte Bernhard nicht nur Aufnahmen der Blütenpracht, sondern auch von Elsa und Dio, und sie gönnten sich ein kleines, feines Essen im Seehaus. Als sie sich wie immer am Seeufer verabschiedeten, zog Bernhard sie an sich und die leidenschaftliche Jugendlichkeit mit der er sie küsste, raubte ihr den Atem. Beschwingt und ohne den schon gewohnten Schmerz in der Hüfte ging sie nachhause und ließ Diogenes dort für einige Stunden allein zurück. Nach langer Zeit fuhr sie einmal wieder in die Stadt, suchte die Modehäuser auf, in denen sie früher Stammkundin gewesen war und kaufte, ohne auch nur einmal auf den Preis zu achten, elegante Frühjahrs- und Sommergarderobe und eine extravagante, vielfarbige Kette, über die ihr verstorbener Edgar wohl den Kopf geschüttelt hätte.

Die Spaziergänge wurden fortgesetzt, ja, sie wurden erweitert, längere Cafébesuche fanden statt. Picknicks, zu denen Bernhard Wein und Wasser und Elsa kleine Köstlichkeiten und die Picknickdecke mitbrachte, wurden veranstaltet; sie liehen sich gegenseitig Bücher aus und Bernhard las zuweilen kleine Verse seines geliebten Robert Gernhardt vor. Den Blütenschnee der Zierkirsche sammelten sie in kleine Papiertütchen, die Bernhard akribisch mit Datum und Wetterangaben beschriftete. Zarte Abschiedsküsse wurden jedesmal, leidenschaftlichere nur zwischendurch getauscht, doch dabei blieb es. Sie kannten ihre Telefonnummern, nutzten diese jedoch nur, um abzusagen, wenn einer von ihnen verhindert war. So wusste Elsa nicht, wo Bernhard wohnte und auch sie hatte ihre Adresse nicht preisgegeben.

Mitte Juni, während Bernhard das satte, volle Grün der Zierkirsche aus seiner üblichen Position fotografierte, ließ er plötzlich den Apparat sinken und sagte: »Ich werde jetzt eine Woche nicht da sein, kannst du für mich die täglichen Aufnahmen machen?« und er händigte ihr den Apparat aus. Als Elsa es doch wagte nach seinem Ziel zu fragen, murmelte er etwas von Verwandtenbesuch und sie sprachen nicht weiter darüber. So spazierte Elsa mit Diogenes in der nächsten Woche wie früher allein durch den Englischen Garten und fotografierte die Zierkirsche, die gerade in dieser Woche sehr statisch in ihrer Entwicklung erschien. Diogenes blieb schnüffelnd und spähend an jeder Ecke stehen und auch Elsa sehnte sich nach Bernhards vertrautem Schritt neben ihr, nach seiner dunklen, freundlichen Stimme und natürlich auch nach seinen Lippen.

Nach einer Woche war er wieder da und erwähnte seine Reise mit keinem Wort. Es war Anfang Juli, der Biergarten am See füllte sich schon am Vormittag mit Studenten, die keine Lust auf Hörsäle hatten, mit Müttern und ihren Kleinkindern und auch mit älteren Herrschaften wie sie beide. Doch manchmal, wenn Bernhard seine gebräunte, mit Altersflecken übersäte Hand auf ihren Arm legte und diesen kaum merklich streichelte, durchlief Elsa das lustvolle Zittern, das sie aus früheren Zeiten kannte und sie fühlte sich in diesen Momenten unbeschwert und jung. Bernhard hingegen schien manchmal etwas abwesend, runzelte aus unersichtlichem Grund die Stirn und führte zwischendurch Sätze einfach nicht zu Ende. Sie schrieb es der Hitze zu.

Ein wirklich heißer, regenarmer Sommer begann, und die Zierkirsche litt unter der Hitze und Trockenheit. Schon viel zu früh zeigte sie gelbe Blätter und hätte die Stadtverwaltung nicht kleine Wasserfahrzeuge eingesetzt, die sie mit ein wenig Nass versorgten, wäre es wohl noch schlimmer geworden. Elsa und Bernhard verlegten ihre Spaziergänge in die frühen Morgenstunden, um der Hitze zu entkommen und trafen sich bereits um sieben Uhr morgens. Jeden Morgen klopfte Elsas Herz, wenn ihr, manchmal schon am Schwabinger Bach, spätestens jedoch bei der Zierkirsche, Bernhard winkend entgegenkam. Er war ein wenig schmäler geworden, was ihm zu seiner sommerlichen Bräune äußerst gut stand.

Erst Mitte September wurde es etwas kühler, nachts regnete es zwischendurch und Bernhard freute sich, wenn noch glitzernde Regentropfen an den Blättern der Zierkirsche hingen. Manchmal zitterten seine Hände beim Fotografieren und er musste Elsa bitten, die Aufnahmen zu machen. Die Medikamente gegen den zu hohen Blutdruck und Elsas Schönheit seien daran schuld, meinte er. An einem schon etwas frischen Spätsommermorgen saßen sie auf ihrer Bank und hatten die Fotos der letzten Woche betrachtet, als Bernhard unvermittelt sagte: »Ich möchte, dass du jetzt mit zu mir kommst!« Natürlich hatte Elsa insgeheim schon lange eine derartige Einladung herbeigesehnt, jetzt war sie doch von der Plötzlichkeit etwas überrascht. Doch sie sagte freudig zu und Dio wunderte sich, dass es diesmal nicht zum Café, sondern in eine andere Richtung ging.

Einige Stunden später saßen sie noch etwas nachlässig und leicht bekleidet auf Bernhards Balkon und tranken Tee. Die Anordnung der schon etwas in die Jahre gekommenen Balkonstühle ließ es nicht zu, dass Elsa sich noch einmal an Bernhard schmiegen, ihn in die Arme nehmen und ihm für die Zärtlichkeit und Vertrautheit der letzten Stunden danken konnte. Sie blickten in den blauen Münchner Spätsommerhimmel, an dem ein paar leichte, weiße Schleierwolken dahintrieben, als Bernhard sagte: »Ich fahre morgen in die Schweiz, ich werde nicht mehr zurückkommen, ich werde sterben.« Mit sachlicher Stimme bat er sie, die Zierkirschendokumentation für dieses Jahr für ihn zu vollenden. Er legte ihr neben den Fotoapparat die weiße Schachtel mit den Aufnahmen dieses Jahres und dazu noch einige Bücher, die er für sie aus seinen Beständen ausgesucht hatte. Ein unheilbarer Krebs, vielleicht noch ein paar Monate, doch er wolle jetzt gehen und nicht als sabbernder Pflegefall enden. Deshalb der Cocktail in Basel; er habe im Frühsommer bereits alles arrangiert.

Mitte November beendete Elsa die Zierkirschendokumentation; der Baum hatte seine letzten Blätter abgeworfen und stand nun wieder unscheinbar und kahl wie damals im März. Einige Tage später legte sie die letzten entwickelten Fotos in die weiße Schachtel und schloß sie behutsam, nachdem sie deutlich und säuberlich alle notwendigen Daten nach Bernhards Anweisung darauf geschrieben hatte.

Was sollen Worte?

Was sollen Worte?
So viele warens, die
meinen Mund verließen,
locker, leicht, beschwingt,
zäh und voller Schwere,
wohl überlegt,
zuweilen unbedacht,
voll Glück und Liebe,
Ärger, Strenge
und Verzweiflung,
wütend, ungerecht
und voller Hass.

Was sollen Worte?
Davongeflogen sind sie
in tändelnd lockerem Gespräch,
untergegangen in starren
Alltagsfloskeln,
hart abgeprallt an Panzer,
Kargheit und Verkrustung,
verletzend eingedrungen
in zarte Seelen.

Was sollen Worte?
Keines kommt heute
über meine Lippen,
nicht eine Silbe
dringt aus meinem Mund,
verschlossen ist er, fest und hart
und hinter spröden Lippen klebt
am trocknen Gaumen
starr die Zunge.

Die Morgenröte

Sappho berichtet, dass Aphrodite über Eos' Liebschaft mit dem Kriegsgott Ares derart erbost war, dass sie sie aus Rache mit unstillbarer Begierde nach jungen Männern oder Knaben erfüllte. So musste Eos, wenn sie morgens über den Horizont zog, sich ständig ruhelos nach jungen Liebespartnern umsehen. Dies trieb ihr die Schamröte ins Gesicht und der Himmel errötete mit ihr.

Obwohl alles nun schon mehr als ein Jahr zurücklag, stiegen Wehmut und Trauer in Eleonore hoch, als sie auf dem Weg zur Ärztin wohl oder übel an der »Leselust« vorbeimusste. Über zehn Jahre war die kleine Buchhandlung ihr Lebensmittelpunkt gewesen und sie hatte immer geglaubt, dass sie dort alt werden würde. Die aufregenden Monate vor Eröffnung des Ladens fielen ihr ein, die schlaflosen Nächte, ob sie den Anforderungen gewachsen sein würden, die zahllosen Gespräche und Diskussionen über Angebot, Einrichtung und Präsentation, die sie mit Helma geführt hatte. Jetzt beugte sich eine junge Frau mit Kurzhaarschnitt in die Fensterdekoration, holte einen Bildband über die Ägäis heraus und zeigte ihn einer Kundin. Ob wohl Griechenland, seine Mythologie und seine zahllosen zauberhaften Reiseziele immer noch ein Schwerpunkt im Verkaufsprogramm waren?

Sie erinnerte sich, dass sie damals vehement mit Helma über die sogenannte »griechische Ecke« diskutiert hatte und der Meinung war, dass diese in einer so kleinen Buchhandlung, noch dazu in einem eher bildungsfernen Viertel von München, keine Zukunft habe. Doch Helma, durch und durch Griechenlandliebhaberin und studierte Altphilologin, setzte sich durch. Vor Jahren hatte sie eine Doktorarbeit über »Außergewöhnliche Frauengestalten in der griechischen Mythologie« begonnen, war zu diesem Zweck nach Griechenland gefahren und hatte sich dort unsterblich in einen jungen Griechen verliebt. Das Studium und die Doktorarbeit verschwanden im Sand von Äginas Küste, wo Helma über ein Jahr Alexandros in seinem kleinen Touristenlokal in Aegina Marina unterstützte. Dann jedoch intervenierte seine äußerst willensstarke Mutter, Helma wurde aufs Abstellgleis geschoben und Alexandros verlobte sich in kürzester Zeit mit einem Mädchen aus dem Ort. Helma kehrte nach München zurück, wollte mit Griechischem in jeglicher Form vorerst nichts mehr zu tun haben und begann als Spätberufene eine Buchhandelslehre bei Bücherkönig.

Helma stammte aus wohlsituiertem gebildetem Hause. Ihr Vater war Professor für alte Geschichte, ihre Mutter war vor der Verheiratung Schauspielerin gewesen, die sogar an den Kammerspielen einige Engagements gehabt hatte. Das Haus Güttler war jederzeit offen für die Universitätskollegen des Vaters, aber auch für Studenten, Schauspieler, Schriftsteller und die intellektuelle Elite Münchens. Helma und ihre drei Brüder wurden freizügig und liberal erzogen und besaßen diese so selbstverständliche lockere Weltläufigkeit, die nur Sprösslingen aus diesem Milieu zu eigen war.

Eleonores familiärer Hintergrund hingegen war vollkommen anders. Sie war das einzige späte Kind des Münchner Straßenbahnfahrers Fritz Wittmann und seiner Frau Anna, die, soweit sich Eleonore erinnern konnte, nie etwas anderes als eine tatkräftige Münchner Hausfrau mit einem Hang zur Treppenhausratscherei gewesen war. Von klein auf war es Eleonores größte Sehnsucht, diesen Münchner Vororttreppenhäusern zu entfliehen. Mit viel

Fleiß, einer gewissen Begabung für Sprachen und Musik und einem unbändigen Interesse an Literatur durchlief sie acht Jahre St. Anna-Gymnasium, bis sie, was sich schon länger angedeutet hatte, in den naturwissenschaftlichen Fächern ins Bodenlose fiel, ein Jahr vor dem Abitur aufgab und sich zu einer Buchhandelslehre entschloss.

Bei Bücherkönig unter der Ägide von Frau Sachler-Preuss, deren faltiger Hals immer mit zentnerschweren Bernsteinketten geschmückt war, lernten sich Eleonore und Helma kennen. Helma als die Ältere, Selbstbewusstere und Lebenserfahrenere nahm die noch nicht ganz achtzehnjährige Eleonore unter ihre Fittiche und die beiden Frauen freundeten sich an. Rauschende Parties, schwere Bücherkartons, durchtanzte Nächte, »Bei König ist der Kunde immer König«, Liebesglück und Liebesleid und das nicht nur einmal, Prüfungsstress, eine Begegnung mit Herrn Unseld persönlich, Rucksackurlaub in Italien und Norwegen, das alles durchlebten die beiden gemeinsam. Dann jedoch ging Helma eine Ehe mit einem vielversprechenden jungen Schriftsteller ein, zog sich aus dem Buchhandel und auch ziemlich von Eleonore zurück und widmete sich ganz der Karriere ihres Mannes. Nach zwei mäßig erfolgreichen Romanen erlitt dieser eine Schreib- und Sinnkrise und verdingte sich, nachdem die letzten Exemplare seiner Werke beim Großhändler verstaubten, als Pharmareferent. Die Ehe scheiterte, Helma besann sich wieder auf den Buchhandel, und als sie durch Zufall hinter dem Rosenheimerplatz eine ehemalige Metzgerei als passenden Laden ausfindig gemacht hatte, rief sie kurzentschlossen Eleonore an, die immer noch unter der Fuchtel von Sachler-Preuss stand, mittlerweile aber die Bavarica-Abteilung bei König leitete. In kürzester Zeit, mit wenig Eigenkapital und viel Geliehenem wurde die »Leselust« gegründet und Eleonore stieg mit großem Elan in das Unternehmen ein. Wider Erwarten florierte der Laden. Lag es am Münchner Charme der beiden Inhaberinnen, an der individuellen Beratung, die selbst bei den ausgefallensten Wünschen der Kunden nur ganz selten versagte, war es die »Griechenlandecke«, die Kunden auch aus anderen Stadtteilen anzog? Sie wurden nicht reich, konnten aber ihr Leben damit bestreiten.

Zwei bis drei Lesungen im Jahr hatten sie sich zum Motto gemacht und so saßen Münchner Krimiautoren, etwas unsicher wirkende vergeistigte Lyriker, Vertreterinnen der Frauenliteratur und einmal sogar Herr Walser persönlich an dem kleinen runden Tischchen mit der von Eleonore extra dafür angeschafften Bauhausleselampe, versuchten die Zuhörer in ihren Bann zu ziehen und die Verkaufszahlen ihrer Bücher zu steigern. Es war immer Helma, die die einführenden Worte sprach. Mit ihrer dunklen, wohltönenden Stimme, ihrer großgewachsenen, üppig weiblichen Gestalt und ihrem Mut zu stilvoller, leicht extravaganter Kleidung gelang ihr das jedes Mal glänzend. Eleonore hielt sich etwas mehr im Hintergrund; sie kümmerte sich um den Büchertisch und um die Getränke und verspürte keinerlei Neid, nur Erleichterung, dass sie, die auf Kleidung keinen sonderlichen Wert legte, die ihr blondes Haar fade und langweilig fand, nicht diese Rolle übernehmen musste.

Eine junge, vielversprechende Krimiautorin, die für den Herbst eingeladen war, hatte kurzfristig abgesagt – eine Problemschwangerschaft – Reisen und Anstrengungen waren ihr strikt verboten worden. Es war nicht leicht auf die Schnelle einen Ersatz zu finden und sie waren kurz davor, den Termin ganz abzusagen, als Helma Botho Liebig einfiel. Sie kannte ihn aus Studienzeiten; bei der einen oder anderen Demo im München Ende der Sechziger Jahre waren sie Seite an Seite marschiert und Eleonore vermutete, dass da auch noch ein wenig mehr gewesen war. Botho hatte alte Geschichte und Archäologie studiert und hatte nie aufgehört, sich für den Frieden in der Welt einzusetzen. Vor Jahren hatte er bei Ausgrabungen eine Kollegin aus dem Kosovo kennen und lieben gelernt und lebte nun teils in München, teils in Pristina. Ein halbes Jahr zuvor war ein kluges, engagiertes Buch von ihm über die Situation im Kosovo und über die heftig diskutierte Rolle Deutschlands in dieser Krisenregion erschienen. Der Titel hatte es sogar einige Wochen auf die Sachbuchbestsellerliste geschafft. Botho sagte spontan zu, kam einige Tage vor der Lesung, schlaksig, nachlässig gekleidet und mit langem grauen Haar, in den Laden, um alles zu besprechen. Eleonore fand ihn auf Anhieb sympathisch, Helma behandelte ihn mit einer Mischung aus Kumpelhaftigkeit und Koketterie.

Wider Erwarten füllte sich der Laden am Lesungsabend sehr schnell und schon eine Viertelstunde vor Beginn waren alle Stühle besetzt. Die üblichen treuen Stammkunden, aber auch viele unbekannte Gesichter, wohl auf Einladung Bothos und ziemlich deutlich aus dem linken Lager, waren anwesend. In der ersten Reihe fiel Eleonore ein Mann auf, der sich allein schon durch seine Garderobe von den anderen abhob. Er trug ein dunkles Sakko mit Krawatte und graue Flanellhosen mit Bügelfalte, war schlank und braungebrannt und wohl schon um die Sechzig. Er schien niemanden zu kennen und blätterte interessiert in den auliegenden Bildbänden.

Botho las klar und flüssig und mit großem Engagement und man merkte deutlich, dass die Menschen im Kosovo und ihre äußerst schwierige Situation ihm sehr am Herzen lagen. Natürlich entspann sich nach der Lesung eine lebhafte Diskussion, bei der jedoch die fast einhellige Auffassung herrschte, dass Deutschland besser daran täte, sich aus diesem Krieg herauszuhalten. Einzig und allein der konservativ gekleidete Herr in der ersten Reihe widersprach dem; er vertrat die Meinung, dass Deutschland in der Natobündnispflicht stehe und sehr wohl friedenssicherndes Engagement zeigen müsse. Er drückte sich äußerst geschult und gewandt aus und ließ sich auch durch manchmal nicht ganz sachliche Einwürfe der Gegenseite nicht aus der Ruhe bringen. Gegen Ende der Diskussion, bei der natürlich keinerlei Annäherung der gegnerischen Lager stattgefunden hatte, sich aber bei einigen Teilnehmern eine gewisse Hochachtung vor der kenntnisreichen und sachlichen Art des konservativen Herrn aus der ersten Reihe abzeichnete, stellte sich dieser freimütig als »Gotthard von Hospe, Generalmajor a.D.« vor.

Nachdem alle Zuhörer bis auf den Generalmajor und die immer sehr anhängliche und treue Kundin Elsa Baumgartner gegangen waren, bat Helma Eleonore zu deren Erstaunen, doch Botho mit den Restbeständen seiner Bücher nachhause zu bringen; vielleicht wollte sie seinen möglichen amourösen Avancen damit entgehen. So fuhr Eleonore Botho nachhause in sein etwas verfallenes, aber charmantes kleines Haus nach Gauting, trank noch ein Glas Rotwein bei ihm und fiel dann nach Mitternacht rechtschaffen müde in ihr Bett.

Als sie am nächsten Morgen gegen acht Uhr in den Laden kam, war sie erstaunt, dass Helma, die ja um die Ecke wohnte, noch nicht da war. Sie begann die Gläser einzusammeln, schob den kleinen Vorlesetisch samt der Bauhauslampe zurück in das eh schon sehr kleine Büro hinter dem Laden und begann dann, die Stühle zu stapeln. Ein wenig Ärger stieg in ihr hoch, denn das war eine Arbeit, die man zu zweit wesentlich schneller bewältigte. Kurz vor neun Uhr rief sie bei Helma an, doch niemand meldete sich. Sie begann, sich Sorgen zu machen; normalerweise war es nicht Helmas Art, sich derart zu verspäten. Um neun Uhr öffnete sie den Laden für die ersten Kunden; sie hatte noch nicht Zeit gefunden, die Lieferung vom Stuttgarter Großhändler auszupacken und fühlte sich müde und alleingelassen. Gegen halbzehn tauchte Helma auf, entschuldigte sich halbherzig mit »verschlafen«, wirkte jedoch aufgekratzt und sprühte vor Energie. Ihre Wangen glühten, ihre Augen strahlten und Eleonore fiel auf, dass sie die gleiche

Bluse, das gleiche rote Samtsakko wie am gestrigen Abend trug. Der Vormittag verging, Helma umtänzelte die Kunden und lachte laut und viel. In der Mittagspause stellte Eleonore sie zur Rede. »Was ist mit dir? Du wirkst so glückselig?« Helma trat auf sie zu und schlang die Arme um sie. »Ich kann es ja doch nicht verbergen und warum sollte ich auch. Ich hatte eine wunderbare Nacht mit Gotthard.« »Was, mit dem Klassenfeind«, entfuhr es Eleonore, »das ist doch überhaupt nicht dein Typ; das ist doch eine andere Welt!« »Das hab ich ja zuerst auch gedacht«, antwortete Helma, »aber du kannst dir nicht vorstellen, was für ein feinfühliger, gescheiter und charmanter Mann er ist.«

Anfangs dachte Eleonore, dass die »Hospeaffäre«, wie sie das Ganze für sich nannte, nur kurz und vorübergehend sei, doch dem war nicht so. Es bürgerte sich ein, dass Gotthard zumindest zweimal in der Woche Helma zu Ladenschluss abholte, um mit ihr zum Essen, ins Kino oder Theater zu gehen. Dass sich daran zumeist leidenschaftliche Liebesnächte anschlossen, blieb Eleonore natürlich nicht verborgen. Auch die Wochenenden waren immer öfter für den Generalmajor, der seit vielen Jahren geschieden war, eine Wohnung hinter dem Isartor und ein kleines Haus bei Murnau besaß, reserviert. Bis dahin hatten sich Helma und Eleonore zumindest einmal am Wochenende zu einem Stadtbummel, zum Kaffeetrinken oder zu einem Museumsbesuch getroffen; auf diese lieben Gewohnheiten musste Eleonore nun meistens verzichten. Trotzdem verstand sie Helma gut, denn Gotthard war wirklich ein bemerkenswert liebenswürdiger, gescheiter Mann mit einem feinen, manchmal etwas sarkastischem Humor und er war vor allem, ohne in irgendeiner Form aufdringlich zu sein, überaus interessiert und anteilnehmend an den Lebensumständen und dem Wohlergehen seiner Mitmenschen. Er erkundigte sich immer wieder nach Eleonores Ergehen und nach ihrem Vater, bei dem sich erste Anzeichen von Altersdemenz zeigten und fragte sie regelmäßig nach historischen Kriminalromanen, die er neben politischen und philosophischen Werken äußerst gerne – an den Gestaden des Staffelsees – wie er so schön sagte, zur Entspannung las. Des öfteren lud er Eleonore ein, doch auch einmal mit nach Murnau zu kommen, doch sie lehnte ab, wohl wissend, dass Helma damit nicht glücklich gewesen wäre.

Gotthard von Hospe stammte aus Ostpreußen und war ein Jahr vor Kriegsende als kleiner Bub mit seinen Eltern und Geschwistern nach Süddeutschland geflohen, wo es den von Hospes gelang, sehr schnell wieder zu Wohlstand und Ansehen zu kommen. Sein Vater wurde trotz seines Flüchtlingsstatus in kurzer Zeit ein wichtiges Mitglied der neugegründeten CSU und Gotthard erzählte, dass der legendäre FJS des öfteren im Hause von Hospe zu Besuch gewesen sei. Gotthard machte in Regensburg ein Einserabitur und nach dem Studium der Politik und Volkswirtschaft eine schnelle Karriere bei der Bundeswehr. Doch ganz geradlinig verlief seine Laufbahn nicht; er wurde Mitglied der SPD, was in Bundeswehrkreisen zu diesen Zeiten äußerst unüblich war und er heiratete Mitte der siebziger Jahre Ida Hochreiter, ein Gründungsmitglied der bayerischen Grünen. Eleonore erinnerte sich schwach an einen Zeitungsartikel »der Major und die Grüne« in der Süddeutschen Zeitung mit einem Foto des Paares beim Verlassen der Michaelskirche. Gotthard groß, schlank und wie immer braungebrannt, mit noch ein wenig vollerem Haar in tadellos sitzender Uniform; Ida Hochreiter ohne Schleier im weißen Hosenanzug mit einem Sonnenblumenstrauß in der Hand. Rechts salutierten Gotthards Kollegen, links streuten einige farbenfroh gekleidete Freundinnen von Ida Blumen. Trotz dieser von Kameraden und vor allem Vorgesetzten misstrauisch beäugten unüblichen Vita wurde Gotthard nach Leitung verschiedener äußerst schwieriger Hilfseinsätze der Bundeswehr im Friaul und in Somalia sehr rasch zum Generalmajor ernannt. Seine Ehe scheiterte, ob an politischen oder persönlichen Differenzen, wurde nie bekannt und Mitte der Achtziger Jahre trat er aus ebenfalls unbekannten Gründen aus der SPD aus. Helma erzählte einmal, dass er wohl bei einer Parteiveranstaltung Gerhard Schröder einen »Lackaffen« genannt hatte.

Im Frühjahr des darauffolgenden Jahres begann Helma mit Feuereifer eine Urlaubsreise mit Gotthard nach Gomera zu planen. Doch zu ihrem größten Erstaunen weigerte sich Gotthard vehement; er hasse diese Pseudoökourlaube in Wanderstiefeln, sagte er und sie hätte ihn doch wohl vorher fragen können. Es war der erste große Konflikt in der Beziehung und keiner war bereit, nachzugeben. So flog Helma schmollend allein nach Gomera und sagte beim Abschied mit schneidender Stimme, er könne doch an seinem langweiligen Staffelsee versauern.

Während Helmas Abwesenheit führte Eleonore zusammen mit Gitta, einer jungen, sehr gescheiten Germanistikstudentin, die es aber schlichtweg an Einsatz und Zuverlässigkeit mangeln ließ, den Laden. Es waren anstrengende Zeiten und als nach einigen Tagen gegen Ladenschluss Eleonores Mutter panisch anrief, dass der Vater verschwunden sei, fühlte Eleonore nur noch Erschöpfung und Hilflosigkeit. Als dann zufällig Gotthard auftauchte, der ein paar bestellte Bücher abholen wollte, stand er Eleonore sofort zur Seite und unterstützte sie bei der Suche nach ihrem Vater, der auf dem Weg in seine Stammkneipe einfach abhanden gekommen war. Sie klapperten alle Gaststätten in der näheren Umgebung ab, riefen Verwandtschaft und Freunde an, suchten im nahegelegenen Park und gingen, als all dies nichts erbracht hatte, letztendlich zur Polizei. Eleonore war für Gotthards Begleitung außerordentlich dankbar und war sich sicher, dass sein freundliches, doch sehr bestimmtes Auftreten und sein Rang, den er gleich zu Beginn nannte, mehr als hilfreich waren. Die Suche nach Herrn Wittmann wurde sofort eingeleitet und nach Mitternacht fanden Beamte ihn vor dem Straßenbahndepot am Ostbahnhof, wo er, seit fast fünfzehn Jahren pensioniert, steif und fest behauptete, heute Nachtdienst zu haben.

»Ich schulde dir zumindest ein Abendessen für deine Unterstützung«, meinte Eleonore, nachdem Herr Wittmann wohlbehalten wieder zuhause war. »Lass mich als Pensionär mit Unmengen von freier Zeit doch etwas für dich kochen«, entgegnete Gotthard und überredete sie zu einem Abendessen am nächsten Tag bei ihm zuhause. So fuhr Eleonore am nächsten Abend in ihrer schwarzseidenen Kimonobluse, das lange blonde Haar mit einem Perlmuttkamm hochgesteckt, eine Flasche Montepulciano in der Tasche, die zwei Straßenbahnhaltestellen zum Isartor. Gotthard, der zu ihrem Erstaunen Jeans und ein lässiges cremefarbenes Hemd trug und barfuss war, zog sie kurz an sich und küsste sie mit warmen trockenen Lippen auf die Wangen. Ein kurzes lustvolles Zittern, ein Gefühl von Sehnsucht nach Nähe, Zärtlichkeit und Leidenschaft durchrieselte Eleonore. Ganz nahe an Gotthards kantigem, von kleinen Fältchen durchzogenen Gesicht und seinen warmen grauen Augen durchfuhr sie der Gedanke: »Dieser Mann wäre der Richtige«. Doch des öfteren in ihrem Leben hatte sie das schon gedacht und sie drängte diese Gedanken und Gefühle rasch zurück; er war Helmas Mann.

Gotthard hatte Tomatensalat und Hühnchen zubereitet; als Nachspeise servierte er Zitroneneis von Sarcletti. Seine Küche war schlicht, aber funktional eingerichtet; als Vorratsschrank diente ein abgeblätterter, alter Spind mit einem kleinen, kaum mehr leserlichen Schildchen auf dem »G. v. Hospe, Gefr., Marktbreit, 1958« stand. Sie aßen mit gutem Appetit und plauderten über Gotthards Garten in Murnau, für den er immer zu wenig Zeit hatte, über Herrn Wittmann, der jetzt immer von seiner Frau zur Wirtschaft geführt und wieder abgeholt werden sollte und über die anstrengende Stammkundin Elsa Baumgartner, deren kompliziertes Privatleben allen in der Buchhandlung en detail bekannt war. Nach dem Zitroneneis wechselten sie ins Wohnzimmer; in einer Nische zwischen den Bücherregalen stand eine kleine Figur des Kriegsgottes Mars, darüber hing eine Reproduktion von

Picassos »Guernica«. Eleonore jedoch fiel sofort das Klavier ins Auge, das einen beträchtlichen Teil des nicht sehr großen Wohnzimmers einnahm. »Du spielst? Das wusste ich nicht!« rief sie, aber Gotthard schüttelte bedauernd den Kopf, das sei eine Hinterlassenschaft von Ida, sie habe es nie abgeholt. Eleonore setzte sich vors Klavier, öffnete den Deckel und ließ ein paar Tasten anklingen. »Es gehört ein wenig gestimmt«, meinte sie und Gotthard legte ihr, nachdem er ein wenig im Bücherschrank gewühlt hatte, einen Stapel Klaviernoten hin. »Ich habe als St. Anna-Schülerin sechs Jahre Klavier gespielt und das wirklich gerne. Doch mit dem Ende meiner schulischen Laufbahn fand auch das Klavierspiel ein Ende. Wir konnten es uns nicht leisten.« sagte Eleonore und spielte, was ihr gerade einfiel: »Am Brunnen vor dem Tore«, »Geh aus mein Herz« und ein paar Songs von den Beatles. Als sie endete, bemerkte sie, dass Gotthard dicht hinter ihr stand; er legte ihr die Hände auf die Schultern und seine Stimme zitterte ein wenig, als er sagte: »Schön, dass du es wieder zum Leben erweckt hast.« Gegen elf verabschiedete sie sich; Gotthard umarmte sie und diesmal küsste er nicht ihre Wangen, sondern ganz rasch und sanft ihren Mund.

Gegen Ende von Helmas zweiter Urlaubswoche lag eines Morgens ein kleines dunkelblaues Briefchen ohne Absender – »an Eleonore Wittmann persönlich« – bei der Buchhandelspost. Ein kleines, ebenfalls dunkelblaues Kärtchen fiel heraus, an dessen Rand hie und da Musiknoten und etwas ungelenk ein kleines Klavier gemalt waren. »Hab's stimmen lassen für dich … … auf dass du mein Wohnzimmer und mein Herz mit Musik erfüllen kannst. In herzlicher Zuneigung Gotthard«. Eleonores Herz klopfte; die ganzen letzten Tage waren ihre Gedanken immer wieder zu jenem Klavierabend hinter dem Isartor gewandert. Sie legte das Briefchen zur Seite, fest entschlossen, nicht darauf einzugehen, doch kurz vor Ladenschluss rief sie bei Gotthard an und fragte launig, wann der Hausmusikabend denn stattfinden solle. »In einer

Stunde, Frau Pianospielerin«, entgegnete er und so saß sie zwei Stunden später nach einem leichten Imbiss in Gotthards Küche wieder vor dem Klavier, das sie mit seinem vollen klaren Klang überraschte. Sie spielte Mozarts »Rondo alle turca« und Bachs Klavierkonzert No. 2, nicht fehlerfrei, doch mit einer Flüssigkeit, die sie überraschte und als sie zum Ende kam, bemerkte sie, dass ihr die Tränen über die Wangen liefen. »Ich danke dir so sehr; ich wusste gar nicht, wie ich's vermisst habe«, sagte Eleonore und Gotthard erhob sich, schloß sie in seine Arme und küsste sie zärtlich. So vergingen die folgenden Stunden in Gotthards keineswegs spartanisch eingerichtetem Schlafzimmer mit Zärtlichkeiten, leidenschaftlichen Küssen, Umarmungen und lustvollem Ineinanderversinken. Irgendwann mussten sie eingeschlafen sein; als Eleonore erwachte, dämmerte bereits der neue Tag und rötliches Morgenlicht fiel durch die hellen Schlafzimmervorhänge. »Meine Göttin der Morgenröte, ich küsse deine schneeweiße Brust«, murmelte Gotthard und zog sie im Halbschlaf an sich.

Montagmorgens wirbelte Helma bestens gelaunt, sonnenverbrannt und mit einer neuen bunten Holzperlenkette auf dem gelben Kleid in den Laden. Eleonore zog es das Herz zusammen, als sie sich umarmten, doch Helma bemerkte nichts. »Es war wunderschön, Elo«, rief sie, »ich hab sechs- bis achtstündige Bergtouren gemacht und bin täglich zweimal im Meer geschwommen. Gotthard hat einiges versäumt; ich hab ihn schon angerufen!« Die Tagesroutine begann, Eleonore berichtete über alle wichtigen Vorkommnisse, alle getätigten Bestellungen, Anrufe und Vertreterbesuche und brachte Helma auf den neuesten Stand in Sachen Elsa Baumgartner. Die Kunden freuten sich, dass die Frau Göttler wieder im Lande war und so gut erholt aussah. »Du warst ein wenig still heute, ist was?«, fragte Helma, als sie den Laden schlossen. »Nein, nein, nur ein wenig Kopfschmerzen«, entgegnete Eleonore rasch und fühlte, wie ihr die Tränen in die Augen stiegen, »ich nehme mir jetzt das Leseexemplar vom neuen Uwe Timm mit nachhause und geh bald ins Bett.« »Mach das, ich geh jetzt ganz brav zum Volkshochschulkurs, aber morgen werde ich Gotthard wiedersehen; ich glaube, er ist nicht mehr böse mit mir.« meinte Helma. Eleonore brachte nur ein stummes Nicken zustande.

Sie war kaum zuhause, hatte sich gerade ihren Pfefferminztee gekocht und den Timm zurechtgelegt, als es klingelte. Gotthard stand vor der Tür; sie bemerkte, dass er ein wenig blass unter seiner Bräune war. »Ich hab es nicht mehr ausgehalten allein«, sagte er, »mein Herz rast und ich fühle mich so unruhig«. Sie umarmte und küsste ihn zärtlich, dann setzten sie sich auf Eleonores altes Sofa und tranken Tee. Sie plauderten über die neue Ausstellung im Lenbachhaus, über Eleonores Vater, der jetzt immer seine Schwester besuchen wollte, die schon über zehn Jahre tot war, und über Eleonores Vorhaben, wieder Klavierstunden zu nehmen. Sie knabberten Eleonores restliche Nussschokolade und vermieden konsequent das quälende Thema, das beiden auf der Seele lastete. Gegen elf Uhr erhob sich Gotthard, nahm ihr Gesicht in beide Hände und küsste ihren Haaransatz. »Nimm den neuen Timm mit, falls du nicht schlafen kannst«, meinte Eleonore. Sie musste gleich nach seinem Weggang auf dem Sofa eingeschlafen sein, kam noch einmal kurz zu sich, als draußen mehrfach Polizei- oder Krankenwagensirenen ertönten, zog die Wolldecke über sich und schlief wider Erwarten tief und traumlos bis zum Morgengrauen. Das Licht dieses Morgens erschien ihr jedoch keineswegs so zart und sanft wie nach ihrer Nacht bei Gotthard; es hatte etwas Bedrohliches, ja Blutiges an sich.

Als sie gegen halb neun etwas verspätet den Laden betrat, war alles noch dunkel und sie wollte gerade das Licht im Büro einschalten, als sie vor Schreck und Entsetzen aufschrie. Im Dämmer des hinteren Teil des Ladens stand zwischen Bücherwannen und Kartons Helma, starr und unbeweglich. Sie trug das gelbe Kleid des Vortages und ihr Hände umklammerten so krampfhaft die bunte

Holzperlenkette, dass das Weiß ihrer Fingerknochen hervortrat. »Er ist tot«, sagte sie mit tonloser Stimme, »und vorher war er bei dir.« Sie hob den Arm und streckte ihn mit erhobenem Zeigefinger gegen Eleonore, »du hast mich hintergangen, Eleonore, du, meine Nächste, meine Vertrauteste. Du hast ihn mir genommen; ich will dich nie nie mehr sehen, ich verfluche dich!« Ihre Stimme war laut und gellend geworden und ging dann in ein verzweifeltes Schluchzen über. Als würde sie nach Halt suchen, umfasste sie noch einmal ihre Kette und riss sie mit einem Aufschrei entzwei, so dass in seltsam fröhlich klimpernden Geräuschen die bunten Holzperlen auf den Boden sprangen, in die Bücherwannen tanzten und unter die Regale rollten.

Erst viel später erfuhr Eleonore von Gotthards Schwester, die aus Hamburg angereist kam, den genauen Hergang. Gotthard hatte auf der Heimfahrt von ihr, nicht einmal fünfhundert Meter von ihrer Wohnung entfernt, einen tödlichen Herzinfarkt am Steuer erlitten, war mit seinem Wagen auf eine Straßenbahninsel aufgefahren und gegen das Wartehäuschen dort geprallt. Er war sofort tot gewesen. »Er hatte kein gesundes Herz mehr, wussten Sie das nicht?« sagte die Schwester, die die gleichen grauen Augen wie Gotthard hatte, »er ist aus diesem Grund früher aus dem Dienst ausgeschieden und musste ständig Medikamente nehmen.« Die Polizei hatte gleich nach dem Unfall die Schwester in Hamburg und auch sonst keine Angehörigen erreicht und durch das Leseexemplar mit dem »Leselust«-Stempel und einer Karte von Helma aus Gomera auf dem Beifahrersitz war man auf die Adresse der Buchhandlung gestoßen. Als Helma am Morgen zur Buchhandlung kam, stand ein Hauptwachmeister Steiner mit dem Uwe Timm und der Urlaubskarte in der Hand bereits vor der Tür.

Eine brütende Sommerhitze hatte sich über München gelegt; die Bäder, Biergärten und schattigen Laubinseln der Parks waren voll von Abkühlung suchenden Menschen; ein südlich leichtes Flair wehte durch die Stadt und bis weit nach Mitternacht saß man auf Balkonen, vor Cafés und Eisdielen. Eleonore hatte seit jenem denkwürdigen Morgen die »Leselust« nicht mehr betreten. Der Laden blieb für eine Woche geschlossen, alle notwendigen Dinge liefen über Botho Liebig, der sich als Vermittler angeboten hatte. Helma signalisierte weiterhin, dass sie Eleonore niemals mehr wiedersehen wolle; mit Gitta und einer Kollegin wurden in aller Schnelle Verkaufsverhandlungen geführt und Eleonore sollte, wie es ihr zustand, die Hälfte des Verkaufswertes erhalten.

Eleonore hatte ihre Wohnung seitdem nicht mehr verlassen; sie lag, unfähig sich zu bewegen, auf ihrem Sofa und hatte trotz der Hitze frierend die Wolldecke über sich gezogen. Auf dem Tisch standen noch immer die beiden Teetassen, das zerknüllte Schokoladenpapier lag daneben. Ihre mittlerweile tränenlosen Augen blickten starr auf das Bild, das gegenüber dem alten Sofa an der Wand hing. Es zeigte ein Fischerboot auf dem Chiemsee, aus dem zwei Fischer, ein junger und ein schon etwas älterer wettergegerbter, gerade ihre Netze auswarfen; im Hintergrund waren die Fraueninsel und im Frühmorgendunst die Chiemgauer Berge zu sehen. Das Bild war ein Erbstück von der Oma Wittmann, einer etwas derben, doch äußerst gutherzigen Rimstinger Bäuerin, bei der Eleonore als Kind und junges Mädchen viele Sommerferien verbracht hatte. Ein Maler aus Prien, von dem Eleonore nur den Vornamen Hiasl kannte, hatte es der Großmutter in den zwanziger Jahren geschenkt; irgendetwas Geheimnisvolles, Romantisches verband sich damit, das so gar nicht zur robusten Art der Großmutter passte. Sobald Eleonore den Blick von dem Bild abwandte, konnte sie ein trockenes, klagendes Schluchzen, das wie Feuer in ihrer Kehle brannte, nicht mehr unterdrücken. Ein unsäglicher Schmerz, der aus ihrer Brust aufstieg, nahm ihr den Atem. Weit nach Mitternacht fiel sie meist in einen unruhigen, quälenden Schlaf, aus dem sie im Morgengrauen schweißüberströmt hochschreckte. Eines Morgens, als mit dem ersten Morgenlicht eine sanfte rötlichgelbe Färbung durch die fest zugezogenen Vorhänge fiel und sie nicht mehr wusste, wie viele Tage und Nächte sie schon auf ihrem Sofa zugebracht hatte, erhob sie sich, warf ohne große Überlegung einige Kleidungsstücke in ihre Reisetasche und verließ das Haus. Obwohl die ersten Straßenbahnen schon fuhren, ging sie mit zuerst langsamen schleppenden, dann rascher werdenden Schritten in Richtung Hauptbahnhof, wo sie sich über ihre etwas heisere, doch ansonsten sehr sicher wirkende Stimme wunderte, mit der sie sehr bestimmt eine Fahrkarte nach Prien löste.

Gegen neun Uhr, ein neuer glutheißer Tag kündigte sich an, kam sie dort an und am Dampfersteg in Stock stand schon die »Irmingard« bereit, um sie zur Fraueninsel hinüberzubringen. Als die »Irmingard« tuckernd ablegte, die Priener Möwen das Schiff noch eine Weile begleiteten und in der Ferne schon der Zwiebelturm des Benediktinerinnenmünsters auftauchte, ließ das Brennen in Eleonores Kehle nach, der Schmerz in ihrer Brust wurde leichter und sie atmete befreit die noch frische Seeluft ein. »Beim Lex müßtens noch ein freies Zimmer haben«, sagte eine junge Nonne, die gerade im Klostergarten nahe dem Dampfersteg Unkraut harkte. So bezog Eleonore kurze Zeit später ein kleines Zimmer mit Balkon im Fischerhaus Lex. Es roch nach geräucherter Chiemseerenke und vom Balkon aus blickte sie über den kleinen Bauerngarten mit seinen farbenfrohen Sommerastern und Stockrosen hinaus auf den See. Sie legte sich auf das blauweißkariert überzogene Bett und fiel sofort in tiefen Schlaf. Gotthard saß auf dem Balkon, er trug das cremefarbene Hemd, das sie ihm in jener Nacht voller Leidenschaft aufgeknöpft hatte, um zärtlich seine Brust zu küssen, und las ihr Sapphos Gedichte vor. Eleonore lauschte seiner Stimme und gerade als sie zu ihm treten wollte, seine mit einem Anflug von weißem Bartschatten überzogene Wange streicheln und küssen wollte, erschien mit einem gellenden Möwenschrei Helma, riss ihm das Buch aus der Hand und warf es über die

Balkonbrüstung. Eleonore schreckte schweißgebadet hoch, blickte voller Entsetzen zum Balkon und sah in der Ferne die kreischenden Möwen, die das Motorboot von Gstadt herüberbegleitet hatten. Sie setzte sich auf den kleinen Balkon, glaubte auf dem Stuhl noch ein wenig Gotthards Körperwärme zu spüren und die Tränen strömten ungehindert über ihre Wangen. Doch sie empfand dieses Weinen kaum mehr als schmerzhaft; es war, als würde jede Träne etwas von ihrer Trauer um Gotthard und um Helma mitnehmen, kaufte sich bei Frau Lex eine Semmel mit geräucherter Renke und trank ein kühles, frisches Bier dazu. Sie fühlte, dass sie, wenn auch noch etwas zerschlagen und verwundet, wieder in die Welt zurückgekehrt war.

Die Hochsommerhitze hielt an und wie in München erwachte Eleonore jeden Tag bei Anbruch der Morgendämmerung, trat als erstes auf ihren kleinen Balkon, um die Sonne aufgehen zu sehen und bewunderte das Tag für Tag sich in den unterschiedlichsten Farbtönungen zeigende Morgenlicht. Schon bald bemerkte sie, dass die Männer der Familie Lex jeden Morgen um diese Zeit zum Fischfang aufbrachen. Hans, der Sohn, ein großgewachsener, doch noch knabenhaft schlanker Junge von fünfzehn oder sechszehn Jahren war immer zuerst da. Mit nacktem, dunkelbraun gebranntem Oberkörper kam er leise vor sich hin pfeifend unten aus der Stube, nahm ein paar eilige Züge aus seiner Zigarette, die er dann sorgsam ausdrückte und zum nochmaligen Gebrauch in einer kleinen Dose hinter einem Weidenbusch am Seeufer versteckte. Dann streifte er seine kurzen Hosen ab und sprang nackt in den See, schwamm mit schnellen Zügen zur Schilfspitze, verschwand hinter ihr, um einige Minuten später wieder aufzutauchen und wiederum pfeifend und prustend dem See zu entsteigen. Nie trocknete er sich ab, er schüttelte sich kurz, fuhr mit den Händen durch sein kurzes, schwarzes Haar und schlüpfte wieder in seine Hose. Sein jungenhafter Körper, seine schmalen Hüften, doch auch seine schon sehr ausgeprägte Männlichkeit rührten

Eleonore und sie verspürte ein sanftes lustvolles Sehnen, das sie überraschte und beschämte. Sie empfand Scham darüber, dass so kurze Zeit nach Gotthards Tod ihr Körper schon wieder Lust verspürte und sie schämte sich, dass sie den Jungen bei seinem kindlich ausgelassenen Bad heimlich beobachtete. Kurz nachdem Hans seine Hosen wieder angezogen hatte, erschien Vater Lex, und schlagartig war alles anders. Kurze gebrummelte Anweisungen, kleine ärgerliche Tadellaute läuteten die Tagesarbeit ein und Hans' gerade noch fröhliches Jungengesicht wurde verschlossen und ernst. Mit kräftigen Schlägen ruderten die beiden hinaus, und bald waren sie hinter der Inselspitze verschwunden.

Verborgen hinter ihrer Balkonbrüstung und im Schutz der üppig wuchernden Geranien in den Blumenkästen verfolgte Eleonore nun Morgen für Morgen das Baderitual des Jungen. Eines Morgens jedoch wurde sie noch etwas früher wach; es war fast noch dunkel und nur ein schmaler, milchigweißer Lichtstreifen kündigte am Horizont den neuen Tag an. Kurz entschlossen schlang Eleonore ein Handtuch um sich und stieg leise barfuss die Treppe hinunter. Sie kam an der Stube vorbei; eine Flasche Milch stand auf dem Tisch und ein angebissener dicker Kanten Brot mit Butter lag daneben. Im Hintergrund hörte sie Hans morgendliches Pfeifen. Sie ging zum See hinunter, legte das Handtuch über die morsche alte Bank am Ufer und stieg nackt in den See, der sie mit frischer angenehmer Kühle umschloss. Sie hatte nur wenige Züge getan, als Hans erschien und wie immer seine Zigarette verstaute. Er erblickte sie, wirkte jedoch nur einen kurzen Moment unentschlossen, dann streifte er seine Hose ab und schwamm mit schnellen Zügen zu ihr. Ohne ein Wort zu wechseln, schwammen sie nebeneinander her. Sie passierten die Schilfspitze und der Ausblick änderte sich; der Turm des Münsters verschwand und die sanftgeschwungene Kette der Chiemgauer Berge lag im Morgendunst vor ihnen. Gleich nach der Schilfspitze ragten die Reste eines morschen Badestegs in den See hinaus. Eleonore stieg die kleine Badeleiter hoch und wandte sich zu Hans um. Nicht mehr als ein paar Minuten vergingen, in denen er seinen jungen schmalen Körper aufstöhnend an sie drängte, ihre Lippen suchte und ihre Brüste streichelte. Dann schwammen sie wieder zurück und einige Zeit bevor Vater Lex erschien, lag Eleonore schon wieder in ihrem Bett, das Handtuch trocknete über der Balkonbrüstung. Als sie eine Stunde später aufstand und in den kleinen Spiegel über dem Waschtisch blickte, fragte sie sich, ob es wohl Lust- oder Schamesröte war, die ihre Wangen so erhitzt hatte. Die morgendlichen Schwimmtreffen setzten sich fort, Eleonore zählte sie nicht, bis eines Abends ein Zettel, von einer kleinen grauweißen Muschel befestigt, vor ihrer Tür lag. In ungelenker Schrift stand darauf: »Morgen muss ich wieder nach Benediktbeuren. Viele Grüße, der Hans«

Wenige Tage später verabschiedete sie sich von Frau Lex und der Fraueninsel und kehrte zurück ins spätsommerliche München. Sie besuchte Gotthards Grab auf dem Nordfriedhof und brachte ihm einen bunten Herbstblumenstrauß und eines Morgens fühlte sie sich kräftig genug, um bei Frau Sachler-Preuß vorbeizuschauen, deren Hals noch faltiger und deren Bernsteinkette noch voluminöser geworden war. »Ja, Eleonore, da kommen Sie ja wieder; die Selbstständigkeit muss einem halt auch liegen«, meinte diese maliziös, »fürs Schulbuchgeschäft und als Aushilfe in der Belletristik könnte ich Sie schon wieder brauchen.« So fand sich Eleonore ab Herbst wieder zwischen den wohlvertrauten Bücherregalen von König und manchmal glaubte sie, dass jeden Moment Helma mit ihrem ansteckenden, dunklen Lachen hinter einem dieser Regale auftauchen müsste. Ihr Leben verlief wieder in einigermaßen zufriedenstellenden Bahnen und wenn nicht fast täglich dieses schmerzhafte, von einer quälenden Unruhe begleitete Erwachen in den frühen Morgenstunden gewesen wäre, hätte sie sich nahezu glücklich schätzen können. Von den Versuchen, ein Buch zu lesen, das Geschirr vom Vorabend zu spülen oder ihre Küche zu putzen, kam sie bald wieder ab. Nichts davon half und sie begann kleine Spaziergänge im Morgengrauen zu unternehmen. Bald hatte sie sich eine kleine Runde zurechtgelegt, die sie an der Schrebergartensiedlung vorbei zum Einkaufsmarkt an der Ecke führte, wo sie die zu dieser Zeit noch kaum befahrene sonst so verkehrsreiche Schleißheimerstraße überquerte und in den Luitpoldpark einbog. Dort im Dunkel des Parks, das nur von vereinzelten Lampen zwischendurch erhellt wurde, hätte sie früher Angst gehabt, doch jetzt empfand sie das Dunkel als schützend und tröstend. Sie stellte fest, dass außer ihr auch noch andere Menschen unterwegs waren. Vor dem Einkaufsmarkt stand das Lastauto des Gemüsegroßhändlers, und zwei Männer mit müden Gesichtern und Zigaretten zwischen den Lippen luden Obst- und Gemüsekisten aus. Beim Einbiegen in die Schleißheimerstraße traf sie fast jeden Morgen auf eine junge Frau, die auf ihr Fahrrad stieg. Schon nach einigen Tagen grüßten sie sich, und eines Morgens sagte die junge Frau kurz: »Ich mach immer die Frühschicht, das ist mir lieber.« Auf dem Rückweg kurz vor ihrem Haus traf sie meistens auf den Zeitungszusteller, einen jungen Mann, aus dessen Strickmütze, die er immer trug, einige dunkle Locken hervorquollen. Schon bald ging er dazu über, ihr ihre Tageszeitung mit einem freundlichen Lachen zu überreichen und nach zwei Wochen fasste sie sich ein Herz und lud ihn zu einem Espresso zu sich ein. Er hatte nicht viel Zeit, doch genügend Zeit für einen Kaffee, einen raschen heftigen Kuss und ein paar lustvolle Berührungen war immer. Nach sechs Wochen wurde er einer anderen Tour zugeteilt; ein nebliger kalter November begann und Eleonore stellte ihre Spaziergänge wieder ein.

Aus dem Dunkel ihres Schlafzimmers blickte sie zwischen vier und fünf Uhr morgens auf die leere Straße und die dunklen Häuserblocks gegenüber und fühlte sich einsam und allein. Sie nahm Verlagsvorschauen mit nachhause und erledigte in den Morgenstunden am Küchentisch ihre Bestellungen, sie bereitete sich heiße Zitrone zu und musste dabei jedes Mal an das Zitroneneis bei Gotthard denken; sie studierte Klavierkataloge und konnte sich dennoch nicht zum Kauf entschließen und manchmal durchblätterte sie Zeitschriften, die sie mit Schamesröte im Gesicht am Bahnhofskiosk gekauft hatte und die nackte junge Männer mit dümmlichem Lächeln, glattrasierten Körpern und erigiertem Glied zeigten. Der harte und endlose Winter ging vorüber; mehrfach waren Eleonore während ihrer Mittagspause im überheizten Pausenraum bei König die Augen zugefallen und sie wusste nicht, ob sie sich über das nun wieder früher einsetzende Morgenlicht freuen sollte.

Als Eleonore von ihrem Arztbesuch zurückkehrte – ihre Beschwerden seien zum größten Teil nervlich bedingt, hatte die Ärztin gesagt und ihr den Arm getätschelt – fiel ihr aus ihrem Briefkasten ein kleiner, etwas zerknitterter Umschlag entgegen. Die Schrift darauf war Eleonore wohlbekannt und ihr Herz klopfte. Der Umschlag enthielt einzig und allein einen kleinen Reiseführer in griechischer, englischer und deutscher Sprache. »Omorfi Ekklisia« am Rande von Ägina bedeutete soviel wie »schöne Kirche« und die deutsche Übersetzung stammte von Helma Göttler.

Anfang Mai stand Eleonore frierend und übernächtigt am kleinen Hafen von Ägina. Der Flug nach Athen war unruhig, die Überfahrt nach Ägina rau gewesen. Ein trügerisch strahlendblauer Himmel wölbte sich über der Insel; ein für die Jahreszeit zu frischer Wind fegte Papierfetzen und anderen Unrat über den Platz. Aus einem alten klapprigen Lieferauto stieg ein dunkelhaariger Mann mit enormem Leibesumfang und kam überraschend behände auf sie zu. »Eleonori?« fragte er, wartete ihre Antwort nicht ab, nahm ihren Koffer und hielt ihr die Wagentür auf. »Alexandros«, sagte er und verbeugte sich leicht. Sie fuhren rumpelnd und holpernd an der Uferpromenade entlang und hielten kurz darauf schon wieder vor einem typisch weißgestrichenen griechischen Haus mit blauen Fensterläden, über dessen Eingang schlicht »Bei Alexandros,

Taverna Restaurant« stand. Kurz darauf saß Eleonore an einem kleinen Tisch, vor sich starken griechischen Kaffee, Weißbrot, Butter und Honig. Alexandros war verschwunden, hinter der Theke stand seine ebenfalls sehr üppige Frau und lächelte Eleonore zu.

Die Tür öffnete sich und brachte einen Schwall frischer Seeluft herein. Vor Eleonores Tisch stand eine schlanke Frau in ausgeblichenen Jeans und einem Pullover, der an der Naht löchrig war. Ihr Haar war kurz geschnitten, ihr Gesicht wettergegerbt und als einzigen Schmuck trug sie kleine Ohrgehänge aus winzigen Muscheln. Es war Helma, die ihre üppig weiblichen Formen verloren und ihren extravaganten Kleidungsstil gänzlich abgelegt hatte. Sie zog sich einen Stuhl heran und musterte Eleonore. »Diese Falte über der Nasenwurzel hattest du früher nicht«, meinte sie und Eleonore, die darauf antworten wollte, konnte keine Worte finden und fühlte wie ihr die Tränen über die Wangen rannen und auf das Butterbrot tropften. »Ich hätte es auch getan«, sagte Helma, »er hatte etwas derart Liebenswertes an sich, dem man sich nicht entziehen konnte. Doch er hat uns verlassen und wird uns nur noch in unseren Träumen besuchen. Wir beide jedoch sind am Leben, Elo, und ich brauche deine Freundschaft. Dass du jetzt hier bist, zeigt mir, das es dir auch so geht.« Sie streckte ihre sonnengebräunte Hand aus und nahm Eleonores Hand in ihre.

Später stiegen sie hinauf zu Omorfi Ekklisia und betraten ein winziges Häuschen, das versteckt hinter der Kirche lag. »Kalimera, Eleonori«, sagte Helma und schloß sie in ihre Arme. Eleonore schlief in einem kleinen Zimmer mit Blick auf das Meer und den Glockenturm von Omorfi Ekklisia. »Die wunderschönsten Sonnenaufgänge kannst du hier erleben«, prophezeite ihr Helma, doch hätte sich Eleonore nicht gegen Ende ihres Aufenthalts einmal den Wecker gestellt, um ihn zu erleben, hätte sie das Schauspiel niemals gesehen. Sie schlief jeden Morgen tief und traumlos bis in Vormittagsstunden.

Klage

Dich, Morpheus, dich schlafbringenden,
dich Tröstenden, Einlullenden,
dich frage ich, warum
in der Mitte der Nacht,
hochgerüttelt vom Rasen
meines Herzens, schwarze wirre
Gedanken im Kopfe,
Angst die Brust schnürend,
ich müden brennenden Auges
ins Flimmern des TV starre,
sinnlos und vergebens
unter Tränen Gläser poliere,
Brand ins Hemd
des Mannes bügle,
dich, Morpheus, frage ich,
warum mich du verschmähst,
warum ich nicht
in deinen Armen
sanft versinken darf.

Dir, Eos, Frau der Morgenröte,
dir Lichtbringenden, Erhellenden,
dir danke ich,
dass du mit Morgenlicht
mein Fenster füllst,
den schwarzen Hund der Nacht,
das Wirrwarr der Gedanken,
die Angst vor Tageseinerlei
mir nimmst,
dass lächelnd mit neuer Kraft
die Gläser in den Schrank ich stelle,
die Süße des Morgentees genieße
und zaghaft leise Freude
mich ergreift beim Anblick
dieses neuen Tags.
Dir, Eos, danke ich
und Morpheus sei verziehen.

Die Erbgläser

Susanne hob zuerst das eine, dann das andere der schweren geschliffenen Kristallgläser noch einmal gegen das Licht, polierte ein wenig nach und platzierte sie dann zufrieden auf dem dezent festlich gedeckten Tisch. Nicht dass sie die Gläser besonders schön gefunden hätte, doch sie gehörten einfach zur Familientradition. Ihre Tante Gertrud hatte sie anlässlich ihrer Hochzeit 1943 geschenkt bekommen und ab damals wurden sie immer, es waren einmal sechs Stück, zu festlichen Anlässen aus dem Schrank geholt. Es wurde gemunkelt, dass sie aus jüdischem Besitz stammten und der schenkende Onkel damals mit wenig Geld zu einem in dieser Zeit recht protzigen Präsent gekommen war. Die Ehe von Tante Gertrud war kurz und kinderlos; ihr Mann fiel in den letzten Tagen des Kriegs.

Susanne und Wolfgang waren heute 42 Jahre verheiratet. Der Tag sollte nach Susannes Meinung doch ein wenig festlich begangen werden; aus diesem Grund hatte sie ein kleines Menü für zwei vorbereitet. Sie wollte Wolfgang überraschen und wenn sich die Gelegenheit ergeben würde, das Thema, das schon lange in der Luft lag, anschneiden. Sie hoffte, dass Wolfgang bei seiner morgendlichen Zeitungslektüre auf das heutige Datum aufmerksam geworden war; erwähnt hatte er nichts und war wie üblich gegen Mittag mit dem Fahrrad zu seiner Streuobstwiese aufgebrochen.

Im geschliffenen Kristall der Weingläser, die aus der renommierten Glasmanufaktur in Zwiesel im Bayerischen Wald stammten, brach sich die langsam schwächer werdende Sommersonne. Susanne erinnerte sich an ihre Hochzeit; Tante Gertrud hatte darauf bestanden, dass das Brautpaar und die Eltern der beiden den viel zu lieblichen Wein aus ihren Kristallgläsern trinken sollten. Susanne und Wolfgang war das ein wenig peinlich gewesen, sie wollten generell nicht so viel Aufhebens um ihre Hochzeit machen; schließlich waren sie ein paar Jahre zuvor noch engagierte und aufgeklärte Friedensbewegte gewesen und taten diesen Schritt in erster Linie, um in der damals noch äußerst konservativen bayerischen Hauptstadt leichter eine Wohnung zu bekommen. Bei ihrer Hochzeit war auch das erste der sechs Gläser zerbrochen. Onkel Rudi, der schon immer gern Alkoholisiertem zugesprochen hatte, war beim schwungvollen Walzertanz mit Tante Fina gegen den Tisch gestoßen und man musste froh sein, dass nicht noch mehr zu Bruch gegangen war. Tante Gertrud jedenfalls war äußerst indigniert und den Tränen nahe gewesen.

Lange ruhten die Gläser dann in Susannes Schrank; das turbulente Familienleben mit kleinen Kindern verlangte nach billigem Geschirr und leicht ersetzbaren Gläsern. Es geschah aber doch in dieser Zeit, dass sich ein weiteres Glas verabschieden musste. Eine spontane Feier mit Freunden, Pfälzer Riesling, gutes Essen und heiße Musik aus den Sechzigern ließen Susanne leichtsinnig werden, und sie präsentierte mit leichter Ironie ihre Familiengläser. Da passierte es, ein weiteres Glas ging zu Bruch, doch in der ausgelassenen Stimmung wurde nicht viel Aufhebens darum gemacht.

Der Umzug kurz danach brachte es mit sich, dass gleich zwei weitere Gläser kaputt gingen und Susanne erinnerte sich genau, dass sie unter Tränen vorsichtig die Glasscherben aus dem Umzugskarton gefischt hatte. Im gleichen Jahr verstarb auch Tante Gertrud und die beiden letzten Gläser erhielten einen angemessenen Platz im Gläserschrank.

Mittlerweile war Wolfgang nachhause gekommen. Sie hörte, wie er seine Gartenutensilien verstaute, sein leises, nicht sehr melodisches Pfeifen beim Händewaschen und das Öffnen und Schließen des Kleiderschranks. Dass er ein frisches Hemd anzog und nicht in seinen verschwitzten Gartensachen zu Tisch erschien, deutete darauf hin, dass er wusste, welcher Tag heute war. Susanne schenkte den Wein in die Gläser und füllte die Vorspeiseteller mit Salat. Sie saßen sich gegenüber, prosteten sich mit den »Erbgläsern«, wie Wolfgang sie nannte, zu und machten nicht viel Aufhebens um das Auf und Ab, die Höhen und Tiefen der letzten 42 Jahre.

Sie unterhielten sich über die Obstbäume, die in diesem Jahr gute Ernte versprachen, planten ein Treffen mit den Kindern und Enkeln, erwogen die Anschaffung von E-Bikes und genossen das Essen. Nach dem Dessert schwiegen sie eine Weile, doch auf gute und vertraute Art, dann jedoch fingen beide gleichzeitig an zu sprechen.

»Ich wollte etwas mit dir bereden«, sagten beide nahezu gleichzeitig, mussten dann lachen und Wolfgang ließ in seiner ruhigen, gemächlichen Art Susanne den Vortritt. »Ich liebe unser Haus, glaub mir das«, sagte Susanne, »doch manchmal strengt mich seine Größe sehr an und wenn ich dann atemringend das Dachgeschoß erreiche, um dort mal die Fenster zu putzen, dann stell ich mir vor, wie schön eine praktische, nicht zu kleine Stadtwohnung wäre. Wir werden nicht jünger und auch diese Entfernungen zu den Einkaufsmöglichkeiten ….. hier das Lebensmittelgeschäft, dort die Apotheke … … …« und sie untermalte ihre Ausführungen mit weitausholenden Gesten. Dabei geschah es und mit dem Handrücken wischte sie ihr Weinglas in hohem Bogen vom Tisch. Es zersprang in eine Unzahl von kleinen Scherben, die sich über das halbe Wohnzimmer verteilten. In ihnen spiegelte sich die letzte Abendsonne, die durchs Wohnzimmerfenster schien, und der Weißwein hatte eine kleine goldgelbe Pfütze unter dem Tisch gebildet.

Susanne saß wie versteinert; Wolfgang erhob sich, trat neben sie und legte ihren Arm, den sie immer noch erhoben hielt, sachte auf den Tisch. »Und ich wollte dich gerade fragen, ob du es dir vorstellen kannst, wieder in unsere Heimatstadt zurückzukehren, vorausgesetzt wir finden eine bezahlbare Wohnung dort. Meine Obstbäume werde ich schon vermissen.«

Susanne sprang auf und umarmte ihn, dabei übersah sie das letzte fast leergetrunkene Weinglas, das zu nahe am Tischrand stand. So verdoppelten sich die glitzernden Kristallscherben auf dem Wohnzimmerparkett und eine zweite kleine Weinlache bildete sich.

»Ade Erbgläser«, rief Susanne und wunderte sich, dass sie keinerlei Trauer verspürte, »lass uns das später wegräumen, schließlich haben wir noch eine Menge zu bereden.«